錦繡芳華

2

風文創 122

粉筆琴 著

目錄

第二十一章　禍還是福？

因著陳氏的招呼，三兄妹全是按照陳氏的理由對外言語昨夜的未歸，至於挨打的事，也就自己身邊最親近伺候的知道，因為礙著主子的臉面，只要不是心裡有盤算的，誰會張嘴去說呢？

是以，這件事就這麼揭過去了。

林悠自那日後，人老實許多，隔三差五的也會到林熙的碩人居來玩一陣子，有時林熙也會去她那邊坐坐，隨著日子過去，兩人之間姊妹情感日漸加深，和之前兩人那種半冷不近的關係，相差極大，著實讓陳氏欣慰，讓葉嬤嬤也對林悠有了一些好感。

轉眼一個月過去，惴惴不安的陳氏，見莊、孫兩家都沒什麼動靜，這才總算是放了心，加之林昌回來，表示三皇子聰敏好學，對他這個侍講也十分客氣，很是有禮，便相信這件事就此過去，也便不再每日都往佛堂裡跑，祈禱個沒完了。

日子一進了五月，天便熱了起來，林嵐和珍姨娘各自的禁足時間也到了，一個搬回了自己的院落，每日裡都乖乖的前來給陳氏請安，以求能得到林昌的憐惜，再復昔日的恩寵；一個成日裡讀書進學，日日到父親的書房來請教問題，忙著挽回父女之間的情分，登時因著消停而舒服了三個月的陳氏，再度為了這母女倆的舉動開始防範起來。

只是再防範，也架不住自己老爺那顆憐香惜玉的心，儘管林昌一而再再而三的認識到珍姨娘的不安分，可到底眼淚一落，再病若西施那般楚楚，這人就管不住腳，還是去了珍姨娘的院子裡歇著去了。

珍姨娘一面認錯，一面喟嘆自己的一時糊塗是太想給嵐兒覓得一個好歸宿，一次次的強調她可以因為愛林昌做妾，但不能委屈了他們的孩子。於是讀了很多書，把自己當聖人的林昌，在對愛情的嚮往與炙熱裡，很快就原諒了珍姨娘。

當他連續三日留宿在珍姨娘處時，林府內，往昔那種暗自鬥法的氣氛也隱隱回歸。

陳氏心中不快，暗惱老爺糊塗，可有些話又說不得，忍不住去了林老太太跟前相訴，期望著婆母能給老爺提點一二，以求林昌別再著了香珍的道。

林老太太聽聞後，嘆息林昌糊塗，卻也不好立刻把兒子尋來教育，免得顯出是陳氏告狀，傷了夫妻情分。兩人一合計，陳氏生生的隱忍了幾天，隨後拉了面大旗，說要去寺廟裡進香為家人祈福，便於這天早上帶著林悠一道出門進香去了。

其實她本意是想把自己生的三個孩子都帶上，可長桓不能落了功課，熙兒也得葉嬷嬷教誨，人家葉嬷嬷不放人，最後只能拉了林悠陪著，免得自己一個。

從章嬷嬷處知曉內情的秦照家的，在梢間外同花嬷嬷，訴著這些，繼而兩人同仇敵愾的惡罵香珍。

林熙歪在竹製躺椅上聽得真切，便知道母親這些日子過得並不順暢，不由內心輕嘆著妾這個等級的存在，永遠都是正室內心的刺。

惶惶中，不覺想到了謝慎嚴，思及他那俊俏的皮囊和謝家的身分，又蹙了眉。

從他的相貌來看，將來與我成婚的那位，皮相應該不會太差，最最重要的是，侯府高門，人丁興旺乃是大事，少不得通房妾侍，這人數必不會少，只怕將來我也少不得與母親這般要與妾侍們爭鬥的。

越想心裡越不舒服，卻也深深的感覺到一種無奈。

她不是沒和妾侍對上過，嫁給康正隆不到一年，她對上的是兩個通房，外加一個外室。通房一個是年少時就隨了他的，一個是及冠時塞入房的，兩個都在她進門前，她發不了話，也實在沒放在心上，畢竟這實在太常見。只是那個外室，叫她結結實實的傷了心，她不止一次的想衝去打死那個外室，只是好歹她還有點理智，知道那樣做的話，她得賠命，這才咬著牙忍下，原打算找機會收拾那個賤人，只是還沒等她收拾人家，她倒反被收拾了。

想起昔日的窩囊，林熙越發的憋屈，丟了手裡的書卷，起了身，出屋。

「七姑娘怎麼出來了？莫不是我們吵著了妳？」花嬤嬤出言詢問，臨近午飯前這段時間，林熙向來都是在屋裡歪一陣子的。

「沒有，只是想起有處不解的，想去嬤嬤那邊解惑，妳們這裡聊著吧，用不著陪我。」說罷自己出屋朝著葉嬤嬤的房裡去。

「嬤嬤，熙兒找您說說話。」到了門口，林熙言語，屋內傳來一聲低低的應聲，林熙這才進去。

院裡丫頭婆子的不少，林老太太也給了人伺候她，只是葉嬤嬤不大用她們，除了自己和廚娘董氏湊在一起，很少指使人，所以此時她門口連個聽候的也沒。

「怎麼了？屋裡悶著了嗎？」葉嬤嬤手裡拿著團布子擦著一塊玉珮，只瞥了她一眼，便幽幽地問話。

「嗯，心裡憋得慌。」林熙應著聲，就坐去了葉嬤嬤身邊，親近得如同她是自己的奶娘一般。

「因為哪一樁？」葉嬤嬤頭都不抬。

「嬤嬤，您說，這男人日後是不是都要納妾的？」

葉嬤嬤一頓，嘴角上揚。「怕了？」

林熙點頭。「怕了，看著娘日復一日的和那邊鬥著，這心裡就不舒服。」

葉嬤嬤把手裡的玉珮放在了桌子上，一邊動手撥弄一邊言語。「不舒服是因為在乎，在乎是因為看重，倘若那是個妳不想做的，妳不那麼看重，又會有幾多不舒服？」

林熙抬眼。「那嬤嬤的意思，豈不是要對自己的夫婿無情了？」

葉嬤嬤看向了她。「錯了，對自己的夫婿怎可無情呢？不但不能無情還要有情，且，情深意重，但妳得，無心！」

林熙聞言一時怔住。

葉嬤嬤去指指手邊的茶壺。「在男人眼裡，他便是這個茶壺，得陪這麼多杯子，少了就覺得不痛快。往小、往個人心思上說，他求的是慾，求的是滿足所需，要一份心的補償；可往場面上、往大了說，從人丁興旺開枝散葉上論起，堂皇得妳不能說半個不字。妳若把心交出去，裡面裝滿了他，自然而然的，妳在乎，妳傷心，妳難過，那妳這日子能過得舒心嗎？日日鬥著都是小事，只自己熬心熬骨，熬到他整不動的那天，才能到頭，才算熬到了個圓滿，這是何苦呢？還不如把自己的心鎖好、守好，他就是滿堂嬌，妳也傷不著、痛不著，由他折騰去，妳自是妳的侯爺夫人、權貴奶奶，誰也傷不著妳的臉、妳的心，誰也頂不得妳半句嘴去。」

「可這就是幸福了嗎？」

「幸福？」葉嬤嬤衝著林熙笑了起來。「妳告訴我，幸福是什麼？」

林熙眨眨眼。「是高興，是快樂吧？」

葉嬤嬤搖搖頭。「有的時候幸福裡也有痛的。」

林熙蹙眉，有些不解。

葉嬤嬤顧自地說道：「幸福就是自得安樂，幸福就是妳的未來握在妳手裡。」

「我的未來握在我的手裡？」林熙一時有些不能體會，自上一輩子，她學的便是三綱五常，在家從父出嫁從夫喪偶從子，更是她思想裡根深柢固的東西，包括嫁人也無不是父母之命媒妁之言，幾時有她自己的選擇了？這話實在教她詫異——未來，我能自己選擇嗎？

看著林熙那詫異的表情，葉嬤嬤伸手摸摸她的耳髮。「我不是要妳任性而為，更不是要妳對抗父母，我是想告訴妳，被人擺布當作偶人，奔勞於妻妾之間，這可不是妳捏著自己的未來。似妳母親那般，一輩子都在丈夫和妾侍的夾縫裡轉，傷心、流淚、憤恨，她的未來完全不在她的手裡，在妳爹的手裡，在對手的手裡，不是嗎？」

「您的意思是……」林熙挑眉眨眼。

「回到我之前的話，鎖住妳的心，看淡很多東西，妳便能處事不慌，寵辱不驚，妳便能淡泊平靜，掌控妳的未來。想想吧，妾侍擾不動妳的情緒，夫婿傷不到妳的心，妳便不會活在夾縫裡，妳只消安安穩穩的做妳的侯爺夫人，不從的整治收壓，聽話的，賞她恩賜，用妳的柔情讓妳的夫婿知道，妳是最溫柔體貼的，用妳的禮儀手段，讓婆家的人知道妳是最賢慧識大體的，讓外面的，圈子裡的人，人人都讚妳一聲好。那個時候，妳便到了一個高度，妳的夫婿也得做妳手中的棋子，把他的未來拴在妳這裡，至於那些妾室，哼，不過都是等著看妳恩賜的螻蟻罷了。」

林熙傻呆呆的看著葉嬤嬤——這樣的話，可完全就是顛覆！

是的，顛覆！這個社會，女人永遠都是男人的附屬品，活在男人的陰影之下，因為他們是銀錢的來源，是生活是家庭的頂梁柱，誰會想著把男人踩在腳下？就算妳可以厭惡他的骯髒，可以厭惡他的好色，但最終也會是希冀著遇上一個良人，渴求他的關愛，日復一日的在心中念著那幾句話——「妾擬將身嫁與，一生休，縱被無情棄，不能羞！」

而今，葉嬤嬤卻告訴她另外一種活法，只予情不予心，無傷無擾，才能淡泊平心，才能在將來不為了妻妾之爭而累，不為了夫君移情而傷。

「照嬤嬤這般言語，真的可以嗎？到底還是要嫁給人家的，若是那樣冷著，豈不是會……」

「我是叫妳無心，不是叫妳冷著晾著。說句不好聽的話吧，知道青樓裡的那些姑娘，得了一句什麼詩詞嗎？」

「什麼？」

「有情無心青樓人。」葉嬤嬤說著眼裡滿是輕色。「雖然這是罵她們做的是皮肉生意，沒一番真心，可只有如此，才能不傷，也只有如此，才能用假意假情換得男人們一頭栽進去，不能自拔。」

她說著手去了林熙的肩頭，輕拍。「其實妳不問這些，我是不打算說的，最多妳將來嫁人時，提點妳幾句。但妳問了，我就不遮掩的告訴妳，當年我與妳說過，我能把男人玩弄於掌心，不為別的，就因為我無心；只有無心，我才可以審時度勢，在他需要的時候出現，在他不需要的時候離開。若是有心，便會想要纏著、黏著、巴著，結果呢？反倒得了厭惡，反倒叫人家不珍惜，一腔真心被人家踩在腳下，那又何苦呢？」

「所以照嬤嬤的意思，日後我若要不似母親這般，便得守住我的心，是嗎？」

葉嬤嬤咬了唇，壓低了聲音。「七姑娘，這話我今日裡和妳說一次，日後我不會提，就是妳再問起，我也會說我沒說過這話，妳能體會多少那算妳的。我的事妳應該有所耳聞，當年先皇為何會對我那般，是因為他從來沒得到過我的心，一輩子念念不忘，到了末了，他本可以一句殉葬，得了我，可他知道還是得不到我的心，所以為了得我的心，他不但放我出來，還留下諸多後手，只為得到，妳懂這是為什麼嗎？因為，妻不如妾，妾不如偷，偷得著不如偷不著！可這又是為什麼呢？男人，得不到的，便是好，一輩子挖空心思都想要得到，所以要想讓人家念著妳，就得一輩子讓他摸不著妳的心，不能真的得到妳，否則妳對他來說什麼也不是。」

林熙眨眨眼，從炕頭上滑下來，對著葉嬤嬤福身。「熙兒會用心體會的。」

葉嬤嬤吁出一口氣。「其實妳不必煩憂的，做了妻，妳有名有分，死了也能立個牌位在祠堂裡，妾再鬥，只要老爺們不是個糊塗的，就不會寵妾滅妻，更不會顛倒了尊卑。妳將來入了侯府，便是侯府裡的少奶奶，那謝家可是大世家，尊卑更是有序，斷不會有那相悖之事出來，無非就是分薄些日子、情感罷了，只要妳不傷心，那她們又礙著妳什麼呢？妳說是不是？」

林熙的心中依稀明白了一些，便點頭答應著，此時外面有了花嬤嬤的聲音，乃是吃飯的時間到了，林熙當下便告辭出去，回屋進餐。

心裡裝著葉嬤嬤的一些顛覆之言，她吃得十分緩慢，花嬤嬤瞧她那樣，便以為天熱她沒什麼胃口，急忙叫著丫頭讓廚房下午弄點綠豆湯來，好給她解暑，正在外吩咐著呢，就看到林悠身邊的鄧嬤嬤急急的跑了來。

「欸，怎麼是妳……」花嬤嬤詫異。

「七姑娘可在屋裡？」鄧嬤嬤臉色很是慌張。

「在，正用著午飯呢！」花嬤嬤湊上去。「妳不是陪著四姑娘跟著太太去進香的嘛，怎麼人在這裡？還有妳臉色怎麼這麼難看？是有什麼事？」

「沒時間和妳多說了，總之出事了，妳快請七姑娘去我們姑娘那裡坐坐吧，她這會兒，正尋死覓活著要、要上吊呢！」

花嬤嬤登時嚇得臉也白了，立刻往屋裡轉，而此時在屋內聽到這話的林熙，手中的勺子便驚落了地，「啪」地一下，摔成了幾節。

「姑娘！」伺候的夏荷嚇了一跳，葉嬤嬤再三教導禮儀，今日裡姑娘失手打碎一個倒沒什麼，可是卻未免驚慌失措，逆了教導，不由得出言提醒。

林熙內心慌慌，卻強壓了自己，一面轉身漱口淨手吃茶過味，一面由著花嬤嬤進來再轉了一道話，而後才急急忙忙的出了屋。

她們一行人急急的出去，那邊葉嬤嬤挑簾站了出來，瞇縫著眼衝伺候的秋雨招手，秋雨急忙跑了過去。

「急急忙忙，什麼事？」葉嬤嬤問道。

「不是很清楚，只說是四姑娘那邊有事，正、正鬧著上吊呢。」

葉嬤嬤頓了一下，隨即抽了嘴角。「該來的躲不過。」

林熙急急地跟著鄧嬤嬤往林悠院子裡去，路上問著因由。「到底是怎麼回事，妳給我略略說說，不然我連怎麼勸都不知。」

鄧嬤嬤一臉怒與羞，捏著拳頭扯著手中的帕子，壓低了聲音快言快語。「四姑娘和太太去進香，誰知遇上了莊家的太太，兩人在禪房裡言語，四姑娘就去求籤。誰料、誰料遇上了那莊家的小二爺，拿話質問我們四姑娘，四姑娘不和他爭，原是掉頭就走，我也緊著慢著攔著，眼看兩人錯開，他那幾個隨從卻來圍咱們四姑娘，四姑娘一慌，腳下踏空，直接從樓梯上滾了下去，額間都磕出了血，那莊家的小二爺見狀，奔上去抱了咱們四姑娘往禪房裡奔，那寺廟裡的香客，都瞧了個正著……」

鄧嬤嬤沒再往下說，林熙卻已經心亂如麻，不由得攥著拳頭口裡罵了起來。「這天殺的莊家小二爺，這不是擺明了糟踐我姊姊嘛！」

若這人是個誠心救人的，應該是叫鄧嬤嬤立時護了林悠，再叫人去禪房小聲的通知陳氏，哪能這樣上去抱了人家姑娘往禪房裡送的？林悠的名聲如此便被糟踐了，這叫她能不尋死覓活嗎？

入了院子，還未入屋，便聽見大片的摔砸之聲，和丫鬟婆子們的大呼小叫，林熙提了裙子急跑，完全顧不上嬤嬤教的那些禮儀。

「姊，四姊姊！」一入屋她便大聲叫著。

登時屋內的哭聲、勸聲、叫嚷聲全都止住了，隨即一個人推開了丫頭婆子從雜亂裡衝了出來，正是額頭上纏著綳帶的林悠。

「七妹妹，姊姊我活不成了！」林悠直接是撲到了林熙的跟前，抱著她就哭。

林熙一手抱著她一手衝丫頭婆子擺手，大家對視一眼，都退出了屋，但因為對林悠的不放心，也沒敢走遠，完全就守在門口，顯然要是情況不對，還得立刻衝進來。

林熙抱著林悠，一時也不知應該說什麼，只得一遍遍地說著。「四姊姊別說胡話，這事錯不在妳，妳可千萬別做傻事，真的，錯不在妳，妳別想不開……」

她這樣一遍遍的重複，一遍遍的強調，林悠哭了好一陣子，才癱坐在了地上。

「到底他還是來尋我的麻煩了，可我不過實話實說啊，嗚嗚嗚，他不願人說，為何自己不做得對些，竟來整我，嗚嗚嗚，我、我現在可怎麼辦？他那般惡的，豈不是我要給林家抹黑，豈不是我以後都無法嫁人，無法活了？我、我……」

「胡說！」眼看林悠要往死胡同裡鑽，林熙急急地抓了林悠的手。「四姊姊，這是他的錯，咱們得找他要個說法，他抱了妳，傷妳的名聲，爹娘也不會忍下這口氣的，咱們林家是不如他們權貴，可爹到底是翰林，絕不會由著他們欺負！妳放心，爹娘斷然會為妳討個說法，這事絕不會委屈了妳！」

「可是我、我都被他抱了，我以後還怎麼嫁人，怎麼說親事啊！」

林悠一把眼淚一把鼻涕，看得林熙心焦，此時，門外卻傳來了陳氏的聲音——

「嫁不了別人，那就嫁給他，親事便只能落在他身上！」

林熙和林悠詫異回頭，陳氏面色鐵青的走了進來。

「聽說妳尋死覓活？給我起來！」

陳氏的聲音透著火氣，林悠戰戰兢兢的站了起來。

「知道失了名聲，以死求全，這是好事，可是，這裡面咱們林家有多少錯？妳就是要死，也得去他莊家討了名聲說法再死！」陳氏瞪著眼說完，昂了頭。「拿進來！」

立時章嬤嬤抱著一個衣服包兒走了進來，眼圈紅紅的。

陳氏一把抓過，丟給了林悠。「拿去換上，我們現在就去莊家！要死，也得死在他府上！」說完扭了頭轉身出去了。

林熙的心幾乎停止了跳動，她看向了林悠手裡的包袱。

林悠眼神茫然的將衣服包兒扯開，竟是一身素白色的孝服。

「這……」林熙的嘴唇哆嗦，轉了頭。「娘，這不是姊姊的錯，咱們可以讓莊家二爺娶了姊姊把這事了了啊！」

她心裡清楚這種事的解決辦法，但想到如果真是如此，四姊姊的歸宿也不是很好，畢竟那小二爺囂張跋扈，不是個好的。可是再不好，也比叫林悠死了強，是以她急得言語。

此時陳氏轉了頭看她。「傻丫頭，妳當娘不知道嗎？我要她這般去，就是逼莊家給我們一個交代啊！」說著又衝屋裡喊。「當日我就說過，有什麼妳都得受著，這會兒還磨嘰什麼呢？妳爹已經在書房寫摺子了，倘若今天莊家不給個交代，妳就給我撞死在他家的堂上，妳爹必然會為妳討個說法！悠兒，拿出妳林家人的脊梁骨來，快快穿上，走！」

隨著陳氏充滿傲氣的言語，林悠抓了衣服奔進了屋內，開始動手扯換自己的衣裳。

林熙心裡痛著，眼睛疼著，去了她的身邊，幫著她脫下外袍，套上了這件看起來慘白無比的素衣孝服。

「七妹妹……」忽而林悠哽咽言語。「妳說得對，我倘若當時，不、不那麼魯莽任性，也許，就沒今日的事，萬一，姊姊回不來了，妳可要照顧好娘……」

「別胡說！」林熙伸手捂著她的嘴。「四姊姊，妳會沒事的，妳要是死在莊家，莊家那個混蛋也得賠上半條命！好姊姊，熙兒相信一切都會好的！」

林悠抓了下林熙的手，衝她淒然一笑，淚已落下，當即邁步出屋，林熙追了出去，便看著林悠昂著腦袋跟在母親身後，那姿態滿是決絕。

霎時，這心痛得直抽抽，而此時卻有婆子急急的跑了來。「太太，莊家、莊家的太太帶著、帶著她家那個小二爺上咱們府上來了！」

這話讓陳氏一愣，林悠則直接退了一步，似有懼怕，而林熙卻激動地奔了出來，連規矩都忘了，搶著問話。「是來議親的嗎？」

陳氏扭頭瞪了林熙一眼，林熙立刻低頭，但心裡卻好過許多，畢竟莊家肯來，就說明想要好好解決這事，姊姊若能嫁去莊家，雖然莊家小二爺不算個好的，卻也是現在能走的路裡最好的一條。

「怎麼說的？」陳氏捉了那婆子問話。

「莊家太太沒說，但看著是帶了東西來的，估摸著先來碰碰頭吧！」那婆子說著看了一眼身著孝服的林悠，眼裡也是心疼。

陳氏回頭看了看林悠，忽而開了口。「熙兒，妳扶著妳四姊姊，先到偏廳的梢間裡候著，我想妳總有些眼力勁兒，若是必要的時候，該拉該推的，總有個數。」

林熙明白母親的意思，當即點頭，伸手扶了林悠往二門那邊的偏廳走。

陳氏轉頭又衝章嬤嬤和那婆子分別道：「妳立刻去置口棺材來，好壞無所謂，但要立馬弄來，給我往偏廳的院子裡抬，開正門，從那兒給我抬進來！妳去把莊家夫人和那位小爺，給我往偏廳裡引！」

林熙扶著林悠入了梢間時，陳氏她們都還沒過來，林悠扯著林熙的胳膊，似個沒頭蒼蠅。「娘叫我們到這裡候著是做什麼？」

「見機行事。」林熙拽著她，輕聲說著。「四姊姊，這件事已經發生了，咱們說什麼都沒用了，怎麼解決才是正理，這會兒去糾纏誰對誰錯，更沒什麼意義了。妳只曉記得兩件事就好，第一，不管怎樣，爹娘兄妹的都會是向著妳的；第二，妳是林家的人，若短了林家的氣，爹娘就得低頭一輩子，妳日後也過不好的。所以，等會兒要是……要是莊家想隨便打發這事，妳斷不能嚥下這口氣，就是拚著出去，出去……」

「出去撞死，也不能丟了林家的臉，對不？」林悠說著已經捏緊了拳頭，全然就是一副要慷慨就義的樣子。

林熙無奈的點點頭。

自小她就聽過一句話——生死事小，失節事大，理學的提倡，那般的滅絕人性，可在現實當中，在清流世家的門楣下，這便是事實，可以死，卻不可以被毀了名聲，若要全了名聲，就得用死來證明！名聲便是骨頭，活著的脊梁骨！

她當時無奈地投了井，也是因為她已經無法辯駁，那一刻的無力，她清楚的記得，她甚至忿恨！但轉了一圈，如今林悠要面對這種情況，卻也只能拿生死來賭，賭一個未來的路，一個根本算不得明媚的路。

此時丫頭婆子迎了人來，林熙便同林悠，隔著窗櫺小心張望。

但見一個個子高䠷膚色紅潤長相十分富貴的婦人，錦衣華服的扶著個丫頭施施然邁步，在她身後兩步外，跟著個少年，十五、六的年紀，一瞧便是那莊家大嗓門的小二爺賢哥兒。

林悠從窗櫺處一望見他，便是羞憤得身子顫抖，林熙急忙拉了她往角上去坐著，示意她別出聲，那邊就傳來些微窸窣的聲音。

林悠點點頭，表示她會乖乖的，林熙才起身去了梢間的口子上，微微挑了掛在擱板上的簾子往外瞧看。

那莊家太太坐在椅子上一言不發，端莊靜謐至極，瞧她的眉眼與氣度，倒是不慌不忙的，似是坐在自家的廳裡一般，而那邊站在她身後的賢哥兒，手裡把玩著個玉件，一副心不在焉的模樣，全然就跟沒把事放在心上一樣，怎麼看都不像是來解決事的。

林熙看得蹙眉，心裡生起一絲厭惡來，而這個時候，陳氏已經快步而來，抬腳入屋，林熙登時睜大了眼。

只這麼一會兒工夫，陳氏竟然也換了一身素服來，更絕的是，她手裡竟然還拿著一支銀簪子和一朵白色的絨花。

林熙抬眼掃了掃母親頭上那支赤金的銜珠流蘇釵，心裡叫了一聲絕！

「我來遲了些，叫莊家太太等了。」陳氏說著微微衝著莊家太太福身，她身分本就低於人家，哪怕這裡是自己的家，禮數上也錯不了的。

莊家太太沒料到陳氏穿成這樣，眼裡閃過一抹驚訝，登時起身。「林夫人，妳、妳這是……」

「家門不幸，遭遇橫禍，我正等著棺材到了，好把我那遭輕薄了的女兒給埋了！」陳氏說著，往對面的椅子上一坐，也並不坐上席。

莊家太太嘴角一抽，臉上顯出一絲笑來。「林夫人，何必要走到這步呢？今早咱們兩個不還道有緣的嗎？我知道小兒魯莽，做了錯事，可到底他也是無心，並非有意要傷了妳家姑娘的名聲，只是，這事確實落下了，我們擔了就是。」

莊家太太自己把話痛快的亮了出來，倒不用陳氏再去逼，也實在讓陳氏有些意外，她起了身。「莊家太太的擔是如何擔？」

「我這魯莽兒子當著眾人的面抱了她，妳那閨女便只能入我們莊家的門了，這擔自是結親了。」

聽莊家太太這般言語，陳氏的臉上顯出一抹和氣來，但還是繃了臉。「這也是沒法子的事，只能如此。」

莊家太太挪步到了陳氏跟前，拉著她一道坐了椅子，這才說道：「不過有件事，我得說在頭裡。」

陳氏挑眉。「不知是何事？」

「今日裡咱們是解決事兒的，所以我也不說什麼繞圈子的話，都與妳直說吧！」莊家太太說著眼掃了那個還在玩玉件的兒子。「三年前貴妃娘娘回來省親的時候，就放過話的，要親自給我們家賢哥兒訂親事，年初的時候，更叫人從宮裡傳了話來給我，讓我去明陽侯府多走動走動，看看他府上的十三姑娘和十四姑娘，顯然是要讓我在這兩個姑娘裡訂下一個來。所以三月的時候，我已和謝家交換了口信，訂下了那位十三姑娘……林夫人，我想妳應該能明白我的意思。」

陳氏此刻臉色發白，嘴唇微顫。「莫非莊家太太思量著，是叫我家四姑娘過去做小嗎？」

屋內的林熙立刻撤到林悠身邊，拽了她，生怕林悠會衝動，但林悠卻沒動，只坐在那裡，宛如一根木頭。

廳裡，莊家太太攥了陳氏的手。「我知這話聽著不那麼痛快，但貴妃娘娘把這事也早早就說定了的，我也和謝家已經口頭上說好了的，只待過得兩年十三姑娘及笄，就會換庚帖，倘若這個時候，我硬把這樁親事給推了，只怕貴妃娘娘的臉上不好看，謝家那裡也難交代，我想林府應該和我們是一樣，都不想得罪他們吧？」

這分明是拿貴妃與謝家來逼壓陳氏，登時陳氏便是臉色由白轉了青。

「其實退一步說，一個妾字，是有點委屈了四姑娘，畢竟她是嫡出的，但仔細想想，也並非真真的就委屈了。我們莊家好歹也是侯府，論品級絕對算得上是豪門，別人家的姑娘可未必能進了我莊家的；林大人如今為侍講，也得器重，日後也有晉升之途，大家各自護了臉，誰還不能與誰方便了不是？何況三皇子是貴妃娘娘所出，今日裡大家各自讓一步，貴妃娘娘那裡，我親自去求個好，日後想來林大人必當晉升的。」

莊家太太說完，拿眼掃著陳氏，恩威並濟的一步棋，她相信陳氏若是個聰明人，必然會妥協的。

陳氏沒有說話，依然那麼坐著，臉色青青地。

莊家太太等了半盞茶的時間都不見她說話，正尋思著是繼續等還是怎樣時，廳前的院子裡有了動靜，竟是章嬤嬤帶著人扛了一口棺材進來，落在了院子裡。

陳氏扶桌起身，眼神決然。

莊家太太一看架勢不對，立刻起身開了口。「林夫人，妳可別糊塗啊！意氣之爭，毫無意義的。這樣吧，到底是我兒闖了禍，要一個嫡女做妾，妳也心裡不舒坦，我就今日裡再補償你們一些，只要你們肯點頭，把這事揭過，下個月我就讓人把四姑娘接進我們莊家，先給她一個姨娘名分，以後她若是個有福氣的，能在謝家的十三姑娘進門前生下個小爺來，就憑著庶長子的身分，想來也虧不著她……」

「不可能！」陳氏冷冷地丟過三個字來。

此時梢間內的林熙一拉林悠的胳膊就往門口拽，林悠登時雙眼裡透著憤恨之色，衝了出去。「要我做妾？我寧可死！」說著她衝著陳氏往地上一跪。「女兒拜別母親，女兒就是死，也不會糟踐林家的名聲。」說完朝著陳氏啪啪啪磕上三個響頭，轉身爬起來，伸著腦袋就往院子裡衝，顯然是真的要一心撞死在這裡！

此時那玩弄玉件的賢哥兒一見這架勢，嚇了一跳，抬手就把手裡的玉件朝著林悠砸了過去，隨即一邊往外衝，一邊口中大喊。「欸，妳別死啊！我可沒糟踐妳啊！」

玉件砸了林悠，林悠沒管，照樣邁步出廳，可他這話出來，林悠卻冒了火氣。她本是一心求死，免得自己日後做妾遭人嗤笑，那可叫她生不如死，這會兒害她的人竟然還口口聲聲說沒糟踐，林悠只覺得內心憋火，轉頭對著衝來的賢哥兒一聲喊——

「你等著，我做鬼也不放過你！」說完就要去撞棺材。

可這個時候，賢哥兒已經跑到了林悠跟前，一把就把她給摟住了，大聲地喊著。「妳這人怎麼那麼不講理呢，明明是妳磕到頭，我好心救妳回去，妳硬說我糟踐妳，我怎麼糟踐妳了？我是睡了妳啊，還是扒光了妳啊！」

這種話從一個侯門小爺的嘴裡冒出來，著實叫人汗顏，再加上這位小爺還這麼死死的摟著林悠，登時陳氏的身子就晃蕩了起來。

此時莊家太太那一直淡定的神情消失了，她幾乎是瞪眼咧嘴地喊了起來。「賢兒，你！」

於此同時，院子裡的丫頭婆子們反應慢了好幾拍的才上去，把林悠從賢哥兒的手裡搶了下來，林悠已經完全脹紅了臉，口裡來回就一句。「讓我死，我不要活了，我活不成了！」

此時莊家太太已經到了賢哥兒身邊，抬手就扯上了他的耳朵。「你這是做什麼孽啊！你非要人家把你整死不成嘛！」

陳氏卻一扶桌椅大吼起來。「妳說清楚點，這是誰要整死誰？三番兩次占我女兒便宜，還把自己當沒事人，這就是莊家的教養嗎？你們傷了我女兒的名聲，竟到這裡來逼我點頭，我告訴你們，我們家老爺是品級不高，只是一個五品的翰林，可是林家府上還沒出過一個賤骨頭！悠兒，抹掉妳的眼淚，閉上妳的嘴，今兒個死也要死到莊家的門口去。來人，給我抬上棺材，直去莊家！今日我在莊家大門口，親自送我的閨女上路，我們林家世代的清流世家，我倒要看看，上自御史大夫下至讀書人，有幾個會說我林家要整死權貴？分明是權貴要壓死我們這些清流小家！」

陳氏慷慨激昂的言語完畢，抬手扯了頭上的金簪子，把銀簪子插上，再把那朵白絨花往頭上一別，相當決然的邁步出門。

此時那莊家太太已經白了臉，急忙地伸手又拉又攔。

她能不攔著嗎？權貴和清流自古便是「貌合神離」，一個靠吃老本、吃關係，一個靠自己拚搏，本就是相對的，多少年來，清流世家為著一個名聲，就敢抹脖子、挨板子，只為把名字刻到人們心裡，以後好流芳百世。

所以歷代，權貴和清流就在死磕，而贏家可以說九成九都是清流，因為權貴磕贏了，那也是臭大糞，更加說明他們惡劣；要磕輸了，得，家門臨禍吧，讀書人要是筆桿子心眼子一處使勁，功勳兩個字往往都扛不住，更別說她家的這個侯，是因為莊貴妃才得的封了。

莊家太太原本沒把這事太當回事，畢竟林昌就是一個五品的翰林，還恰好是三皇子的侍講，所以想著壓一壓，再給點甜頭，給兒子弄個妾侍出來，這事也就了了，畢竟他們是侯府，林家不過一個小小翰林。

但是偏生啃到了硬骨頭，林家老爺連個人影都沒見，只一個林家夫人，就生生的要把事給鬧大，更是一開口唰唰兩下把這事都上拉御史大夫下拉讀書人了，這不是找著去死磕嘛?!

「林夫人啊，咱們萬事好商量、好商量啊！」莊家太太大聲的言語，可陳氏完全不買帳。「少拉拉扯扯，我當不起！妳們都愣著做什麼，抬上棺材，走！」

陳氏大聲的喊著，氣勢非凡，丫頭婆子們立刻亂七八糟的動作，就在此時，賢哥兒忽然扯起了他的大嗓門。「都給我閉嘴！」

一個小小少年，這般目無尊長，登時把莊家太太臊得恨不得立時過去給他兩耳刮子，但也就憑他這麼一嗓子，院子裡全安靜了。

賢哥兒搖搖腦袋，依舊是大嗓門。「妳們至於鬧成這樣嘛，不就是我抱了她我得娶她嘛，我娶行了吧！你們家不樂意她去做妾，要做妻是吧。成，我娶，我讓她做妻不就完了嘛，哪兒來的那麼多事，非要一個個尋死覓活的啊！」

賢哥兒的話，把整個院裡的人全都給弄懵了，而後莊家太太張張嘴，結巴一樣的衝著自己的兒子說道：「那、那、那謝家的，十、十三姑娘……」

「不沒換庚帖嘛！」賢哥兒一副不當事的樣子。「反正沒算下定，外面人也不知道啊，傷不到她臉。要真不成，我上謝家賠罪去，大不了拽著謝慎嚴幫我求兩句，要真是左右都不答應，大不了我娶兩個唄，欸，娘，能娶兩個嗎？」

莊家太太這下真要瘋了，上前朝著賢哥兒就給了一巴掌。「說什麼胡話呢！就這一個，你都要把人折騰死！」

賢哥兒似乎被他娘抽慣了，也不覺得丟臉，連臉都沒捂，嘴裡大聲嘟囔。「不能就不能嘛，打我做什麼，哎呀，我就娶她做妻，不就完了嘛！」說著根本不管他娘了，直接走到林悠面前。「行了，別死了，做妻，回頭，我就親自上門來送庚帖求八字，聽見沒？」

說完也不等林悠反應，轉頭衝著陳氏一擺。「明達給您告個罪，原本我因著惱，遇上了她，一時是起了逗逗的意思，不料害她摔了傷。我當時真是一心想著救人，沒思量那許多。既然這個於禮不合傷了她的名聲，我願意娶她為妻，還請未來丈母娘給我一天時間，明日我登門送帖求八字，親自求親！」

依舊是大嗓門，卻比之先前那混球模樣正經了許多，陳氏捏了捏拳頭看向了莊家太太，畢竟父母之命媒妁之言，就算莊家小爺願意負責，他娘老子不答應，什麼都是白說。

莊家太太眼見兒子都這麼說了，還能怎麼著？看看院子裡的那口棺材，又看看陳氏那一身打扮，再看看她頭頂上的銀簪子，登時覺得自己腦門疼，深吸了一口氣。「罷了，闖了禍，那就擔著吧！娶，娶你們家四姑娘做賢兒的正室。我、我今晚就遞話去宮裡，向貴妃娘娘請罪去！」

「我也可以去謝家請罪！」賢哥兒很痛快的補上一句，惹得莊家太太瞪了他一眼。

陳氏攥攥拳頭。「莊家太太既然要去宮裡請罪，勞請摺子裡添上我們林家的名字，貴妃娘娘要罰，我們林家也願受著！」

這話一出來，莊家太太徹底沒了言語，悻悻地笑了一下。「這不必了，是我們家賢哥兒魯莽了，明天，明天我們就來送庚帖！」說著看了眼賢哥兒，意思著撤。

陳氏見狀也知道見好就收，立時衝章嬤嬤說道：「快幫我送莊家太太他們出去吧！」說著朝莊家太太一個福身。「我身有素服就不送出去了。」

莊家太太這會兒也沒心情要她送，乾笑著說了兩句話，立時就拉著賢哥兒往外走。他們離去的時候，賢哥兒回頭看了一眼呆若木雞的林悠，嘴角掛著一抹笑，分明不見痛苦沮喪，倒教林悠更加的恍惚。

待他們一離開，陳氏身子一軟就扶著門滑至地上，跟前的婆子手快，立刻扶了她，她便急急的大喘氣，繼而看向林悠。「悠兒，悠兒！」

「娘……」林悠茫然萬分的到了陳氏身邊。

陳氏一把抱了林悠，便哭了起來。「我們搏贏了，搏贏了啊！」

林悠傻呆呆的一言不發，只緊緊的摟著陳氏，而梢間內一直在看的林熙，抬手抹了臉上的淚水，繼而齒間抽冷，再低頭看自己的手，才知道先前那種劍弩拔張的局面，竟教她不知不覺間掐破了自己的手。

這個莊明達，似乎也不是太渾蛋，姊姊嫁了他，也許不是太糟……

「成了，老太太！」常嬤嬤一臉激動的跑進了屋，屋裡林昌正一臉緊張的踱步，而林老太太則撥動著手串，兩人聞言都是一頓。

「怎麼個成法？」林昌急問。「可是要娶悠兒過門？」

常嬤嬤急急的把整件事都描述了一遍，林昌一臉喜色的拍起手來。「因禍得福，因禍得福啊！」

林老太太瞪他一眼。「現在知道我為什麼不叫你去了吧？你那性子，也就是窩裡橫罷了，真要出了什麼事，還得靠著你媳婦！今日裡能把這事如此的了了，那可全是陳氏的本事！昌兒，我可把話給你說明了，守著這麼一個會過日子、能扶著你脊梁骨的，你可別犯渾，她要是拚起命來，你就等著破家吧！」

第二十二章 各路盤算

林老太太這話一落下，林昌乾笑了兩下。「娘，瞧您說的，我能犯什麼渾啊！」

林老太太打量著這個最不成器卻又唯一能和他處在一起的兒子，嘆了一口氣。「你呀，讀書裡，哥兒幾個是最好的，可論心眼，你沒老三多；論氣魄，你又比不上你大哥。你自小透著個溫吞勁，我以為你和你爹一樣會是個儒家大成的，結果呢，你爹能端著一杯酒和人結親，能拿詩詞歌賦為自己謀前程謀利益，才讓林家福延至今。而你，端起酒來，就是兒女情長，拿起詩詞歌賦，就是風花雪月，你爹的好本事沒一處學下，倒學下了那些個酸秀才不成器的一套套排場！」

林昌乾咳了一下，臉上有些微臊色。「娘，您兒子沒那麼一無是處，至少這翰林是兒子掙來的，如今的品級也是，還有幾個哥兒入學……」

「那是靠的你爹和葉嬤嬤的臉。靠你？你若有點實幹，日後能真正讓人看到往閣裡走的跡象，人家便也捨得給你下點本。就你這點好賴不知，分不清輕重的性子，還能叫人多扶你一把？」林老太太數落自己兒子，可真是一點面子沒留，畢竟自己兒子什麼性子她太清楚了。

原先兒媳婦和她惱著，兩人不對付，她便冷眼瞧著，由著香珍去鬧去折騰。可是現在，想法不同，路徑不同，她和陳氏已經婆媳和好，只為這個家能真真正正的起來，再把當年老爺子的輝煌呈現，那就必須得把一些問題搬到檯面上來，頭三樣便是——眼光短淺，寵妾壓妻，無為無算！

陳氏前幾日裡，就來告狀，無非是要她出面。算算日子，這兩年下來，香珍總算被壓了些火頭下來，前陣子的事，也總算讓她們母女兩個收斂，按照道理，這日後兩人出來，也便可以順理的淡著些，大家都好。可自己兒子不爭氣啊，那天還發著大火罵著香珍貪心盤算，罰她禁足，日子一到人一出來，立時原諒得飛快，還在一個妾侍那裡連宿了三天，這不是打太太的臉又是什麼？

陳氏這兩年的付出、隱忍、改變，她可是看在眼裡的，自然不能由著自己這糊塗兒子亂來，這才叫陳氏忍著不吭聲，今日去了寺廟。她把休沐的兒子叫到身邊打算好好說道說道，哪知，正追昔往日呢，竟出了這檔子事。

林昌那性子又上了來，叫著清流世家的臉面，就想往莊家去，生生地叫林老太太給喝住待在屋裡，轉頭自己去了一邊同陳氏嘰咕了片刻，陳氏便單槍匹馬的解決問題去了，把林昌給憋壞了，不明白出了這麼大的事，怎麼就不讓他去。

結果自己的老娘完全沒客氣，直接丟了一句話過來。「就你那鼠目寸光，但凡人家拋點好處來，你就會犯渾，你要去，悠兒必然吃虧，你還是給我這裡等著吧！」說罷又把常嬤嬤打發了去。「去門口盯著點，太太要怎麼來，都順著她，今日裡咱們可吃不得這個虧。」

陳氏撇著一口氣，為悠兒爭取了「幸福」，不論真實好壞如何，至少在家門上，不虧，這事林昌就只看到了「好」，叫嚷著因禍得福，卻沒看出「壞」來，著實讓林老太太心裡憋悶，就不明白，怎麼自己生了這麼一個不成器的，這心裡不舒服還能給他留面子嗎？

林老太太的話讓林昌徹底的灰頭土臉，低垂著腦袋。「是，兒子沒用，兒子扶不起，成了吧？」

林老太太劈手就把那串佛珠砸去了林昌的臉上，林昌一頓立刻跪下。

他可是翰林，他可是讀了聖賢書的，當前第一字是忠，但忠的前提是孝，家中不孝，便於國無忠。他可以一時說錯話，但絕不能再錯第二句，頂撞忤逆父母，絕對的不孝，因而他立刻跪下認錯。

林賈氏看著這個兒子，抽抽嘴角。「你大約心裡覺得我冤枉了你，那我問問你，你說因禍得福，是不是覺得你攀上了一個好親家，悠兒高嫁了？」

林昌眨眨眼——這不明擺著的嘛。

他沒出聲但表情足以表達，林老太太苦笑了一下。「悠兒這麼鬧騰著才能進了莊家做個少奶奶，你說莊家日後會不會為難她？莊家本與謝家訂婚約，說到底也是要沾親帶故的為三皇子鋪路扯親，一樁陰錯陽差的事，攪黃了這步棋。你猜，三皇子那裡會不會因為莊貴妃的話而為難你？還有，這會兒可能那位小爺還不知道自己沒選謝家姑娘失去了什麼，日後他知道了，又會不會把氣撒到悠兒的頭上？」

林老太太連三問，問得林昌嘴裡發苦，他一輩子把心思用在學問上，卻不是個活學活用的，教書侍講沒問題，引經據典他拿手，可他除了學問半點，愣沒什麼心竅，以至於剛才光想了好，卻沒想不好的一面，足可見這人在人情世故上差到了何種地步。

看著兒子面上有了愁容，林老太太擺手。「起來吧，再跪著只怕心裡要怨我不給你留面子了。」

林昌聞言慚愧，伏於地而不起。

林老太太則伸手揉揉腦袋說道：「聽著，日後香珍那裡，你少去，她是我身邊出去的人，多少心眼我比你清楚，你和她太近，必然著道，我叫你不理，你肯定做不到。我只希望你日後，睡那裡就睡那裡，清早起來，耳朵裡灌進去的字，全給我倒出來，那嘴巴也緊著點，別沒口子的什麼都應、什麼都許。我可把醜話說前頭，將來嵐兒的婚事太太作主，她有什麼造化都是她自己的，但凡你們誰再惹惱了陳氏，日後她發氣在這孩子身上，我都不會攔著，她就是要把林嵐配個馬伕，我都認！」

林昌聞言大驚失色。「娘，您這是……」

「什麼是主母？你主著外，她主著內，這些孩子哪個不得叫她一聲母親？你日日盯著妾，卻要一個妾亂了妻的地位嗎？放著嫡女不疼，日日掛著一個庶女，縱然也是我的孫女，我也想一般親著，卻也不似你，將嫡庶都顛倒了！嫡庶無序，妻妾無規，你看看你都在做什麼？你要亂了她的身分地位，你就是把這個家的規矩亂覆！我問你，你學了一肚子的書，難不成連『禮制崩而國亡，國亡而滅道統』的道理都不知曉嗎？」

「是兒子糊塗了。」母親的話，字字如雷，劈在了林昌的心頭，他狠狠地給了自己一個耳光，再次伏地。

「行了，多的我也不說了，你起來回去吧。哦，記得，這事可不是就這樣了，莊家來求八字，你少給我往上貼，還有日後和莊家，也不許太近！」

林昌點頭。「母親教誨，兒子會記住。只是，這是為何，都是姻親了，還要冷著嗎？」

「必須冷，你反正都毀了莊貴妃的一步棋，就果斷冷著，日後別人也當是你傲骨，不屈權貴，只為你女兒討個說法，誰也不會說你攀附權貴！若是莊貴妃發難，三皇子跟前你是做不下去的，但如此倒能得四皇子的關照。若莊貴妃聰明，不想得了罵名，就不會叫三皇子來壞了你的侍講，那麼你倒可以做下去，說不定還有機會上提一二，但你都必須是冷著臉，懂嗎？」

這般提點，林昌自然明白過來。「如此我既能得著權貴們的關照，還能圈著清貴們的讚譽！最不濟，失在莊貴妃這一脈上，得了皇后娘娘那一脈！」

林賈氏看著兒子明白過來，就無心與他多說了，打發他去看看林悠後，自己便躺在了榻上，由著常嬤嬤給她揉著腦袋。

今天這事來得太突然，處置不好，必然是要失去一個孫女的，好在有驚無險。

「您啊！還是少盤算這些事吧，瞧瞧腦袋都想疼了，葉嬤嬤反正在，真要宮裡發難，她怎麼也得走皇后的路子，給咱們壓著，您又何苦盤算得這般累？」

常嬤嬤心疼林賈氏，自然輕言，看似數落實則勸慰，怕她還愁著。

林賈氏笑了笑。「我總不能把什麼都寄託在她身上吧，到底我才是林家的老夫人不是嗎？人家能幫我把熙兒給顧好，我呀，就萬事大吉了！」說著又嘆氣。「只可惜昌兒沒一點眼力勁，唉，但凡有老大老三的那點……也不至於這個年歲了，還要我數落，唉！」

林家這邊算是大石頭落地，莊家這會兒卻是雞飛狗跳。

莊家小二爺一副沒什麼大不了的德行，應承了娶林家的四姑娘為妻，便生生的黃了和謝家十三姑娘的婚事，直把他父親莊家大爺、未來的侯爺莊詠給氣壞了，抓了家法藤條就要去抽打賢哥兒。

許是抽慣了，賢哥兒二話不說，自己跪去了地上，一副您隨意的架勢，把他爹氣得火冒三丈，抬手就抽。只可惜還沒落到兒子身上，自己的妻子嚴氏就衝上來擋在了面前。

「你別再抽他了，要不是你回回下手這麼狠，他能這麼渾嗎？今天的事，你再打他也沒用，他本是好心救人，只是沒過腦子，從而弄了那麼一齣。偏生那林家，是個不要命的，抬了棺材要往咱們府上衝，要鬧起來了，就是貴妃娘娘也沒法，誰不知道翰林那些人，都是腦子裡缺根弦的啊！賢兒，至少今日裡也算敢作敢當了，傳出去也不算丟臉不是？快收了手吧！」

莊詠一臉忿忿。「那是謝家啊，咱們家得侯，那全靠我妹妹當了貴妃，拚了力掙來的，這侯聽著榮耀，可祠堂裡沒那塊免死的鐵券，沒那功勳！如今我妹妹得著寵，還是世襲罔替，過得些幾代下去，咱們又不是功勳，哪代帝王想不過了，放句話出來，沒了罔替，就只能日漸衰落，是以靠著貴妃妹妹，咱們才能巴上謝家！那是真正的功勳，那是皇上都動不了的大世家，靠著他們，咱們才能穩啊！我們費心半天才得了這機會，貴妃娘娘開口，謝家也給了面子，可這下好了，他就這麼一句話，沒了！妳說我要不抽他，怎麼成？妳給我閃開！」

他說著拉開嚴氏，還是要鞭打賢哥兒，豈料嚴氏一把抓了藤條。「你是怪他應了，可他要是不應，今日裡咱們就要麻煩啊！你是不知道，那林家夫人好硬的骨頭，把棺材都備好了，真正的要往咱府上抬！我和賢兒出來的時候，林家正門都大開的，好多人圍在那裡，那棺材可是正門抬進去的，人家擺明了，絕對不會息事寧人善罷甘休的。若不是他自己說了那話，我原也不樂意說的，可出來才後怕，虧得他說了啊，要不然，你還指望什麼謝家啊。莊家和清流對上了，謝家那種世家，可是靠世代傳承下來的，底子上比咱們還近那些清貴的，只怕回頭人家拿這事作文章，你兒子被蹬踹了，那才是丟人呢！」

莊詠聞言口裡忿言：「光腳的不怕穿鞋的，這幫遭瘟的窮酸骨頭！」

嚴氏乘機奪下了藤條轉手丟給了一邊的丫頭，拉著莊詠的胳膊。「罷了罷了，你也別氣，已經這樣了，這算命！誰讓我今天多事想著去進香，偏生遇上她們，又想起了那位葉嬤嬤，我若不是一時起了套話的心，也不至於讓兩個孩子給對上。」

莊詠聞言，恨掃了一眼自己這不成器的兒子。「你說你，這京城裡你惹誰不好，要去惹一個窮骨頭的女兒？如今好了吧，謝家的好媳婦撈不上，只能撿個……日後有你後悔的！」

賢哥兒依舊一副吊兒郎當的樣子，無聊至極一般的撥弄著腰帶上的玉珮墜子，要不是他還跪著，真格就是一副與我無關的架勢。

眼瞅著兒子這個模樣，莊詠只覺得肺都要氣炸了，可此時管家急急地跑了來。「大爺，謝家來人了！」

「什麼？」莊詠一愣，登時頭大如牛。「好傢伙，他們倒先來了！」說著兩步走到兒子跟前，抬腳就朝他身上來了一腳。「混帳玩意兒，咱們還沒去告罪，人家都尋來了。你給老子起來，你不是很能耐嘛，你自己惹的禍，自己消災去！」

賢哥兒這會兒有反應了。「是，爹！」說完直接起身，抬手拍了下身上的腳印，竟大大咧咧的就往前走，把莊家大爺氣得直跳腳。

「兔崽子，你給我站住！」

儘管生氣，儘管說的是叫自己的兒子去消災，但為人父母，莊詠還是帶著嚴氏向謝家告罪。

來的是謝家的三爺，也是十三姑娘的父親，他倒沒發脾氣，帶著自己的小兒子謝慎嚴往廳上一立，說得十分客氣。「莊賢弟，千萬別詫異，我帶著小兒來，是因為小兒得了令公子的一封信兒，說是要了結了和我家十三姑娘的親事，我有點糊塗，便先來問問，這到底是怎麼回事？」

按照謝家的身分，只憑這麼個信兒，人家就可以過來摔桌子砸板凳，他莊家還得賠臉賠笑，可人家沒，而是一副關心的口吻，倒把莊詠弄得臉紅臊色，只能狠狠地瞪了一眼自己的兒子，連忙請著人家到內廳裡說話去了。

三位大人進了內廳，外廳裡就他和謝慎嚴兩個，賢哥兒直接湊了過去。「慎嚴，你爹不會找我爹麻煩吧？」

謝慎嚴一副淡笑的模樣。「那得看是什麼情況了，若是你瞧不上我那十三妹妹，又或者起了什麼花花心思，臊了我家的臉，那可就……」

「沒沒沒！」賢哥兒急得擺手。「這是巧了，我是今兒個救人，一時激動就把人給抱了，結果我就得娶人家，還得是正妻！」

謝慎嚴一愣。「啊？你把誰家的姑娘這麼糟踐了啊！」

賢哥兒當即瞪他一眼。「我糟踐啥了？怎麼誰都這麼說啊，你們讀書人哪來那麼多道理！那林家的人也說我糟踐，那姑娘還尋死覓活要撞死呢！」

「林家？」謝慎嚴眉一挑。「哪個林家？」

「還能哪個，就是家裡有個葉嬤嬤的那個！」

謝慎嚴一頓。「你糟踐了哪個姑娘？」

賢哥兒伸手撓頭。「好像是四姑娘吧，就那天說我壞話的那個。」

謝慎嚴點點腦袋。「哦，是她啊，你肯定去欺負人家了。」

賢哥兒咂咂嘴。「也不是欺負，就是想教訓她一下，誰知道那麼不經嚇，人竟從臺階上滾下去了……」

謝慎嚴抬手拍了下賢哥兒的肩膀。「明達，雖然這事你辦得不地道，也的的確確弄得我十三妹妹這邊有些難堪，但好在你的錯你擔當了，倒也不失為一個堂堂男人該做的事。你放心，咱們兄弟一場，回去我會幫著你給家裡人說說的，盡可能把這事揭過去，只不過，你可千萬別上我們家謝罪去了。」說著又把口袋裡的信拿了出來，塞回了賢哥兒的手裡。

「不謝罪的嗎？那你們家老爺子要是惱著我們怎麼辦？我爹剛才都準備抽死我了，要你們家真不原諒我，我爹一定把我吊起來打！」賢哥兒說著一臉苦色。

謝慎嚴嘆了口氣。「你要真想大家沒事，就千萬別上我們家來，你和我十三妹妹的親事，也不過是口頭上答應，還沒真正下約，黃了就黃了，大家嘴巴閉緊，這事就過去了，畢竟外人不知道。可你要是橫不愣子的衝去我家，這事不等於你給爆出來，到時，你叫我十三妹妹可怎麼辦？為什麼我和我爹急巴巴的趕來，還不是為了兩家之間別難堪嘛！」

賢哥兒聞言使勁的點頭。「原來這樣啊，你放心，我不去，絕對不去！」

謝慎嚴無奈的輕笑，繼而又嘆了一口氣。「唉，原以為還能和你日後做個親戚，誰料想，你是沒這個福了，我那十三妹妹可是嬌滴滴的大美人呢！」

賢哥兒乾笑了一下，沒說什麼，兩人東拉西扯的說了一陣子，三個大人從內廳裡出來了，十分的和氣，莊家大爺還一副賠罪的模樣，謝家三爺卻是一臉親和，說了句告辭，帶著謝慎嚴離開，莊家大爺自是親自相送。

看著他們走了，嚴氏吁了一口長氣，看著自己那堪稱混世魔王的兒子，伸手戳了他的腦袋。「你呀你，日後有你後悔的！」

賢哥兒卻眨眨眼。「有什麼好後悔的，我要真把謝家的十三姑娘娶進來，日後您這個當婆婆的只怕還得低眉順眼的呢！」

嚴氏一愣，詫異地看著兒子。

賢哥兒很開心地說道：「我要找的是媳婦，又不是管家，您和爹管著我還不夠，再來一個，我這日子還怎麼過啊！我寧可娶個聽我的，也不要娶個管我的，娘，您哪，這會兒也偷著樂吧！」

賢哥兒說完自己轉身就走，把嚴氏激得站那裡好半天才一臉苦瓜色。「我這是做的什麼孽啊，你這心眼都長到哪兒去了！」

莊家在這件婚事上，縱然內心十萬個不樂意，卻也不能翻臉。大清早上，莊家就遣人來了帖子知會，辰時剛過，巳初才進，莊家太太帶著杜閣老家的貞二太太，外加小二爺賢哥兒以及一個媒婆上門了。

按照正禮，雙方議親之事，應該循步走，先是來訪人戶，相家相親的，只是現在賢哥兒和林悠之間已經到了必須娶的這分兒上，一切儀式都純粹是形式了。所以莊家只能把媒婆帶上，又把杜家的貞二太太請來，相當於是選了個親近的親戚前來保媒，這前兩步一次到位，因此莊明達上門來，就直奔的是第三步，要女方八字，也就是庚帖。

換庚帖，可是雙方的八字交換，這不是一次可完成的，把女方八字寫在紅紙上「發」出去，男方還得拿回去壓在神龕下三到七日，看看是否平安無事，這個平安無事說的是——不打碎碗，不撞倒油，不病豬雞，不生口舌等，只要這樣平安了，便是大吉，相反出了事，便是不好，得退八字，婚姻不成。

可這個完全就是做面子的，尤其莊家敢拿這條退了四姑娘的八字，那就是擺明了抽林家的臉。所以換句話說，就是日日裡碎碗倒油，這莊家賢二爺的媳婦也得是她林悠啊！

第二十三章 嫡庶的不甘

因著這個內情，大家心照不宣，就連做個面子的事都省了。在林悠的八字被遞出去時，賢哥兒的八字也直接交到了林家太太陳氏的手裡，這便完成了換庚帖，說白了，兩人的婚事，打今兒起，這可就定死了。

要是這會兒，賢哥兒一命嗚呼，林悠也得嫁進莊家去，哪怕抱著牌位過一輩子，也得是莊家的人，當然也不是不能毀，可要毀約，林悠便得背上罵名，從此便是失節，遭人唾棄，林家卻又丟不起這個人了。

雙方這麼庚帖一換，親事便定下了，杜家的貞二太太立時提起了林馨的婚事日子，前後一商量，便把林悠與莊家小二爺的親事日子，也大致的定下了——林馨到底是三姑娘在前，林悠縱然被賢哥兒抱了，也不能越過了她去，所以在林馨年底出嫁後，年初莊家老太太會前來給林悠及笄，然後再一年就把林悠給娶進莊家。

這樣一來，林悠便不能等到十五歲及笄再嫁人，而得是十三及笄，十四嫁人，雖然這樣是急了些，卻也是沒辦法的事。畢竟昨兒個陳氏叫人大張旗鼓的抬了棺材進府，滿城皆知，要是再不把兩人的親事早辦了，讓那些瞧見這事的人誤以為雙方還在死掐，那可就麻煩了。但凡遇上個愣頭青想要沽名釣譽的，上道摺子，或者在街坊鄰里的嘴裡叨叨起這名節來，那莊家林家就得一起丟人現眼。

日子一說好，立時莊家太太同貞二太太告辭出門，由著媒婆在門口放了一掛鞭炮，揚了喜，便有幾抬前禮被下人從角門上抬進了林府，這也是個形式，用來知會大家——兩家已經要結親了。

林悠的婚事一定下，林府上下的人才真正鬆了口氣，幾個哥兒姊兒的當夜都在林老太太處，吃了一回「合家宴」。

席間林昌宣佈了林悠與景陽侯府的莊小二爺訂了親，林悠便紅著臉，低了頭，那一刻嬌羞的模樣，倒好似沒了昨日的凶險。

「四姊姊，妹妹恭喜妳！」宴席快結束的時候，林嵐捧了茶一臉笑容的衝林悠敬茶，林悠掃她一眼，拿了茶杯，一言不發的與她虛碰了下便飲下，轉頭就同林熙說話，完全不再搭理林嵐。

林馨在旁看著林嵐一臉楚楚的模樣，內心便有些酸，自己動手為林嵐挾了一筷子菜。「六妹妹，多吃點菜吧，三個月沒見妳，妳整個人都憔悴了呢！」

她不說還好，大家也都刻意的沒去提及，可如今一說的，珍姨娘竟當場摸了帕子出來，一邊擦著眼角一邊低聲言語。「前些日子是我糊塗，連累了嵐兒，這幾個月上，太太也沒虧著嵐兒半點，只是這孩子到底還是寒著了，日日受罪，也不知到底好了多少……」

她慣性的又作可憐狀，若是往日必當得了林昌的心疼，少不得要憐著她同嵐兒，那她便能趁著機會再為女兒爭取一下日後的前途，畢竟林悠歪打正著的竟和侯府結親，前兩個姑娘不分嫡庶可都高嫁，她沒道理不去為自己的女兒爭取。

只是她萬沒料到昨日裡林昌被林老太太那通數落，這會兒別說心疼了，眼瞅著老太太坐在上首一副冷色，便急急地倒挑了眉，衝她輕喝。「少在那裡哭哭啼啼，妳若知道錯，以後少和嵐兒近，更少去攛掇著就是了。至於她那身子，哼，自己惹的禍事自己扛，能治好便好，治不好也只能如此，誰叫妳這個當娘的貪心無矩！」

珍姨娘萬沒料到在家宴上，林昌會當著孩子們的面數落自己，一時怔住。「老爺，您……」

「閉嘴，今兒個這合家宴可是為了林悠的婚事，是喜事，妳少在這裡給我抹淚，不樂意待著妳就回！」林昌一點沒客氣，直把珍姨娘斥得是面紅耳赤，恨恨地一扯衣袖，起身朝眾人一福，便退了出去。

「來，大家為四姑娘將來能嫁進侯府共飲一杯吧！」林昌端了酒杯引領大家熱鬧，完全無視珍姨娘的離去。

陳氏明白這是林昌做給自己看的，便也立刻端起了茶杯，一時間屋裡是熱鬧的恭喜笑顏，至於珍姨娘，這會兒，誰又會去搭理她呢？

飲下茶，歸於座，林熙掃向林嵐，但見她一臉怯懦謹慎的模樣，又掃長宇，見他眼睛老往外瞟，便知道這孩子是掛心著珍姨娘，這心裡就不免對林嵐有些輕嗤。

此時林熙身邊的林悠卻忽然衝林嵐開了口。「六妹妹往日裡不是最孝順的嗎？如今珍姨娘離座回去了，三弟弟尚且知道掛心的，倒是六妹妹淡定得很，都不惦念一眼的，看來上次的事定是把六妹妹的心給傷透了，心裡也怨著珍姨娘害了妳吧！爹，如此看來六妹妹也是怕了姨娘再害她了呢！」

這段日子她跟著林熙近，不說開了多少心竅，但多多少少也比前些日子好了些，是以對著林嵐少了往日的冷嘲熱諷，改為視而不見的態度，可今日裡珍姨娘作態，林嵐又一副戰戰兢兢的樣子，她看見就打心眼裡不舒服。眼瞅著珍姨娘被父親斥走，林嵐卻還在這裡礙眼，便毫不客氣的拿話來損，依舊是以往那不客氣的炮筒性子，可話卻知道轉彎，生生把林嵐架在了尷尬的位置上。

若是不念母親，便是不孝，可要念了母親，似又死性不改，林悠看著林嵐那一臉尷尬之色，心裡便放聲大笑，想著這下可就能在父親心上把林嵐給黑上一點，畢竟讀書人嘛，最不能容的便是不孝。

可她還沒笑兩下，林嵐卻一副為難之色的說道：「今天是四姊姊的好日子，姨娘掛心我而亂了氣氛，爹爹斥責原就應該，我若再念著姨娘，卻是傷了爹爹的心，何況席面未散，離席便是失禮，我便只能在此，稍後再去姨娘處坐坐，與她提及今日的道理。只可惜嵐兒只得一身，若能分為兩身，必然兩邊看顧，以求周全。」

林悠當即心裡不快，剛張了嘴，身邊的林熙便扯了她一下。「四姊姊，我要吃荷香肘子！」

林悠一頓，不再言語，立時給林熙挾菜去了，而那邊林昌點點頭說道：「難為妳心裡清楚道理，總算還知道好歹。」說著自己給林嵐挾了一筷子菜，便轉頭衝林老太太問及關於兩個女兒嫁妝置辦的差別安排來。

「真是氣人，本想搡她兩句的，她倒好，賣起乖來，倒得了爹的誇！」在碩人居裡，林悠一臉鬱色的衝林熙抱怨。

林熙無奈地衝她笑笑。「四姊姊啊，妳何必去逞那口舌之爭，咱們不是說好的，冷眼瞧著、看著的嘛！」

「我也想啊，可妳看她們母女兩個，分明就是不消停，我總不能看著她們起心思的想欺負娘吧！」林悠說著捏了手指頭。「這次我惹下這麼大的事，娘為我硬撐出來一條活路，想想這些年，我還心裡怨著她不疼我，我實在是悔得很，我現在只想多幫幫娘！」

「好姊姊，妳要真心想幫娘，日後就少和六姊姊還有珍姨娘起爭執，越是不理著她們，才越好！」

「啊？這是什麼道理？」林悠不解。

林熙和她湊在一起，挨得近近的，聲音壓低。「四姊姊，您說，珍姨娘是個笨人嗎？」

林悠一愣，搖了腦袋，自己的母親和她鬥了這些年，倘若她是個笨的，不至於母親老是輸，母親什麼手段她也見識過的，所以她明白，能和母親一較高下，這珍姨娘就壓根兒不是個笨人。

「她不笨，又為何會在今日的家宴上忽然說自己錯？還不是想著為六姊姊出頭，只是咱們爹爹今日裡沒吃她那套，她才落了面子，倘若吃了，不是和她一起逼著咱娘點頭關照去了？」

「是啊，所以我瞧著她不舒服啊，要不我搡她做什麼！」

林熙聞言嘆了口氣。「哎，我的四姊姊，妳這直性子可得壓一壓。妳好好想想，若是今日裡妳沒去搡她那一句，她是斷然無法在眾人面前表現自己那份懂事的，那爹爹也不會給她挾菜了啊！」

林悠聽了林熙這話，不解地看著她。「妳這意思，是我錯了？」

「妳這不是錯，是好心辦壞事，原本想為娘出口惡氣，卻被人當了梯子。」她說著拉了林悠的手。「姊，我問妳，如果妳到外面去轉一圈，回來最有可能和我講的新鮮事，是什麼？」

林悠眨眨眼。「肯定是有什麼好看的好玩的，再就是打架啊，扯……」她沒說下去了，她已經完全明白了林熙的意思，繼而她看著林熙，很認真地說道：「我懂了，以後，我再不要給她當槍使！」

林熙點點頭。「是的，她巴不得讓爹爹心疼她，那就勢必要爹爹注意她。我們越是搡她欺負她，爹爹就越疼她，倒不如冷著晾著，一般的待她，她想哭沒機會哭，想說委屈也沒法說，爹爹也就不會老注意到她，自然不會因為憐著她再去煩擾母親。」

林悠點了頭。「放心吧，我日後一定克制我自己。」

林熙衝她一笑。「四姊姊，妳原本想替我嫁入侯門，如今，哪裡還用替我，自己不就攀上了侯門？雖說這事亂糟糟的是碰了巧，可能以後嫁過去也會吃些苦，但我瞧著，那莊家小二爺，至少有些擔當，日後妳摸順了他的脾氣哄著順著，想來應該不會吃虧。只是一入侯門深似海，妳也需得心裡清楚妳的處境，可千萬別再任性使性子啊！」

「我知道了，我不會的，我這次差點就把命搭上了，我要再那麼不管不顧的，只怕真就活不成了。」林悠說著嘆了口氣。「如今看著不錯，是去了侯府，還是正妻，可那莊家太太說了他原是和謝家的，弄不好，我日後的日子難過得很。」

林悠也不傻，昨晚上陳氏更拉著她說了一肚子的話，也由不得她不清醒。

「姊，妳可千萬別輕了自己，妳嫁進侯府，並不是妳求來的，是那莊家小二爺得對妳負責！妳得把這個記著，這錯不在妳，黃了謝家，也是那個小二爺自己惹的事，怪不到妳頭上來！還有，若是日後那個莊家太太真為難妳，妳就多哄哄那小二爺吧，我瞅著他看似渾了些，卻也知道擔責，將來有了爭執，他應該，是能護著妳的。」

林熙說著就想起了莊家小二爺離開時回頭衝林悠笑的模樣，至少那模樣看起來，並不覺得委屈。

「我明白的。」林悠略有些惆悵。

「姊，別這樣，妳能和他遇上，說到底也是你們的緣分，大概上輩子，你們兩個是冤家吧！」林熙出言勸慰，林悠卻忽而一愣，隨即眨眨眼。「妳說，這世上真有緣分嗎？」

「若沒緣分妳能和他遇上嗎？」林熙衝她笑。「只能說妳那一腳踏空摔了個好！」

林悠聞言卻伸手摸了摸自己的膝蓋窩，繼而衝著林熙小聲說道：「我那會兒膝蓋一痛，一下就滾了下去，莫非，那一痛就是緣分？」

明陽侯府屬三房宅院的花廳裡，紅木棋桌旁，父子兩人大戰一場，彼此收了子，開始複盤。

「什麼時候又換了個荷包？不是前日裡，你娘才給了你一個青蚨吐珠的嘛！」謝家三爺眼瞅著兒子腰帶上的新荷包有些好奇。

「十三妹妹今兒個中午給我的，她說我幫了她，專程給我繡的。」謝慎嚴不當事的說著，手中雲子落盤。

「你幫了她？該不會……」謝三爺臉有驚色。「莫非莊家和林家這事，是你……」

「爹，您說什麼呢？您兒子我哪裡有那能耐啊，只是我叫那明達千萬別上咱們家來謝罪，那會傷了十三妹妹的名聲和咱們謝家的臉不是？」

謝三爺聞言一頓，立時發現自己是想得過於多了，便淡笑。「確實，這事你又能摻和上什麼呢！」

「爹，您不是還在想著莊家這事吧？」

「怎能不想啊！我這剛打了瞌睡，就有人送了枕頭來，你不覺得太過湊巧？」

謝慎嚴眨眨眼睛。「若是這事在別人身上，兒子覺得是有點巧，可是明達那人從來就是個不知規矩的，他和那林家的姑娘在杜家府上起了點爭執，這心裡就憋了氣，結果遇上人家就老樣子的去整人家。這下好了，把自己給整進去了，思量下他那性子，倒也不覺得是巧，是遲早的事兒！」

謝三爺聽了這話，不免臉上露出了笑。「那我們可是得了便宜，這次也算萱兒福氣啊！貴妃放了話，皇上透了意思，老爺子也是沒辦法才應了這門親，他老人家可是最不想沾染上後宮奪嫡的事！皇上一日不立儲君，這將來便是越發的凶險，不到最後，焉知鹿死誰手？幸虧來了這麼一齣，倒把咱們萱兒給解救了，不用嫁給那個不成器的東西，她自不必愁眉苦臉，咱們也不必日日愁了。」

謝慎嚴聞言呵呵一笑。「如此看來，林家倒是咱們的恩人了？」

謝三爺此時忽而一笑。「還真算是恩人呢，而且是老恩人！」

「這話怎麼說？」謝慎嚴一臉好奇之色。

「具體的事情不清楚，反正你祖父曾和林家的祖父之間有過交情，我記得我小時候滿院子裡跑時，曾聽你祖父念叨過什麼無緣。後來在你祖母口裡聽了一句話，說是林家老爺子於我們謝家有大恩，雙方立了約，只可惜，生了一堆的兒子，這個約黃了。」

「啊？」謝慎嚴咧了嘴。「什麼約啊這是？」

「不知道，老爺子和老太太到現在都沒提過，我也不知道是個什麼約，只是想來，一堆兒子便黃了，那林家似乎又是三個兒子，估摸著，可能是個指腹為婚什麼的吧！總之都過去的事了。」謝三爺說著指指棋盤。「今兒個你輸，就輸在這步上了，急功近利，著了我的道，好生琢磨吧！」說著起了身。「天色不早，你思量透了就回去歇著吧！」說罷自己向外走去。

謝慎嚴立刻起身規規矩矩的躬身恭送了父親出去，而後才坐到了棋盤跟前，他抬手隨意的撥弄了兩個棋子，嘴角上勾，口中輕喃：「老爹啊，您這棋藝再不長進，我日後又怎好次次都輸得剛剛好呢？」

自己撥弄了一會兒棋子，想起了父親口裡說的黃了的約，便又覺得有點意思。

「恩人……」他口裡唸唸有詞，嘴角掛笑，隨即收了雲子，起身離開花廳，回往自己院落。

才到院子口上，一個俏麗的丫頭就從廊下走了過來。「哥，你可回來了，我給你燉了雪梨燕窩，你嚐嚐！」

謝慎嚴看著自己的十三妹妹，一臉淺笑。「妳呀，荷包送了還不夠啊！」

「哥你言而有信，做妹妹的，又怎能爽約？當日你應了我的，會幫我黃了這門親事，如今你做到了，我自然依照約好的送上親手繡的荷包與做的羹湯啊！」謝家的十三姑娘萱兒一臉的笑容，看起來十分的明豔。

「好了，妳快別提了，我是說要幫妳來著，但黃了這事的可不是我，是他莊明達自己！」謝慎嚴一臉不居功的模樣。

十三姑娘斜他一眼。「得了吧，你再不認我也知道是你，不然哪裡就那麼巧了？」

謝慎嚴靠近她，壓低聲音說道：「其實我就是和明達說妳平日裡多凶多愛管人而已，他自己就一個頭兩個大了！」

十三姑娘聞言噗哧一笑。「我要是真嫁了那個不成器的，還不真就是得去耳提面命了？人家是要相夫教子，可不是要去把夫婿當兒子教的！」

「咳！」謝慎嚴假咳了一下。「女兒家的規矩啊，小心人聽見，妳又得抄家法了！」

十三姑娘當即一吐舌頭，轉頭跑了。

謝慎嚴搖搖頭，自己回了房裡，在屋裡轉了一圈後，他從床下摸出一把彈弓來，又塞進了書桌前的一個大花瓶裡。「此事與我無關，是你們自己的緣分！」

入了十二月，林府上下便越發的忙了起來，本來就近著年關，是個人人都忙的時候，如今因著林馨即將出嫁，備好的嫁妝要日日裝箱，東西也得件件規整，還得選丫鬟定陪房，以及出嫁的種種事宜，都讓陳氏沒法得閒。

臨著日子即將到了，杜家的貞二太太也跑了幾趟過來，同陳氏點算應對這一些細節，完全就是一副親熱到不行的好婆婆模樣，只把幾個姑娘哥兒瞧得，日日對著林馨逗趣，說人家是丈母娘瞧女婿，越看越親，到了林馨這兒，便是婆婆瞧上兒媳婦，恨不得娶了過去當閨女！

林馨自始至終都是一副笑容，但無端端的林熙能感覺到那笑容裡的一抹苦澀。

到了出嫁的前一日，因為林馨已經添到了太太的名下，出嫁前的夜裡，就得到太太房裡磕頭，聽太太訓話。

陳氏和她說了不少，大約一個時辰的工夫，才親自送了她出來。

林馨紅著眼圈，再去了巧姨娘那裡。

雖是生母，但總不能過了太太的派頭，兩人只說了半個時辰，便不得不散。

「好閨女，雖說這是妳自己選的路，可娘也知道，是娘的苦把妳逼到了這個分兒上。如今妳嫁過去了，日後妳生養的便是嫡，咱們再不是庶了。」

林馨咬了唇。「娘，女兒不怨您，怪只怪我自己命苦，如今我去了那邊，就算是刀山火海我也認，我再不要受著林悠的冷眼，如今她命好，得了侯門的親事，我也不差對不對？好歹他也是中了科舉的，日後機會大得很，總比那個混世魔王要好，所以我這輩子搭進去，我認！」

巧姨娘抹了眼淚。「都是娘自小是個苦命的，被人賣為奴，若不然，也……」

「娘，別再說這些，女兒以後定會想法子接濟您的，只要我嫁過去，順著他們，他們必然也不會虧了我的。」

巧姨娘點著頭，眼淚滑落。

從娘親這裡出來，林馨便得回自己的院子裡，等著明早上和家人的最後相聚。剛回到院子口上，便瞧見了林嵐瑟縮著身子立在風中，她心裡疼惜地走上前去，撈著身上的披風給她蓋上。「這麼冷的，妳怎麼來了？」

「明兒個三姊姊妳就出嫁了，嵐兒給妳做了這個，願三姊姊妳日後與那姑爺幸福美滿。」林嵐說著送上了自己繡的一對雙魚的荷包。

林馨把她摟緊了。「好妹妹，我嫁出去後，便只妳一個受她們冷著，妳得咬著牙忍著，日後若得機會，我定讓他尋尋圈子裡的人，若成，也給妳覓得一個好歸宿，絕不能讓咱們做庶女的，一輩子的不受待見！」

鞭炮響了一掛，春雷子放了兩個上天，杜家的小五爺杜楓——杜秋碩，便騎著高頭大馬前來迎親。

因著林可隨康正隆的「赴任」，林家這一代便沒有連襟在此堵門，便由屋裡的哥兒幾個充了數，攔在門口叫著「難為難為」。

長桓是府裡最大的哥兒，又是入了大學的，知道自己的三妹夫是有功名在身的，自然與致高昂，非要人家在門前說說當日的答辯之文。

小五爺倒也灑脫並未拘泥，加之又是自己高中的文，自然興致勃勃的背了一氣。

屋裡屋外但凡是讀書人，倒煞有興趣的搖頭晃腦在那裡品味，意圖再給小五爺添光，只是這一背，未免耽誤了些時間，以至於這「一難為」過後，其他幾個哥兒便沒什麼好問的，隨便應對了幾句充了其他幾個「難為」，便收了紅包，開了門。

林熙這會兒也不過近著九歲，尚算小的，還沒那麼些顧忌，便得了便宜，不像其他幾個姑娘都得藏在屏風後瞧看，倒是光明正大的立在林老太太的身邊，在這對夫妻牽著紅花緞子來時，將這小五爺看了個清清楚楚。

當初在杜府上，她只是遙遙的看了一眼小五爺，並不是很清楚，雖然之後從明華的嘴裡打聽過一些相關，卻與她沒什麼痛癢，也不知是個什麼樣兒。

如今眼瞅著這人一身紅衣、頭戴雁翎帽的打扮，便覺得這人眉清目秀，眉宇間散著一股子濃濃的書卷氣，真真是個文人樣兒。只不過他雙眼內平靜而空，無有什麼喜色，倒叫林熙覺得奇怪，不知這位三姊夫究竟是心境太如止水，還是對於這樁婚事完全未放在心上。

不自覺的，林熙偷眼掃了一下自己的祖母，但瞧她一臉淺笑的模樣，似乎沒看出三姊夫的眼內冷清，便猜測也許是自己想太多，也就垂了眼。

教導訓話，繼而九樣代表生活美滿的東西打頭出了屋，小五爺拉著紅緞子帶著林馨下跪，給林家的三位長輩行了跪禮。待出了屋，巧姨娘同其他兩位姨娘一樣，在門口立著，便只能受著他們二人一個微微的欠身禮。

鞭炮再響，媒婆上來揹了林馨便入轎，繼而隨著林馨一道過去的陪嫁與陪房，各自抱了被子、枕頭等物件出了屋。

司儀唱聲，鞭炮掛起，春雷子轟轟，林馨便被小五爺迎去了夫家，繼而八十抬的嫁妝出府，繞城往杜家而去。

「嫁出去嘍！」林老太太在已經冷清的屋內看著外面的熱鬧，輕輕地說了一句，便捉了帕子擦了眼角。到底是她的孫女，就算是庶女，那也是林家的骨肉，她還是疼在心裡的。

「祖母，三姊姊再不懂事，也是您的好孫女，您可別因為她嫁出去不擾著您了，就高興得抹眼淚啊！」林熙故意說著反話來哄林賈氏。

當即林老太太伸手在她腦袋上戳了一下。「就妳眼睛尖，成了吧！」說完又臉上顯出了喜色。「不過終歸是好的，高嫁了，至少這輩子錦衣玉食的受不到窮，她自也是歡喜的。」

隨著林昌和陳氏的返回，剩下的一家人聚在一起，齊齊去了海棠居給掃了一氣，便拿了大鎖上來，把院門給門了，而後各自回去，整理了片刻行頭，這才一家人趕往杜家，吃那喜宴。

杜府此刻車水馬龍，人聲鼎沸，到底是閣老嘛，多的是達官貴人外加門生前來道賀，以至於整個杜府內，竟置辦了三處待客的地方，倒也恰恰給分了撥：達官貴人們一處，門生學派們一處，各路的家眷們一處。

在前院裡，林家就分成了兩撥，林昌一人前往達官貴人處，陳氏則陪著林老太太，帶著孩子們往家眷處走。

因著這次是林馨的婚事，林悠也尚未及笄，這一家人來得倒也齊全，到了接待的花廳後，杜家老太太便把林賈氏拉著去了她們那些身分年歲的圈裡聊天，留下陳氏同杜家的勝大太太、貞二太太等人湊在一起熱鬧。

而孩子們在互相問禮招呼後也就分了撥，由明華接待著林悠、林嵐以及林熙；杜家侄子輩的幾個哥兒接待著長桓、長佩、長宇、以及「見世面」的瑜哥兒。

畢竟是受了教訓，這一次林悠完全是乖巧起來，絲毫不與人爭執起勁，原先遇上的趙家、王家、還有李家的，拿話逗了她幾次後，見她幾乎成了個啞巴，也就沒了興致，只時不時的交頭接耳一番，顯然是私下嘀咕著林悠同莊家小二爺的那件事。

不過林悠早知少不了這些，低垂著眼簾，完全不做理會，只偶爾會和林熙說上幾句，真格的把那些人的行徑視而不見。而不管誰來問起她們三個，作為這其中最大的林悠，在與別人介紹起林嵐時，都會很簡單的說道：「這是我六妹妹。」轉頭定會指著林熙。「這是我那跟著葉嬤嬤得了教養的七妹妹。」

立時詢問者便全心全意的打量林熙再與她言語，幾乎沒誰去留意和搭理林嵐，生生地讓林熙幾次注意到林嵐那繃直的胳膊，便猜測她定是氣憤得在袖內握拳。

她垂了眼眸，盡可能的不去注意林嵐。

人之初，性本善，誰也不是一生下來就和別人有了仇，有了怨；只是生在一個家門，有了嫡庶之分，兩人的生母偏又是妻妾在爭，便注定了很多時候的不和，再加上林嵐那超乎身分的貪心，這讓林熙也無法做到將她同林馨一樣看待。畢竟巧姨娘本分老實，從未有非分之舉，母親也因此並未為難過林馨，而相對的，母親對香珍和林嵐的敵意，也恰恰源自於這母女倆的不安分。

林熙同林悠的這種「無為」態度，讓林嵐如同一個擺設一般存在，而沒了姊妹為她介紹，她便只能自己去與人結識。但來者是誰，怎麼稱呼都不知道，再加上人家的興致大都落在林熙的身上，她即便開口招呼，人家到最後也都去和林熙言語，以至於到了後面林嵐不再與人笑啊、言的，只默不作聲的四處瞧望，似不期望著與人結識一般。

林熙瞧林嵐四處張望，估摸著她應該是在暗自觀察，便也四處瞧看。此時孫家的人也到了，可頗為奇怪的是，孫家來了很多人，包括以前沒見的五姑娘和尚在襁褓內的九姑娘，偏那位二姑娘卻是沒了影。

林熙好奇之下，在明華招呼過來時，抬手扯了她的衣袖。「好姊姊，那位孫家的二姑娘沒來嗎？」

明華聞言嘴角輕微上翹，似壓了笑意，掃了一眼林悠，見她並未忿忿，才低聲輕聲道：「上次的苦還沒吃夠嗎？竟思量著再見？」

「冤家宜解不宜結，我四姊姊回去後，覺得那日裡她也莽了些，便想著今日裡同她說聲對不住呢！」林熙說著看了眼林悠。

林悠立刻點頭。「是啊。可是，她人呢？莫非病了沒來嗎？」

明華點點頭。「是病了！」說著一拉林熙在她耳邊嘀咕了兩句，便笑著走了。

「說了什麼？」眼見明華離開，林悠立刻抓了林熙來問。

林熙眨眨眼，眼裡透著一絲錯愕，轉頭衝林悠說道：「說是大約惱著日後得叫妳表嫂，心裡不快，不願和妳照面吧，這才裝病了唄！」

林悠聞言臉上一紅，小聲嘟囔。「那她氣性可比我大多了，半年多了還沒散啊！」

當即林熙笑了笑，沒言語，人卻看向窗外，眼裡有些微的失神。

明華說的不只是這句，還有一句她自己扣下了。「未來夫婿都開口責了她，孫家還能由了她去？只怕是罰她抄規矩呢，怎會此時准她出來，她不病著，又能如何？」

思及那句「未來夫婿都開口責了她」，林熙不由得想到了當日謝慎嚴對孫二姑娘的那句輕責，這心裡無端端的有那麼一絲微酸，雖快捷的轉瞬即逝，卻莫名的讓她的好心情略略有了些惆悵。

此時忽而有人在外招呼，說明陽侯府的人來了，登時屋裡的姑娘們竟都丟了矜持，各自從那窗戶、屏風……總之但凡能往外瞅的地方皆去張望，倒叫林熙不覺更加自嘲。而林嵐眼見大家如此，便也想去親身瞧看，偏林悠抬手扯住了她，低聲地說道：「別失禮吧！」

林嵐面上紅了一下，規矩的站好。此時外面略略有些應答的聲音，林熙的心裡微微一怔，轉頭掃到了一旁的點心，便乾脆走了過去，拿了一小塊吃。

非禮勿視，非禮勿聽，於他的聲音，她已將他歸進了非禮之中。

差著年歲，他又和孫二姑娘訂了親的話，與她不是非禮之存，又是什麼呢？

她拿起點心，慢條斯理的入口品嚐，決定把心思和情緒都用在這塊點心上，而屋內的姑娘們此時卻都各自規整起衣裳頭飾來。與此同時，兩個姑娘手拉手的走了進來，臉上掛著笑的眼掃四周，很是與人親和的模樣。

「我來同各位姊妹們介紹一下，她們是明陽侯府的十三姑娘同十四姑娘。」明華進屋與人介紹，眼掃到在桌几跟前吃東西的林熙，便是眉眼一挑，轉頭與她們兩個介紹起屋裡的姑娘們來。

林熙知道來的是謝家的人，起先也未在意，後聽到其中一個是十三姑娘，便掛心林悠與她會起了尷尬，立刻回到林悠的身邊，二話不說的牽了她的手，為她打氣。

有些惶惶的林悠見到林熙，內心就緩和下來，又見她拉著自己，便衝她一笑。

此時明華也帶著兩位到了林家三姊妹跟前，便輕聲說道：「這是林家的四姑娘、六姑娘，還有七姑娘。」

謝家的萱兒同芷兒一聽是林家的人，便是眼神見直。

那十三姑娘萱兒一聽見四姑娘，便立刻看向林悠，眼裡分明投著歡喜，不過人卻是淡淡地——沒法，她總不能上去就說「感謝妳解救了我」吧，畢竟她不能讓別人知道她曾和莊家小二爺的婚約，更不能讓人覺察她對於這個親事黃了是歡喜的。

至於十四姑娘芷兒的眼神則直接落在了林熙的身上，甚至不同於她姊姊的是，她立時就拉了林熙的手，聲音帶著一絲微微的嗲氣。「原來妳就是那個有造化的呀！哎呀，我今兒個可見著了呢！」

那聲音帶著與生俱來的酥骨，讓林熙的內心莫名的顫抖了一下，隨即賠了笑。「謝家姊姊可抬舉我了，能讓姊姊知道了我，那是我的福氣呢！」

她未提明陽侯府而提謝家，立時讓姊妹兩個眼裡都閃過一絲傲色，畢竟這個姓氏的榮耀和分量是絕對大於這個侯的爵位，加上林熙那一臉真誠無比的笑容，立時讓姊妹兩個就喜歡上了林家的人，十三姑娘顯然是因為「恩德」，十四姑娘卻是因為「心情愉悅」。

喜歡上了林家人，她們兩個自然而然的眼神就會落在林嵐的身上，十三姑娘上下打量她一番後，眼神落在了她捏帕子的手上，當即開了口。「六姑娘應該是個喜好書畫的人吧？不知習拜的哪家師？」

林家不同於謝家，只有哥兒們才拜了師，從的是墨先生，她們幾個姑娘卻沒那機會，若不是得了葉嬤嬤當年的關照，她們的師傅怕也只能是她們的爹林昌了。

此問一出，知道的是清楚謝家的書香門第，不知道的難免會以為是謝家在拿話壓人。明華當即臉上閃過一絲擔憂便想出言解圍，免得林家人難堪，豈料林嵐淡笑而答——

「我們林家不似貴府有那機緣可讓姑娘們拜於名師，所幸葉嬤嬤在府，倒是教過我們幾個，若是說習拜，便是從的葉嬤嬤為師了。」

她這話答得不卑不亢不說，倒也很能為自己貼金，畢竟葉嬤嬤的名頭可是響亮得很，但實際上，這話太過取巧，畢竟真正算得上從師葉嬤嬤的，其實只有林熙一個罷了。

當下林悠心裡便是一個冷哼，斜了林嵐一眼，但卻沒說什麼，畢竟這也關乎到林家的臉面。

而這話出來，謝家兩姊妹來了興致，那十四姑娘當即就改拉為捏，死捏著林熙的手。

「若是日後有機會，我們姊妹兩個請妳們和那位葉嬤嬤來府坐坐，妳們可得賞光啊！」

這話說得林熙汗顏，這到底誰賞誰的光啊，真要請她們去，那估計她爹林昌高興得都能在門口放炮仗了，這分明算是「佛光普照」啊！

「姊姊妳太客氣了，若真能有那福氣去貴府作客，我們可真是歡喜呢！」林熙笑著伸手微微拿手肘杵了下林悠，三個姊妹裡她最大，總不能由著她這個最小的來應承不是？

林悠得了信兒，立時從緊張裡清醒過來，衝著兩位姑娘一個福身。「兩位姑娘真是親近和煦，今日我們姊妹能認識兩位姑娘，是我們的福氣！」

「哪裡，四姑娘客氣了。」十三姑娘開了口。「大家能相識便是有緣分的，他日，我們可要一道多樂樂！」

「一定！」林悠回了話。

這時明華湊了上來。「好了，妳們還是等會兒再說吧，開席了！」

當下謝家的兩位姑娘便打了頭迎出去了，而作為親家的林家自然順在了第二位上，然後孫家、趙家等的便一路出去了。

在杜府用了宴席，林家便得打道回府，畢竟他們是娘家人，若賴在這邊，那可是給夫家擺臉子了。所以席面用過，吃了半盞茶，林家便舉家告辭了出來。

看著她們離去，謝家的十三姑娘和十四姑娘對了個眼，兩人便是偷笑。

「那可是妳的恩人呢！」十四姑娘輕聲的在十三姑娘耳前揶揄。

十三姑娘笑嗔了妹妹一眼，同她咬了耳朵。「妳還是多和那七姑娘親近吧，妳不是最那葉嬤嬤嘛。不過我倒瞧著七姑娘很有意思，咱們兩個進來，哪家的不盯著瞅著，生怕怠慢了咱們。唯獨那個七姑娘倒是用著點心，安然自得，足可見在那葉嬤嬤眼裡，咱們終不是牛鬼蛇神嘍！」

十四姑娘笑著輕道：「所以才難得嘛，若有人能不為著咱們姓謝而和咱們親近，這輩子，妳我才能有真心的姊妹呢！」

三日之後，便是三姑娘同姑爺的回門日了，一大早，陳氏就滿院子的上下察看，生怕哪裡出了差錯，讓這位三姑爺不滿。

雖然林馨乃是掛在她名下的，但到底現在也是個偽嫡出，所以說到林馨的出身，便少不得要提到陳氏的，故而她可不想有什麼不對，被別人放在嘴裡絮叨。

瞧著母親上下忙碌，林熙無奈苦笑，母親內心的硬氣與驕傲，由此可見一斑，也怪不得她以前不懂得向爹妥協，實在是骨子裡的不服輸放在那裡，才以至於被珍姨娘奪了寵。幸好現在的娘學會了在硬氣之外加一層柔，倒也和父親算是舉案齊眉，這大半年裡，倒是看起來很是和睦的。

她正胡亂想著，來人通報說三姑爺和三姑娘入了府裡，當即她們這些小的，便去了二門上迎著，將新婚的兩人迎到屋內，給老太太、林昌、陳氏一一行禮後，才一家人坐在一起敘話。

杜秋碩是個讀書人，肚子裡有實打實的貨，沒說幾句倒和林昌聊上了，兩人你來我往的，說得倒很熱絡，大家也就陪著聽，沒去作聲。

林熙坐在繡凳上看著林馨一身錦衣華服的，猶如山雀變了鳳凰，倒也委實為她高興。又見她行止間十分小心慢悠，卻不覺思量到那事上，思及當初自己那新婚三日被康正隆夜夜索取的，便尋思是不是林馨也沒得了空兒休息，以至於身子骨都疲痛。

這胡思亂想的，陳氏終於等到了兩人說話的空檔開了口。「你們說高興了，我們這些不懂的就只能乾坐著，得，你們聊著，我們屋裡說話去！」當下衝林馨招手帶著她往梢間裡去，顯然是要說說私房話的。

林熙和幾個哥兒姊兒自然也不會坐在這裡，於三姑爺身邊告退時，林熙卻留意到杜秋碩向梢間瞥了一眼，似乎很有些擔心的感覺。

哥兒姊兒入了梢間，胡亂的和林馨沒說上兩句，就被陳氏給打發著從連門裡去了耳房，只留下她同林馨兩個在屋裡。

「可還好？」

林馨點點頭。「謝母親關心，馨兒挺好的。」

陳氏點點頭，伸手拉了她，聲音壓得低低的。「那……圓房了嗎？」

林馨臉紅成了蝦子，低頭點頭。

陳氏吁出一口氣。「肯碰妳就好，妳終究有個盼頭。」

林馨依舊低頭，不過話還是很輕的飄了出來。「婆母照應著我，他、沒、沒晾著我。」

「那就好！」陳氏說著拍拍她的手。「去巧姨娘那兒坐坐吧，我知道妳念著她，她從昨晚就念著妳了，去吧！」

當下章嬤嬤來陪著林馨向外而去，林馨能見生母自然歡喜，一時高興起得急了，便是抽了一口冷氣，繼而卻又紅著臉告罪，而後扶著章嬤嬤慢吞吞的走了出去。

陳氏望著林馨的背影，臉有疑惑，口中輕喃。「都三天了，至於還這麼大反應嗎？」說著她又歪了腦袋。「親家還是有法子嘛，再不樂意，也都碰了，終歸是好的，至少也不是全然沒了指望。」

第二十四章　謝家之邀

林馨回門與家人見了一圈，用了午飯，又在屋裡小坐片刻，便同夫婿一道回了杜府。

陳氏於晚飯時候在林老太太那裡回了話，林老太太得知小五爺同三姑娘圓了房，當下是欣慰的點頭，夜裡人還去佛堂裡又唸了一道經，似是還願。

年關的時候，屋裡雖然少了一個人，卻也還是熱鬧，畢竟開了年後，就該林悠及笄了。女兒能嫁去侯府，實在是樁喜事，陳氏也忙著開始給她預備一切，自是心裡透著樂的。

翻了年，林熙便九歲了，再有一年的時間就得立院，是以葉嬤嬤在她生日的當天，就對她說，得開始教她管帳及算術。

「我這套管帳的本事，便當給妳的生日禮物，也算預賀妳來年的『小成人』！」葉嬤嬤說著衝她一笑。「不過，我這套法子，可是我侯府上的單傳，照理，只我侯府的人才能學，不過好在妳我也算緣分，我便傳妳。但是，妳得給我立誓，發誓這套法子除了妳日後的子女，再不傳別人才成！」

學個術法還得立誓，這可是頭一遭，登時就讓林熙傻了眼。

「嬤嬤這術法莫非是什麼奇巧之術？」儒家對奇技淫巧向來鄙視，雖然事實上，大家在暗處可都是抓得很緊，卻因為這東西不上檯面，故而都各個心照不宣，是以葉嬤嬤這般言語，林熙不自覺的就往這上頭想。

「是，的確如此，故而才要妳起誓，不得洩漏一字於外，妳能做到嗎？妳又想學嗎？」她得確認這術法不會被傳出去，畢竟從未來來到這世代的事兒可是她的秘密，在她那個世界，她可還是個女博士呢！

林熙對著葉嬤嬤點頭。「想學，也能做到！」當下舉了三根指頭，賭咒發誓起來。

「……若有違背，且叫我腸穿肚爛，五馬分屍！」林熙一本正經，葉嬤嬤卻望著她笑了笑，從隨身帶的包袱裡取了一張算盤，一疊算籌（注），以及一個帳本出來。

林熙挑眉，畢竟這些東西，和她所知並無差別。

「來，我今日起，先教妳識得十個符號。」葉嬤嬤起身去了書桌前，林熙跟著，看她提筆餵墨，在紙上畫下了奇奇怪怪的十個符號。

「今日，妳和我要學的，便是把這十個符號記熟了。」葉嬤嬤說著，拉著她開始教習起來。

「這個是一。」

「是，豎著寫的。」林熙照著葉嬤嬤的動作在紙上筆畫。

「一。」葉嬤嬤撥動了算盤珠子。

林熙也照做。

「這個是二。」

「這個像隻鴨子。」林熙笑著比劃。

葉嬤嬤淡笑著又撥算盤珠子。「這便是二。」

一路寫下來，對照著算盤，林熙倒也把這十個數字給記全了，只是她發現兩者最大的差別，在傳統的珠算裡，逢五便是遞進，而到了葉嬤嬤這裡卻是逢十才進了。

生日這天，林熙用了近一個時辰的工夫，便能準確的應對十個符號同帳冊記錄上的數位轉換，這讓葉嬤嬤很欣慰。從第二天起，便開始教習她各類數位組合，當她能把帳本上的一千八百二十一錢，寫成「1821」這樣的數字後，葉嬤嬤滿意的點頭。「從明天開始，我會教妳加減乘除的。」

自那日後，林熙花在學習這門術法上的時間便占據了主要部分，幾乎一個白天都在學習這個，而葉嬤嬤教習這術法時，真的是很小心翼翼。

每日教習時，根本不許丫頭婆子跟前伺候，就連屋外也不許站人，且每日教習完畢後，用來記錄那些符號和演算的紙張便會被葉嬤嬤丟進炭爐子裡焚燒掉，一點痕跡都不留。

轉眼到了三月二十五日，林府上下忙碌了起來，因為林悠明兒個就得及笄了。林熙得了一天的假不用學，專陪林悠練習明日的禮儀種種，後與她乏了，便在屋裡閒話了好一會兒。

「七妹妹，妳看看這個？」林悠拿過一個荷包遞給林熙。「我繡得如何？」

林熙打量那荷包，見上面繡著一隻母鹿立於地，小鹿則跪著雙膝在那裡仰頭吃奶的圖，

注：算籌，或稱筭（ㄙㄨㄢˋ）子、運算元，是中國古代一種十進制計算工具。

登時明白這是林悠繡給母親的禮物，心裡便湊著一股子暖，衝著林悠打趣她。「繡得真好，這是四姊姊繡給未來姑爺的嗎？」

林悠登時抬手掐了她一把。「胡扯什麼呢！」說著一把奪了過去，伸手撫摸那荷包。

「跪乳之恩，四姊姊有這份孝心，娘一定會很開心的。」

林悠眼圈泛了紅。「可惜我明白得太晚，以前竟埋怨娘去了。」

「不晚，知道總比不知道好，何況是此時妳還未出閣呢！走，我陪著妳把這個給母親送去，她今日還在忙著張羅明日的種種呢，送去也能解了她的乏！」

「好！」林悠興沖沖地答著，同林熙一道去了正房，剛到院口，就看到院子裡立著不少婆子，都是管事，而陳氏正拉著邢姨媽坐在院子裡的石桌前，墊著厚厚的毛皮墊子，在那裡同那些個管事一邊問話，一邊清算著什麼。

陳氏手裡的算盤珠子打得噼啪響，邢姨媽手裡的算籌攏著數的撥，當真忙乎得熱絡。

姊妹兩個對視一眼，齊齊走了過去。

「母親同姨媽這裡忙成這樣，我和七妹妹能不能幫您做點什麼？」林悠出言輕問，陳氏對她點頭。「妳就幫我記帳吧！」說著把跟前的帳本推了過去，瞧見林熙，便衝她說道：

「妳幫妳姨媽計數算籌吧！」

林熙答應著過去幫忙，陳氏便問著管事話。

「席面這邊是個什麼數？」

「回太太的話，按照您的意思，咱府上共設兩批席面，外廳的是五桌備兩桌，每桌是三兩四錢，內廳的是八桌備三桌，每桌是三兩一，另外從天禧閣訂製的二十隻蜜汁臘鴨，每隻是五錢銀子。」管事說了這話，陳氏和邢姨媽立刻開始動手盤算，珠算是主，算籌便是複合，林悠忙著在帳本上記錄。

林熙動手去擺算籌，腦子裡卻不由得想到了葉嬤嬤教的東西，不自覺的內心開始盤算，3.4X5，是17兩，3.1X8是24.8兩，還有20X0.5，是10兩，總共加起來，便是五十一兩八錢，若再加上預備的，十六兩一，便是六十七兩九錢。

她心裡一氣算完時，邢姨媽才把算籌擺完，正在計數，而那邊陳氏正不斷的在算盤上疊加著三兩一這個數額，林熙看著大家如此慢悠悠的計算，登時心裡有些發慌，她萬沒想到葉嬤嬤這個奇怪的術法竟這般神速。而終到最後時，邢姨媽和陳氏計算出來的數字，與她早早算出的無差，生生讓她內心震驚得不行，便在下輪各項開銷被管家報數出來時，開始了內心的計算。

很快，林熙感覺到自己的失敗，因為有些數字太過零碎，她找不到快捷的便沒法「省事」，而有些數字太多，她盤算時根本記不住前頭的數字，登時就無法驗算下去，便清楚的知道自己的差距，這使得她心裡較勁，想要學得更好。

好不容易，管事們報數上來計算完畢，陳氏才算真正的歇下來了，她叫著章嬤嬤幫她收拾東西進屋，便同邢姨媽手拉手的往屋內走。

「我記得妳身邊不都是秀萍跟著妳的嘛，怎麼今日過來，倒沒見著她伺候了？」陳氏淡淡的一笑。「她是府裡的姨娘，我總拉扯著她伺候我，累了她不好的。」

「什麼不好的呀，當初娘叫她跟著妳過來，不就是做妳的左右手幫襯妳的嘛，莫非她還拿喬？」

「那倒不是，只是我現在讓她幫我照應幾個莊子的事，不讓她老跟著我了。」說著她一笑。「今日裡虧得妳來幫我，要我一個還不知算到幾時去。」陳氏立時岔開話，畢竟秀萍怎樣的二心，沒憑沒據的總不好說出來。

「說這些做甚，當初妳不也幫了我的嘛。四姑娘好福氣，明日及笄後，妳呀就得給她籌備嫁妝，有妳忙的了！」說著又看向林悠。「四姑娘，等妳日後嫁出去了，倒是和玉兒能平了身分，兩人可得記得常常來往。」

自家姊妹終歸還是心挨著心，縱然當初因著兩家的身分相差，彼此略微淡了些，可隨著兩個閨女這份「高嫁」倒也又能親著了。

林悠當下臉上一紅低了頭。「知道了，姨媽。」

陳氏聞言笑看林悠。「今兒個不錯，還知道來幫幫我的，有些心眼了。」

林熙此時開了口。「四姊姊給娘備了禮物呢！」

「禮物？」陳氏詫異地看向林悠。

林悠便小心翼翼的從懷裡把荷包取了出來，雙手奉於陳氏。

陳氏接過一看其上之圖，當下眼睛眨了又眨，下一息竟失態的把林悠一把摟進了懷裡。

「我的兒，妳總算是長大了啊！」說著眼淚就出了眼眶，但臉上卻是幸福的笑容。

邢姨媽就在跟前，瞧見母女如此，把那荷包拿了過去瞧看，而後看著林悠，也是一臉的喜歡與心疼。「妳能知道跪乳之恩，並牢記反哺之情，妳娘歡喜得緊！」說著豔羨般的看了一眼陳氏，自己眼圈子就紅了，隨即她就抽泣出聲。

陳氏這邊歡喜，聽見姊妹輕泣，便急忙掏出帕子抹了眼淚。「妳這是哭什麼呀，竟比我還受用了！」

邢姨媽倒未收住，依舊抹淚。「要是我那玉兒能體會我這當娘的心，也不至於我今日心裡還憋悶了。」

她這一句話，登時讓陳氏立刻去安慰她了。「唉，玉兒還小，又沒經什麼事，自是還不知妳為她的盤算，我們這個如今知事，也是在鬼門關前走了一遭的。」

邢姨媽聞言，抽泣了兩下，點了頭。「是啊，這人啊，總到要緊的關頭，才知別人的心是黑還是白！」

「快別這樣了，甥女們都在跟前呢！」陳氏說著掃了姊妹兩個一眼，擺了手，林熙同林悠便知趣的默默退了出去，陳氏拉了邢姨媽的手。「玉兒此時怪著妳，也不過是小姑娘性子，還不知好歹，她那婆家，本也重壓層層，她難免心裡窩著火，回去衝妳呲上兩句，妳也別太計較了，畢竟她衝妳發總好過在婆家發不是？等再過個幾年，人啊，上了年歲，少了那股子心勁了，反而會看得通透！何況那位爺，還是個冰疙瘩，得費心的暖不是？那也是要日久天長的啊！」

邢姨媽嘆了口氣。「誰說不是呢？我當初敢橫下心給她選這一路，便是覺得她有那贏面。她出嫁時，有些話我也點了點，指望著她自己能明白，豈料嫁過去，這一年多，那位爺成日裡就是念叨佛法，逢三個月才和玉兒宿上一宿，玉兒心裡憋得慌便怪了我。可我也沒法啊，這梁家當婆婆的不去幫襯，難道我這個當丈母娘的上門去說教不成？」

「好了，快別念著了，妳若上門那不是打人家梁家的臉？至於那位不開口，我思量著，怕是害怕逼急了，反而更沒著落，倒也是硬咬著牙，忍著呢，只能等著滴水穿石啊！」陳氏勸慰著搖晃著邢姨媽的肩頭。「好了，相信妳的眼光吧，玉兒定然熬得出來的。」

「姨媽傷心成那樣，照我看，玉兒表姊過得可不算好，她那樣有禮有才的，都如此受罪，似我這種，只怕等嫁過去了，日子也難。」回去的路上，林悠忍不住言語，此時她已經擔心上自己的未來。

眼瞧著她那沒信心的樣子又冒出來，林熙拉上了她的手。「四姊姊，妳將來嫁的是莊家的小二爺，不是梁家的，為何要把人家同妳未來的夫婿比？他們過的是他們的日子，妳要過的是妳的，幹麼給自己找不痛快？這不是杞人憂天嘛?!」

林悠聞言一頓，繼而笑著點頭。「也是，我倒是瞎擔心了。倒是七妹妹內心通達平淡，雖不知妳是要說與哪個侯府的，但就憑妳這風淡雲輕的，只怕將來嫁到哪裡去，都是心裡不怵的。」

林熙聞言眨眨眼，淡笑無語，可內心卻無端端的泛起一抹緊張來——

面對謝家，我又如何能真的不怵呢？

今兒個一早，林府歡鬧非常，莊家的老太太親自過府，來給林悠上了簪，而那支簪子也十分特殊，竟是莊貴妃賞了出來，著自己的母親為林悠及笄所用。

那是一支雀銜祥雲式樣的赤金大簪，十分的華貴，而因著祥雲乃宮中專用，林悠不便久戴，便在及笄過後，由莊家詠大太太，也就是她未來的婆婆，用一支赤金芙蓉簪子給換了下來，將那雀銜祥雲的簪子收進匣子裡，而後捧在了林悠的手裡。

儀式結束後，便是開席，景陽侯的侯爺夫人給上的簪子，大家自然明白林府與莊家這就牽上了姻緣，當下不少人前來賀喜，十分的熱鬧。

而一日繁忙過後，林悠的院落便象徵性的上了鎖，依照林馨當初那般，不到什麼大日子，林悠就別出來，好生生的收心去了。

沒了林悠與林熙日日近著，林熙倒也空出了大把的時間，跟著葉嬤嬤勤學算術。有了那日的一番體驗，林熙不但用心學，更開始嘗試著心算，而葉嬤嬤似乎也有不少法子，教了她不少關於心算時計數統籌的法子，以及如何的簡化計算，再經過了三個多月的勤學苦練後，一般性的帳目放到林熙手裡，她倒也用不上算盤，能以心算便核對個七七八八了。

七月流火的熱天，正是人犯懶的時候，林熙卻因為迷上了心算，躺在床上也腦子裡尋思著盤算，卻未料此時外面有了秋雨同章嬤嬤的聲音。

「章嬤嬤，這個時候，您怎麼過來了？」

「快叫姑娘起來，好生拾掇打扮一下，謝家來了帖子，請她過去作客，說轎子半個時辰後就到。」章嬤嬤在外說著，又聲音低了些。「我還得去六姑娘那邊說一聲呢，帖子上也邀了她的。」

繼而她便走了，秋雨挑簾子進了屋。

此時林熙已經坐了起來，臉上有些微的憂色。

秋雨見著林熙如此，只當是姑娘忌諱著那位六姑娘，便小聲嘟囔起來。「真不知謝家人是怎麼想的，竟要把六姑娘也請上，不知道她是庶出的嗎？」

林熙聞言當即瞪了一眼秋雨。「亂嚼舌根，一會兒自己去找花嬤嬤領罰去！」

秋雨吐了下舌頭，登時垂了腦袋。

在林馨出嫁的時候，林府對丫頭們做了一次篩選，為的是給林馨挑選出合適的陪嫁丫頭和陪房。那時林熙身邊的夏荷年紀也長了，就順道給指配了莊子上的一個莊頭兒子，擺明了日後他們兩口子就是林熙的陪房之一，而春桃也在今年年初給配了人家，以至於這會兒她身邊伺候的丫頭倒是只有秋雨與冬梅兩個了，不過因著翻了年後，林熙得自己立院掌院，故而此時也沒給她再補充丫頭，就這麼過著。

可是秋雨到底和她年歲相近，有些時候難免小兒心性，嘴巴裡想念叨什麼就念叨什麼，林熙為此讓她也挨過不少罰，可她常常記吃不記打，總還是隔三差五的會嚼下舌頭，不過因著知道她是一個莊頭家的女兒，日後等林熙出嫁，就會接回去指人家，不會隨了她做陪嫁，倒也礙不著林熙什麼，因而，也就沒打發她出院子，由著她伺候。只是今日裡這丫頭為了說六姑娘連謝家都說，沒來由的駭了林熙的心，才使得林熙忍不住說了要她領罰的話。

叫來幾位嬤嬤，伺候著重新梳頭規整，葉嬤嬤這時也過來了，她聽聞林熙要去謝家作客，便親自動手在箱籠裡翻騰。最後給她選了一套水藍色緞子做的衣裳，又上前端詳她的妝容後，抬手就把雙螺上的珠花給取了下來，只讓她耳上掛了一對珍珠耳環，脖子上戴了那個金鎖玉件後，才點了頭。「就這樣去吧！」

「只這樣？」花嬤嬤忍不住蹙眉。「好歹也是咱們的七姑娘，您教養下的啊，這麼清清淡淡的，未免寒酸了吧？」

葉嬤嬤淡笑著看向花嬤嬤。「林府上的人，再怎麼穿金戴銀，在謝家也耀眼不起來的，拿自己的短處和人家的長處比……有意思嗎？」

「可是，姑娘這樣，未免……」

「脖子上掛著金鎖，這不就正了她的身分了嘛，堂堂嫡出要的是自己的傲骨爭氣，不是要那些頭面來鑲金，只有肚裡空的，才把精神都用在門面上！何況，她不過是應了謝家十三姑娘的邀約前去玩耍作客，又不是參加什麼堂會，何須太過隆重其事？不但弄得人家會笑話她沒見過世面，更弄得自己都不知道該邁哪隻腳！」

葉嬤嬤不客氣的話語，登時讓林熙慚愧的低頭，的確，在梳妝打扮的時候，她幾乎就聽見自己的心跳聲了。

「可知道自己是去做什麼的？」葉嬤嬤話語柔和了些。

林熙點點頭。「只是去作客，同十三姑娘玩耍而已。」

「明白自己是去做什麼的就好。還有，妳和六姑娘同去，該拉巴的還是得拉巴，畢竟妳們兩個此番便是一根繩上的螞蚱！」

「熙兒明白了。」

林熙從碩人居出來，直奔了母親正房，將將站定接受了母親的審視，回答了是葉嬤嬤給親自裝扮的後，林嵐便來了。

林嵐穿著一身粉色的行頭，雙螺上綴著一朵絹花，簡簡單單的打扮，若是與先頭林熙的打扮相比，難免樸素得幾乎像個丫頭。不過，她現在站在林熙的身邊，兩人都是一般的簡單素雅，倒也不那麼寒酸了，且因著她頭上有絹花，林熙脖子上有金項圈，兩人倒是亮眼的一對姊妹，只是這嫡庶之差也在一眼看去後，能立時分個清楚。

陳氏囑咐了幾句要緊注意的，章嬤嬤說謝家的轎子已經到了，當下陳氏著了章嬤嬤、花嬤嬤、鄧嬤嬤，三個陪著去了二門。到了二門處，常嬤嬤帶著兩個丫頭過來，乃是林老太太跟前伺候的雪雁同雪裘——到底對方是謝家，老太太怕兩個姑娘跟前的丫頭撐不住，派了她身邊最得力的跟了來。

當下雪雁跟著伺候林嵐，雪裘便跟著伺候林熙，如此一行人才出了二門，換了小轎，在側門口上了謝家來的轎子，三個婆子兩個丫鬟，這邊跟了去。

姊妹兩個因著小，共乘的一轎，路上走了大半都未曾言語，只聽著外面人說，可以前頭報信兒了，便知是快到了。

林熙轉頭衝林嵐低聲說道：「六姊姊，今日裡我們兩個作客，有什麼出出進進的，可得一路，姊姊莫把我給丟了。」

林嵐點了頭。「我知道我是什麼身分，得此一去也是占了四姊姊不方便的便宜。我不會亂跑的，走哪兒，我都和妳一起。」

林熙見她這般說了，對她淡淡一笑，低眉看向自己的鞋面，不再與她多言。

未幾，外面一聲唱，說著走西角門，隨即轎子一番晃悠後，落了地，姊妹兩個一前一後出來，便有兩頂轎子在前，一個婆子笑吟吟招呼。「可是林家的六姑娘和七姑娘？」

「正是。」兩人作了答，當下被重新迎上了轎子往二門處抬。

轎子外那位婆子柔聲地說著。「我們十三姑娘和十四姑娘正在榮輝堂裡等著二位呢，哦，我們家安三太太也在。」

第二十五章　管中窺豹

林熙聽聞安三太太也在，當即心頭一震。

安三太太，便是謝家三爺的夫人了，也就是十三姑娘和十四姑娘的母親，雖然去人家府上作客，總是免不了要向大人打個招呼，但她以為自己的斤兩，是根本無緣給這位太太見禮的，誰知人家卻倒把她當正經權貴家的招呼了，這倒讓她一時胡亂揣測起來——難不成請我們過去玩只是一個幌子？

可隨即她又否定了這個不靠譜的想法，畢竟他們林家實在沒什麼值得位高權重的顯赫世家去扒拉（注）謀算的。

與許人家的禮數周全，對我們林家看在上上代的分上，給個薄面呢？她這般想著倒覺得心頭順了些，可無端又想到了這位太太是謝慎嚴的母親，心裡未免便有那麼一點惴惴。

「好大的府院。」此時身邊的林嵐輕聲自喃，林熙偏頭過去，看著她隔著那薄紗向外張望，便垂了眸，她雖未向外張望，但心裡卻也不免感嘆——只不過是往附院的二門上抬，這轎子都走了這麼許久，這謝家整個院落下來，只怕是占足一條街了。

轎子又走了陣子，總算到了謝府內三房的附院，在二門外的垂花石門前停了。她同林嵐

注：扒拉，意指幫著謀劃打算。

下了轎子，又有七、八個衣帽規整、乾淨舒爽的姑娘跟在一個四十來歲的婦人後面上來相請，說的還是那幾句慣常招呼的話，而後便引著她們入內。

「姑娘們還未到二門上，我們的兩位姑娘就在堂裡念叨得不行了，要不是太太攔著，一準都跑這兒來守著了呢！」那婦人一臉笑容與親近，倒沒看出有任何的怠慢之色，林熙笑著低了頭，由著比她年長的林嵐答話。

「這位嬤嬤太客氣了，我們是什麼身分，能被姑娘們念著，著實是大喜了，若再讓姑娘們來迎，倒是要折了我們的福了。」

林嵐到底是心裡通透的，怎麼應付還是有些盤算，兩句話答得那婦人又說了幾句，也就把兩人領到了堂前。

婦人立在堂口，便不入了，只與門口立著的一個婆子對視之後，那婆子又迎了上來。「林家的姑娘來了，就快隨我進了吧！」

隨著她的話音落，復有八個丫頭上來伴在她倆左右，同那雪雁雪裘的平了，一起迎著她們邁了門檻入內，林熙便內心咋舌——敢情剛才的婦人和丫頭竟算是外院的？

進了堂院，林熙便偷眼四瞧，但見兩邊是抄手遊廊，底下立著一、兩個丫頭，而正中一道穿堂，在午後烈日下，卻暗色深深，顯是貴重的檀木打造。

她們跟在那婆子的身後，小心的邁步相隨，未走遊廊，直接從穿堂內進入。

穿堂的迎面當中立著一道玉石為底、鑲了金水點字的大插屏橫在那裡，便覺得一股無形的重壓撲面而來，繞過它，復又看到一張八扇的鏤空屏風立在穿堂之後。

在繞過它時，林熙以眼角掃看，才知那竟是一座鎦金的八仙過海八扇屏，便心中又嘆了一聲，侯府的深貴。

穿堂之後，分列著三間小廳，但隨便一個也足有林府正廳那般大了，而這廳後，卻是正房大院一般的堂閣。

堂閣大約是由五間上房為正，兩邊廂房耳房的也有七、八間，各自雕梁畫棟不說，光那廂房前遊廊上掛著的十幾個鳥籠子，便是滿目的鸚鵡、畫眉、雪雀等等，教人看得眼熱，想去逗弄。

此時正房門口立著的丫頭，便有一人進內通傳，待她們一行到門前時，旁邊立著的兩個丫頭掀起了竹簾子，一個年約三十上下的婦人走了出來，衝她們笑著招呼。「妳們可來了，快快進來吧！」隨即左右手各拽了她們一個，拉著入內。「林家的六姑娘和七姑娘來了！」

林熙低著頭和林嵐應話而進，隨著那婦人牽引到了屋內正中，那婦人一鬆手，兩人便立刻福身行禮。「見過謝家太太，給您問安了！」

「好了，快過來坐了吧！」柔柔的聲音帶著一股子爽勁，林熙當即猜測這位太太應該是同母親一樣，是個外柔內剛的人，只是還未等她偷眼瞧看，十三姑娘和十四姑娘便擁了上來，拉著她們兩個就坐去了邊上的繡花墩子上。此時一眾丫頭進來，茶水糕點的伺候，倒讓林熙和林嵐兩個都不覺緊張了起來。

「行了，妳們下去吧，沒來由的驚了十三和十四的客人。」那柔柔的聲音再度響起。

於眾人們答應著退下的時候，林熙略略斜了腦袋，照嬤嬤教過的偷眼姿態，快速地掃了幾眼。

這正房並非是她預料的那般奢華貴氣侈富麗堂皇，只是一些簡單的瓷器玉盤做裝飾，沒什麼太惹眼的，只是相對的，木料考究，倒也並非就簡單樸素了。

而那張紫檀大椅上，坐著一位身穿紫色裙袍的婦人，梳著貴氣逼人的牡丹頭，額首整齊垂墜著雀屏流蘇，整個髮髻上，鑲嵌著成套的十二朵赤金嵌寶珠花，那個光輝閃爍的，林熙愣沒看清楚她的模樣，只覺得貴氣深深，竟不敢再偷看。

「前些日子，我這兩個閨女總央著要叫妳們來坐坐，我也十分樂意她們能找到玩伴，只是那會子近著春闈，總有不少讀書人與我府院出出進進，我怕不方便，便壓到了這個時候。哎，只是如今得空了，倒無緣讓妳們的四姑娘也來坐坐了，可惜啊！」

安三太太柔聲言語，可這話聽起來，後音又似自言自語，一時間林嵐微怔，不知是接還是不接，林熙急忙衝她閉了眼皮，林嵐立時言語。「太太您還替我們四姊姊想，那真是我們四姊姊的好福氣，今兒個她知我們能來，很是羨慕呢！」

「是嗎？」安三太太柔聲笑著應了一句。

林熙此時笑嘻嘻的開了口。「我們姊妹出來時，四姊姊還叫人帶了話來，說一定代問十三姑娘和十四姑娘好，說有緣相識，便是難得，若日後有了機會，再想法子見見，也能彌補了上次匆匆不能細談之憾。」

安三太太聞言便笑，而十三姑娘和十四姑娘也都立刻歡實起來。

「是呢，上次太過匆忙，席後妳們又依著規矩的離了，那一下午可把我和十四妹妹給悶壞了呢！」

林熙當即眨眨眼。「難道沒什麼好玩的嗎？」

十三姑娘衝林熙也眨眨眼。「和她們說來說去，無非是最近學了什麼，沒什麼意思，倒不如妳好，至少妳可以給我們講講那位葉嬤嬤的事。」

「就是，我們可好奇得緊！」十四姑娘當即往林熙身邊湊，竟生生的擠在了林嵐同林熙之間，當下林嵐只得挪身往邊上去了些，眼便瞧著地面。

「咳！」一聲假咳來自於安三太太，她當即起了身。「瞧妳們那熱呼勁兒，我若在，只怕妳們也不痛快的，得，我還是讓讓吧！」

當下十三姑娘和十四姑娘起身恭送，林熙同林嵐也不敢慢待，福身相送，眼看著這位安三太太扶著丫頭們出去了，十四姑娘立刻嗲聲嗲氣的抓了林熙，便央著她快講葉嬤嬤的種種。

林熙看了一眼林嵐，見她立在最邊上，低著頭看地，心知這樣不好，立刻笑言。「講是可以講，但我要看妳，得望這邊，看十三姑娘又得轉那邊，倒不如我們四個圍坐成一個圈，我也不必把腦袋轉成博浪鼓。」

十四姑娘立刻說好，轉身就去招呼丫頭進來，林熙乘機伸手把林嵐的袖子一扯，讓她與自己相近的挨在一處，而後兩個丫頭進來給擺了繡墩，便被打發了出去，四人這才坐了，圍成了圈。

「快講，快講！」十四姑娘一臉嬌氣，搖了林熙的肩膀。

林熙並未直接答話，而是轉頭看了一眼林嵐，而後才開口說道：「妳們到底是要聽葉嬤嬤的什麼啊，妳們不問，我又如何講呢？」

「我問！」十三姑娘兩眼閃亮。「聽說她自毀了容顏，是真的嗎？」

林熙點點頭。

「那她是不是原本很好看的？」十四姑娘又問。

林熙笑了笑。「這我可不知道，她的年歲都能做我祖母呢，只不過她眉眼我瞧著慈祥，想來當初應是個美人的。」

兩個姑娘基本上好奇心全在葉嬤嬤身上，兩人妳一句我一句的問到終於沒什麼可問的時候，便差不多一個時辰了，此時紛紛覺得口乾，便眾人飲了茶，唯獨基本沒說上話的林嵐只能低眉順眼的作陪。

此時有個丫鬟進了來，手裡捧著一本書冊到了十三姑娘跟前。「四爺叫送來的，說是今日裡新淘的。」

十三姑娘一把抓了，面上顯著歡喜。「正是我要的那本，我哥他人呢？」

「四爺在院裡呢！」丫鬟答了話，十三姑娘當即笑著往外去。「我得去謝謝他，妳們等我一下啊！」說著把書冊放到桌上就拉著那丫鬟竄了出去。

十四姑娘一頓，忽而噘嘴。「記得十三姊的書，那我的東西呢！」說著衝她們兩個一笑。「也等我一下啊！」當下竟也跑了出去。

林嵐和林熙對視一眼，前者不免驚訝，畢竟這樣的世家門戶，怎麼能把客人獨自留在屋裡？倒是林熙淡淡一笑，心知到底是自己兄弟姊妹親近，忽而思及那個時候她同長桓常常玩在一處，便低了頭，捧了茶碗，並不在意。

此時，屋外傳來些許笑鬧聲，繼而有好聽的男子聲音爽朗似的說著什麼，只是不大聽得清楚。不過那男聲之音可不是一個，而是兩個，但屬於謝慎嚴的那個林熙已感耳熟。

此時她身邊的林嵐站了起來，輕輕的走向窗邊，林熙當即皺眉輕喚。「六姊姊，莫失規矩！」

林嵐頓了一下，回頭看了她一眼，卻沒搭理她，依舊立在窗邊看，林熙當即放了茶碗，上前去扯她胳膊。「六姊姊，妳想丟父親的臉嗎？」

林嵐的眉一蹙，隨即平坦，聲音輕柔帶笑。「說什麼呢？我不過看下天色罷了！七妹妹太過小題大做了。」說完回身去了座位上一坐，林熙抿了唇也回去坐下了。

不過幾息的工夫，十三姑娘同十四姑娘快步的進了屋，兩人之間還笑鬧推搡著，但十四姑娘的手裡則多了一把團扇。

這兩人進屋瞧見林熙她們姊妹兩個，那十四姑娘立刻湊上來，得意的把手裡的團扇衝林熙她們搖搖。「怎麼樣，好看不？」

那扇子上，並未畫著什麼侍女、牡丹，只題著兩行字，而落款處的印章上卻幾筆勾勒著一隻淡藍色的蝴蝶，翅膀將張未張的，有股子欲要高飛的味道。

「好看，不似那些常人的，總是百花蟲鳥、仕女錦雀，絲毫不見俗套。」林嵐說著還起身湊了過去，而後口中輕唸。「留連戲蝶時時舞，自在嬌鶯恰恰啼……春景如此美妙，入夏還在懷念，十四姑娘想必是很喜歡春景了？」

十四姑娘聞言呵呵一笑。「才不是我喜歡呢，這扇面是我四哥寫的，我只要他給我弄個特別的，不能與他人一樣了，他便給我弄了這個。」說著拿在手邊比劃了幾下。「其實我喜歡冬，白茫茫的一片，任什麼嬌貴美豔的都被雪給壓下了！」

林熙聞言一愣，掃了十四姑娘一眼，但見她眉間的傲色，立刻就自己垂了眼。

此時十三姑娘把桌上的書拿起來小心的撫摸了一下，忽而看向她們姊妹兩個。「葉嬤嬤教過妳們書畫，不如我們一起書畫一番怎樣？」

此時十四姑娘欣然附和。「對、對，我們一起書畫吧。」說著看向林嵐。「妳定是個擅長的，叫我瞧瞧妳的功底。」

當下兩人便叫了丫頭去西廂鋪紙，林熙同林嵐是客，自是客隨主便，隨著她們兩個離開了正房，去了那邊的西廂。

她們剛剛離開入了西廂，正房邊上的扇門便打開了，安三太太眉頭緊鎖的從梢間裡走了出來，她身邊的丫頭就上前，輕手輕腳的把林熙同林嵐用過的茶杯小心翼翼的端了起來，送到了安三太太的面前。

安三太太先是偏頭看了幾眼，而後動手拿了茶碗看了內裡所剩的茶水，林熙的那杯，只淺淺的少了一點，林嵐的倒少了大半。

安三太太放了茶杯，兩個丫頭當即就把茶杯收了下去，而後安三太太招招手，一個丫頭湊上前去，安三太太在她耳邊嘀咕幾句後，那丫頭立時退了出去，安三太太身子一轉，倒回了梢間裡，扇門一合，復又同先前一樣。

在林熙的認知裡，廂房同書房是有很大差異的，從某種角度上來說，廂房其實有點類似於側臥室，很多時候在林府上，若邢姨媽來作了客，中午又想歇息的時候，便會安置在廂房裡，而在康府上，每當她來了月事，便會從宿在西廂，不住東廂，故而西廂也是有「側」之意。

可打林熙站在這屋裡時，就有些糊塗了，因為抬望眼過去，便見許許多多的書架立在這裡，加上寬大的書案，文房四寶，這讓林熙錯愕自己是不是到了謝家三爺的書房裡。

而林熙一臉糊塗的表情，讓十三姑娘笑了起來，抬手過來拽了她。「幹麼一臉驚詫的，莫不是以為到了書房？」

「難道這不是？」林熙尷尬地笑笑。

十三姑娘一挑眉。「這當然不是，這只是我和十四妹妹的小學堂，是我娘專門為我和妹妹進行閨學的講授之地，當然平時也是我們兩個書寫作畫的地方。」她說著推了林熙往桌邊。「妳也一道來唄！」

林熙笑著點點頭，眼掃那些書架，不免內心震撼，忍不住問了一句。「那，那些書架上的書，妳們也常讀的？」

「何止是常讀？父親可要我們必須熟爛於心呢！」十四姑娘說著已經提了筆看向林嵐。「妳我不如各自書畫，贈留對方當作禮物？」

林嵐一臉興奮。「真的可以嗎？可我的東西……」

「妳別那樣，要論貴重，我家也不缺什麼，妳們難得與我們姊妹投緣，只管書畫出最好的來，留給我們姊妹就好，我們自然也是一樣！是吧，十三姊姊？」

十三姑娘立刻捉了筆。「自然自然，全往拿手了來！」

當下她們姊妹就動作起來，林熙和林嵐對視一眼後，也紛紛而作。

要說熟練，自是魏碑，也是林熙習字這些時日來，越發深愛的字體，可是當她提筆餵墨的時候，眼掃到十四姑娘寫的也是魏碑時，便立刻放棄了魏碑這個念頭，畢竟剛才那冬日之雪的言論，竟無端端的叫她有些驚駭，故而下筆的時候，乃是瘦金體。

她寫的是杜甫的〈春夜喜雨〉，畢竟在人家顯赫世家面前賣弄學問最是無益，又何況她這會兒也才九歲，守著本分，寫下這一個討喜的春雨詩詞。但思及作畫時，腦海裡閃過了那團扇上的蝴蝶，便提筆在詩詞的底端畫了幾筆青草，與葉子上落了一滴雨露，這便放了筆。

她人小，寫得簡單，畫得更簡單，便成了第一個放筆的。放下後，又覺得這般是不是不太好，內心正思量的工夫，十四姑娘也放了筆。

「我瞧瞧妳的！」她說著湊了過來看林熙的，看完後，伸手一摟林熙的肩膀。「難怪在我前頭呢，原來這般簡單。」

「我會的不多。」林熙不好意思地眨眨眼。

「沒關係的，妳去瞧我的。」她推著林熙過去。

林熙便看到一幅潑墨寫意的山河圖，簡簡單單的墨液勾邊，綴著點墨，倒很有氣勢，再加上旁邊是以魏碑之體而寫的山河之詩，看起來竟頗有大家之範，當下衝十四姑娘一笑。

「妳畫得可真好，看著就同我家堂上掛的那幅一樣好！」

十四姑娘聞言臉上笑容大盛，而此時林嵐同十三姑娘倒是幾乎同時放筆。

十三姑娘畫的是一匹高頭大馬，馬兒高昂頭顱，馬背上錦鞍華鐙，此馬立在朱紅色的門前，倒很有氣派。

「神采奕奕，十三姑娘畫的可是宮門前的儀馬（注）？」林嵐笑言輕問。

十三姑娘立刻點頭。

注：儀馬，皇帝儀衛中用作導引的馬。

林熙卻是盯著那馬上的鞍與鐙，心中微微輕嘆，再看邊上詩詞，乃是一首寓意「馬上封侯」的詩詞，便知那錦鞍華鐙乃指侯意，卻不免心中又替她再嘆。

已得而求，只怕是自己心裡都不信著自己，倒同我一樣了，只不過我若畫馬，為求奔騰，自不要鞍鐙，馳騁縱橫的，何苦再累著束著自己？

「妳畫的是什麼？」此時十三姑娘去了林嵐的桌前，立時看到的是一幅虯枝雪梅，邊上還提著兩句——「寶劍鋒從磨礪出，梅花香自苦寒來。」

「不錯，爹爹說，畫梅的人，天生一分傲骨，更有一分堅定之心呢！」十三姑娘笑嘻嘻的言語。

林嵐嘴角輕勾，話中卻見惶恐。「哪裡有什麼傲骨了？不過是我院中有著這麼一株，想起了就畫了它。」

林熙微微抽了嘴角，為林嵐扯謊的信口拈來而無語。

她那院子裡幾時有梅樹了？府中上下，除了她爹好梅，在後院的角落裡種了幾株，留待冬日飲酒時賞梅用外，哪裡都沒種的，因為祖母不喜歡，覺得梅同了黴，晦氣。

當下她眼掃去了十四姑娘那裡，微微有些不安，畢竟在十四姑娘的言論裡，大雪可壓了一切的，而梅卻偏偏，壓不住。

不過，十四姑娘一臉欣賞的表情未見絲毫不快，林熙便暗自思量是自己想得太多了。當下，十三姑娘喚了人進去，曬畫收卷，用做交換的禮物，便拉著她們出來，要回正屋裡繼續言語。豈料四人才出來，院門口側面的月亮門裡竄出一個十一、二歲的哥兒來，他不但往院中跑，口裡還大聲的喊著。「哥，你敢和我打賭不？娘這西廂房裡肯定有五嶽……」

他一時閉上了嘴，是因為已經遇上林熙和林嵐這兩個陌生的人，而此時，月亮門前一閃，走出來個風流倜儻的少年，那好看的皮相迎著光迎著風，很是玉樹臨風，而林熙心中一驚，立刻轉了身，背向於他。

他，怎麼來了？

林熙心中惴惴，人卻已經不自覺地做了避諱，反倒她旁邊的林嵐無有動作，直到對方走上前時，嬌羞般的低頭，才餘光掃到了林熙的背向，登時臉上一閃懊惱之色，也急急的轉了身，雙雙背向了。

「你們怎麼來了？」十三姑娘跺了腳。「不知這裡有客的嗎？」

「十三姊，我和四哥只是要尋本書而已，哪裡知道會遇上人了！」那略帶清脆的聲音，顯然是那位十一、二歲的少年在說話。「再說了，又不是故意的。」說著似有衣裳的窸窣聲，繼而便聽到兩句疊音。「是我們唐突，冒犯了。」

林熙咬唇不語，低頭不答，可她身邊的林嵐卻開了口。「公子並非有意，何來唐突？還請略略避諱，讓我與妹妹有處相隔的好。」

「應該應該。」謝慎嚴的聲音帶著一種輕柔的書卷調子，繼而十三姑娘便扯了林熙的胳膊，林熙立刻側身轉過，頭都不敢往那邊偏一下的隨著十三姑娘進屋去了。

其實依照她尚未十歲的年紀，即便遇上，瞧見也是無妨的，只是一來她心中對謝慎嚴有些莫名的在意，二來因著是謝家侯府，她不得不小心謹慎，生怕有什麼舉動招來人家對林家家教的輕視。可她小心翼翼、噤若寒蟬，偏偏她身後的林嵐卻不似她這般小心到這種地步。

在十四姑娘的拉扯下，林嵐也側身邁步，但眼還是往那邊掃了一下，便見一高一矮兩個背影，便又收了眼入了屋。

她們四個姑娘進了正房，落了簾子，這哥兒倆才轉了身自己邁步入了那間廂房。正趕上丫頭們在那裡收畫，謝慎嚴掃了一眼那些半捲的畫，便湊了過去。「十三十四又比上了？」

「不是咱們姑娘比上了，是和林家來的姑娘比呢！」一旁的丫頭答了話，謝慎嚴便笑了。「給我瞧瞧，她們四個的。」

丫頭們立時又把畫卷打開，謝慎嚴個個掃過去，口中輕評。「十三的功力到底不如十四，她那性兒全落在書上，書畫也不過是陪著十四了。」

「那哥，這個如何？」誨哥兒指了那幅很是顯眼的虯枝雪梅。「她的功力不差吧？」

謝慎嚴掃看了幾眼後，點了頭。「的確不差，書畫造詣雖趕不上十四，卻也不輸一般的人了，至少這虯枝的粗、陋、莽上，很有些筆力，怕是與我同窗的那幾個也望塵莫及呢！」

「難得，素聞美人執筆不過作態，琴棋書畫所精，卻真正精細的也不過是風花雪月，想不到她瞧看著和我一般大的年歲，卻有分傲骨之心！」誨哥兒說著掃看落款處，但見一個林字下，寫著一個小小的六字，便口中唸唸有詞。「林家六姑娘，是娘叫看的那個嗎？」

謝慎嚴搖了頭。「葉嬤嬤所訓乃是個嫡出的。」

誨哥兒立時點頭，從旁尋到了只標著一個林字的。「嘿，這個怎麼連行頭都不落啊！」

「不過是姊妹之間作畫而已，圖個樂性，不留也沒什麼奇怪啊！」他說著嘴角卻微微一勾，臉上浮著一抹淡淡的笑，再偏頭看向那幅畫，繼而便笑得盛了許多。

「哥，你笑什麼啊？」

「我笑有人跟我一樣，偷奸耍滑，為的躲懶。」說著把林熙所畫的那張拿起來瞧看一遍，又放下輕道：「瘦金體，這葉嬤嬤倒慣會教習啊！」說完轉了身。「走吧，咱們回去接著下那盤棋吧！」

誨哥兒立時點頭。「好！」

當下兩人出了廂房，幾個丫頭又重新收畫了。

重新奉了茶，十三姑娘和十四姑娘便為先前的一見而言抱歉，林熙只是笑著微微搖頭，林嵐卻是話多了起來——

「兩位姊姊不必抱歉的，不過是意外遇上了，怨不得妳們，何況大家也都做了避諱，倒也沒事，畢竟誰會料到，這個時候他們會過來呢！」

「可不是，我那七弟最是個說風就是雨的性子，定是和我四哥爭道起來，便才嚷著衝過來查書的。」十三姑娘立時言語。

十四姑娘也附和。「是呢，我娘這廂房裡收著不少書，足夠我們幾個平時看的問的，只可惜七弟還小，不夠年紀去爹爹那邊的書房，才惦念著往這邊跑，要不然也遇不上了。」

「無妨的，不過聽妳們說起來，倒見你們兄弟姊妹的關係極好，似特別鍾情於書冊，果然是海內大家，只那廂房裡的藏書就真真叫人羨慕。」林嵐說著面色微紅，眼眸浮上羨色。

十三姑娘當即一笑。「若六姑娘也是個愛讀書的，那就不妨多看看，日後我若託四哥再淘到什麼好書，也想法子給妳惦著一份，如何？」

林嵐立時起身朝十三姑娘福身。「多謝姑娘想著我。」

十三姑娘笑著拉了她。「不必如此，不過是一本書。」說著伸手抓了桌上那本。「若不是這本我還沒看，倒也能今日借妳讀了。」

林嵐湊上去掃了一眼那書。「《神異志》？」

十三姑娘笑著摸索書冊。「奇聞奇事，頗為新鮮有趣。」

「原來妳喜歡看這樣的書，看來妳那四哥定是也好這類，不然如何為妳覓得心頭所愛？」

十三姑娘笑著搖頭。「哪有，是我指名道姓央他幫我尋的，他所愛的都是那些四書五經，才不看這些呢！」

「那妳四哥倒是個好跑腿的了。」

「人家身為男子出門比我們可容易多了，我們想跑，可沒那機會。」十四姑娘接了口，登時和十三姑娘對視一眼，笑了起來。

一時間屋裡言語的便是她們三個，林熙倒沒插言了，帶笑了一氣，十四姑娘便眼落在了林熙的身上。「七姑娘果然是得葉嬤嬤教養的，規矩倒重，似比我家還嚴些了呢！」

林熙淡笑。「怎麼會呢？貴府千百年的傳承，再世之家有幾個敢於比肩？我也不過是平日裡太沒規矩，嬤嬤才對我制定了許多條框，約著我那性子，免我生事罷了，可不敢和您家比規矩，我們實在是，小打小鬧了。」

十四姑娘聞言，下巴高高的昂了起來，眼裡閃亮亮的。

此時林熙抬手扯了扯林嵐的衣袖，提醒著時候差不多了。

林嵐眨眨眼衝兩位姑娘一笑。「我們來了也近兩個時辰了，不好再叨擾，就……」

「急著走什麼嘛，不如在我們這裡用了晚飯再回去唄？」十三姑娘立刻言語。「難得請妳們過來玩，多湊一會兒嘛！」

「是啊，叫個人給林府傳句話，叫妳們太太別掛心著妳們就是了，妳們就多陪陪我們嘛！」十四姑娘嗲聲嗲氣的嬌糯軟語，完全就是一個嬌娃娃。

林嵐面有難色地看向林熙，似乎想要妥協。

林熙卻不敢頭回上來就在人家府裡留飯，登時抓了林嵐的衣袖說道：「姊姊，父親說了，今兒個晚上要考妳我詩詞的，若是留在這裡用飯，誤了爹爹的抽考怎麼辦？」

哪裡有抽考的事呢？林嵐一聽便知林熙撒謊，可無奈又不能當著人的面說林熙胡說，只得作那恍惚狀。「是啊，還有這一茬呢，今日怕是不便了，要不還是改日吧！」

林熙聞言，抽了嘴角，所幸十三姑娘接得爽快——

「那好吧，還是下回吧，若要父母等著，那倒是罪過了。」

當下，林熙同林嵐向十三姑娘十四姑娘告辭，便循禮的要去給安三太太告辭。十四姑娘叫了個丫鬟問話，得知自己的娘正在主院那邊，便笑著言語。「我母親不在，妳們就省了吧！」說罷叫著方姨娘。

先前那個最後迎接她們的婦人，便從一間廂房裡走了出來，親自迎送她們出了堂院，繼而便照來時的規矩，又一道道的換轎，直到出了西角門，上了自家跟來的馬車裡，奔往林府。

「妳是怕著什麼呢？好好與人家姑娘親近的機會都不要，巴巴的回來，父親幾時要給咱們抽考了，若他知道送上門的親近機會都不珍惜，瞧不怨咱們不爭氣。」自家的馬車上，可沒了顧忌，林嵐上來就小聲抱怨。

林熙看她一眼，眨眨眼睛，一臉不解。「六姊姊平日裡不就是謹小慎微的人嗎？怎麼今日裡，我瞧著六姊姊可同我四姊姊一樣的莽了。」

林嵐一頓，乾笑了一下。「這不是我不謹小慎微，實在是，謝家可是名門大戶，咱們能有這親近的機會，自然得抓著，爹爹平日裡可沒少說權貴們的親近有多難，我這不也是，不想錯失良機嗎？」

林熙點點頭。「原來六姊姊是這樣想的啊，可是嬤嬤說，侯門家用餐飯規矩甚多，許多講究，我還沒學會學精細呢，可不敢留在那裡。」說著她低頭撥弄自己的衣裳。

林嵐倒是臉色陡然白了一下。要說林熙沒學精，可她呢，她連皮毛都沒沾著，雖然有母親諸多私下的教授，但也並非能出入了那等侯門餐席，思想著自己免除了一場尷尬，她倒有些感激林熙的膽小怕事了。

兩人回到了林府上，便被直接帶到了老太太的房裡，陳氏此刻已經在那裡，林昌似乎有什麼事，尚未回來。

打一進屋，林老太太便讓她們兩個細細講述在謝府的一切，到最後陳氏還叫著把姑娘們之間的言語，能想起來的都回一遍。兩人妳一言我一語的講完，天也擦了黑，可她們的祖母卻沒一點叫她們用飯的意思。

「熙兒今日裡還算乖巧，只是對葉嬤嬤的事，妳大可不必知無不言言無不盡的盡數答了，到底葉嬤嬤也算咱們府裡的人，大家對著她好奇，妳若什麼都說了，也沒意思了，她是妳的老師，還是就那麼著最好。」林老太太臉上沒有什麼笑色，相反的很嚴肅。

林熙低了頭。「是，熙兒知道了。」其實她原本也不想什麼都說，可是謝家的好奇全然來自於葉嬤嬤，她寧可什麼都交代，免得日後兩人又想起什麼的叫她們過去，那種豪門貴府，一舉一動都得小心，她是真心的不想去，只想窩在自己的院子裡舒舒服服的。

林老太太腦袋一偏看向了林嵐。「跪下！」

林嵐一愣，還是跪了，但那一臉不知為何的表情依然留存。

「我們林家是比不上謝家，但妳也不用這般羨慕吧？若不是熙兒叫著回來，妳難不成還要在人家府上留飯？妳也不掂掂自己的斤兩？還有，人家哥兒的事情，妳那般打聽是做什麼？難不成遇上了，妳還動了心？」

「沒有啊，老祖宗，我只是和那十三、十四姑娘找些話來說，總不能啞在那裡啊！」

「主人家難道不知道找話的？由著妳一個客人去喧賓奪主？」林老太太眼光狠厲的看著她。「妳少給我耍舌頭，今天的晚飯省了，自己回屋裡好生思量去！」

林嵐一臉戰戰兢兢的模樣應著，便快速的起身低頭退了出去。

林老太太又對林熙擺手。「妳也回了吧！」

林熙點點頭，看了一眼放在那裡的書畫，似乎思量著要不要帶回去。

林老太太一笑。「先放著吧，妳既然說了人家的畫都能掛堂了，我叫人裱起來，回頭送妳屋裡真格的掛堂吧！」

林熙聞言呵呵一笑，衝祖母同母親福身後，便往自己的碩人居回，而她一走，林賈氏同陳氏便是相視對望。

「妳瞅著是那個意思嗎？」林老太太開了口。

「這可難說，這文書都是我翻騰老太爺的遺物才知的，人家自己府上到底當事兒沒誰知道呢？」

「說實話，我心裡也沒譜，原本依照妳的意思，咱們是希望等熙兒大成了，再放話出去，兩廂和美，可這會兒人家倒主動來尋咱們……」林老太太深鎖了眉頭。「我覺得和我下午猜想得差不多，只怕是謝家自己有了什麼盤算！」

「難道他們也記著這約？」陳氏一臉驚詫。「可是咱們府上現在說是青黃不接也不為過，人家怎麼會……」

「許是高義重信吧！」林老太太搖搖頭。「可也不必此時就相看啊？」

「該不會是悠兒截了人家胡，謝家心裡不快，要尋我們麻煩？」

「尋麻煩也不至於從兩個姑娘這裡盤算啊！」林賈氏擺手。「要我說，肯定不是找麻煩，畢竟朝局不穩，遲遲未見立儲，莊家和謝家若連上了，謝家便是莊家的棋了，謝家幾時湊那熱鬧過？哪回又肯做人棋了？只怕悠兒這一處，他謝家還得謝謝我們林家呢！」

「啊？」陳氏聞言一愣，顯然這茬她還沒尋思太明白。

林賈氏衝她一笑。「妳糊塗這正常，當初我也不明白，還是妳公爹在世的時候，常與我言，『若求族運長，得閒不掌權』，我思量了這些年，思量到謝家，才明白這一茬的。」

「這話是怎麼個解法？」陳氏好奇而問，畢竟依照婦女不問政事的思想，她們終日裡要盤算的是家裡的柴米油鹽，是以聽了這麼一句，一時也不會理解得太明白。

「得了重權的，就得下力氣做事，那些重權之下，摻和的事豈會少？只咱們府上一個廚房裡物料的出進，只怕就勾纏著不少勾搭，普天下的利益緊要處，又如何少了這些骯髒事？

管就有失，損了人家的利益，就得受著厲害，一個不平便是事，那都是拿命去填！若在邊疆，府中有人擔了重責，贏了固然好，可輸了呢？再者，戰事上風雲變化，那梁家如何死了大兒的？實話與妳說，我族中之譜，我也翻看過，我娘家祖輩上，也是出過不少人才，掌握過實權的，可結果呢，死傷之重，倒是損了人丁的！相反，受著閒職，得著高俸祿的那些個，哪個不是兒孫滿堂、人丁興旺？」

陳氏一時未言，在那裡思量了一會兒才點了頭。「原來是這樣啊！那謝家……」

「一日無儲，一日不寧，誰這會兒敢隨便的擇路？走不好，就是麻煩，他家門戶大，家業大，可牽扯的也大，只要不走錯路，誰都動不了，可要錯了，便是連根拔，他謝家怕也煩惱著，如此我倒寧可是他們念著我們林家的恩了。」

「可是真要念恩，也該在悠兒及笄前，為何挑了這個時候？」陳氏可不這麼想。

「作戲也得作真了啊！隔上半年，孩子們自己抽對了眼，邀了過去，倒也誰都說不上什麼的，我只是有點摸不清安三太太這一見的意思了。」

「唉，這般猜著，真是撓人心呢！」

「所以妳就叫著回來了？」葉嬤嬤看著換衣的林熙，眼裡閃著讚許的笑容。

「不叫著回來怎麼辦？由著她在那裡待著，只怕再待一會兒，打聽的就更多了，沒來由的叫人家以為我們林家有什麼盤算。」林熙說著坐到了葉嬤嬤身邊，由著花嬤嬤為她鬆髮輕束。

葉嬤嬤笑了笑，看向了花嬤嬤。「妳們跟著去的，有沒有瞧著什麼不對？」

花嬤嬤搖了頭。「我們什麼都瞧不著，只在院子裡候著，連老太太跟前的兩個都沒跟到房裡去，全被攔在了外頭。」隨即她鼻子一搡。「不過六姑娘太沒羞了，人家兩個哥兒進來，總該避避，我們七姑娘立時就背了身了，她倒好，足足站了三息才轉，我明明瞅著她臉都紅了，到了老太太跟前，倒會扯謊，說自己是一時懵了轉慢了，我就奇了怪了，既是懵了，臉紅個啥？真真的誰的種誰的性兒！」

花嬤嬤說得一臉忿忿，卻冒了這麼一句出來，林熙登時衝她蹙眉，花嬤嬤自己也覺出來這話把林昌也罵上了，立刻就抬手給了自己一個嘴巴子，悻悻的笑了笑。

葉嬤嬤卻沒說她什麼，只看了看林熙，才衝花嬤嬤言語。「去叫她們擺飯在小廳裡吧，我與姑娘梳髮。」

花嬤嬤立時答應著去了，葉嬤嬤接了梳子給她梳頭。「少年風流，自有春心動，妳雖年紀小，沒這一齣，但那位公子在之前就為妳和四姑娘解圍過，如今巴巴的又遇上，妳這心，可否靜如止水？」

林熙聞言一愣。「嬤嬤這話說的，我不明白。」

葉嬤嬤一笑，轉身去了一旁的箱籠裡，摸出一個荷包來。「我今兒個給妳尋衣服時，可瞧見了。」說著打開了荷包，把那方印給拿了出來。

林熙立時心慌，葉嬤嬤卻把印章塞回了荷包裡，放進了林熙的手裡。

「嬤嬤，這是個誤會，其實我和他……」

「妳不用給我解釋，你們之間如何，不必與我細說，我也自是相信妳知道什麼該、什麼不該。我只是問妳，遇他，妳可否心如止水？」

林熙看著葉嬤嬤，咬了唇。「若說無痕，過假，若說投石，過重，似如微風掃過，淡痕輕漣。」

葉嬤嬤笑著抬手擁她入了懷。「守心不易，不管是不是他，妳都要早早守心，可拂風，卻不可見痕啊！」

林熙咬著唇點頭。「我明白。」

謝家三爺附院的正房裡，安三爺端了杯茶，慢條斯理的品著，身邊的徐氏卻是眉頭緊蹙著，似在盤算著什麼。

半盞茶下去，安三爺放了茶碗，看向夫人。「怎麼？都這會兒了，還沒理出個頭緒來？」

安三太太嘆了一口氣。「你是知道的，林家低微，我根本不中意，是你非要叫我過過眼，想著葉嬤嬤教養的那個，我也好奇，這才允了。可今兒個兩個見了，我這心裡直打鼓啊！」

「難不成妳也動心了？」安三爺淺笑。

徐氏抿了下唇。「那六姑娘是個庶出，身分本就不合適，舉止有些無束，但面上卻又滴水不漏，倒是個有心機的。你可知道，瞧見謹哥兒時，她這個十二的倒不如那還沒滿十歲的七姑娘知規矩了，可這人心眼活，還從萱兒芷兒的嘴裡套話呢！」

「套誰的？」

「謹哥兒的唄！」安三太太皺了眉。「也不知是那妮子浮躁還是林家自己清楚那檔子事，也起了盤算呢！」

「一個庶女，也不勞妳費心，她本就是作陪的，我關心的是那個小的，她怎樣？」

第二十六章 一字之計

「要說這個小的吧……」徐氏撇了嘴。「到底不枉是葉嬤嬤費心教養的，舉止、禮儀都沒得說，我瞧著她行走規矩，坐立安穩，即便喝口茶，也只潤澤，遇上咱們兩個姑娘刨根問底似的那般詢問，也都始終淡笑如一，未有不耐。」

「聽起來不錯啊！」

「可是，一來年歲太小，還沒滿十歲；二來，柔性有餘，剛性不足，這將來……三來嘛，身量都還沒出挑，我也瞅不出個眉眼來，瞧不出將來的相貌。」

「就這三處不滿？」安三爺抽了嘴角。

徐氏點頭。

安三爺倒笑了。「這有什麼可是的。她年歲小，我們本也知道的，不足慮；至於妳說那柔性有餘，剛性不足，她到底一個還沒到十歲的姑娘，哪來的什麼心性？真要剛硬了，只怕是個莽的，還不能想了，倒是這種柔的，還有些調，何況年歲小，機會也大；至於身材相貌，我聽萱兒說過，那林家的四姑娘還是長得不錯的，想來都是一個爹娘生養的，差別也不會太大，日後也不至於是個無鹽，倒也沒什麼可憂的。」

徐氏撇著嘴站了起來。「莫非老爺你真心往林家上想？」

安三爺捋了一把鬍子。「我也並非就是指著林家了，這一門姻緣，還是父親大人提起不是？按說和林家約下這緣來，並非是咱們這房來應，可咱們現在不也是死馬當作活馬醫，這不找轍嗎？妳還是好生和我盤算一下，看看林家這事，可作文章不？」

徐氏聞言又坐下了。「我也知道，咱們萱兒和莊家那小子的事一黃，莊貴妃就拐胳膊的想到了孫家，雖說繞了個圈，卻是要把這事給坐死，橫豎還是要把咱們給套進去！」

「誰說不是呢？當初她一個省親放了話出來，老爺子就催促著我那幾個兄弟趕緊的把自己的孩子看好，該娶的娶，該嫁的嫁，想晾著莊貴妃，等皇上立儲了再說。可誰承想，人家到底還是本事，這些年聖寵濃郁，皇上就是不立儲。」

「依我說，皇上才不是不想立儲，他是想立，立不得。」徐氏說著湊得近了些。「皇后娘娘所生，才是正出，若說立長，便只能立德妃的，只可惜大皇子樣樣折扣；至於二皇子，一個美人所出，連身分都不夠。三皇子是她莊貴妃的沒錯，也的確比四皇子早出一天，可是到底四皇子才是嫡子，更何況，若論及兩個人的才學，公爹不也說，四皇子更勝一籌嘛！」

「是啊，皇后、太后都是一心護嫡的，他那勢早就起了，怎可能看著莊家奪嫡？」安三爺搖搖頭。「可他們為了一個鬥字，結果倒來讓咱們家遭殃！」

「沒辦法，誰讓我們沒擇路呢？」徐氏說著臉有愁色。「眼下這意思，躲也躲不過了，既然橫豎選一個的，其實我倒覺得，皇上既然開了口與公爹提了這事，我看皇上的意思是想著三皇子的，所以可能和孫家結親，也還是……」

「別想！」安三爺立刻擺手。「我知妳那意思，反正皇上心裡屬意三皇子，自是想我們謝家作為三皇子的籌，妳便想著何樂而不為，想著日後可能對謝家更好。可是我的夫人啊，妳再想想，若皇上都要親自出來想把我們謝家弄過去給三皇子做籌，那恰恰說明了三皇子的勢弱！而且，爹爹的意思，是最好不參與，因為我們謝家要是一步錯了，那等於是送把柄啊！如果非要選一方，也需得謹慎！」

徐氏一臉苦色的伸手抹額。「我知，我懂，否則我們這個時候又忙活什麼呢？」她說著嘆了口氣。「唉，當初若知道有這麼一事等著，我寧可早早的給謹哥兒定門親事了。」

「妳淨說那沒用的，就算妳想，也得爹同意，謹哥兒的才華是咱們謝家這代少有的夙慧，爹對他頗為看重，大多時候都是親自教導，連我這個當兒子的都沒機緣，妳以為妳真能為他定了親事？當時那種情況，爹叫幾房兄弟張羅，愣叫我們別動，還把謹哥兒養在他跟前，不就是想著日後謝家的種種嘛！」

「他是想著念著，我也知道謹哥兒的本事，可是留到現在卻成了大麻煩，莊貴妃更盯死他了，要是咱們尋不出合適的人來，謹哥兒只能和那孫二姑娘拴在一處！」

「要妳說這些？」安三爺白了徐氏一眼。「平日裡妳倒精得很，這會兒倒亂上了。」

「那是我的兒子，我能不亂嗎？」徐氏說著扭了頭，拿著帕子擦眼角。

安三爺嘆了一口氣，伸手拍了她的肩。「我說重了。」

徐氏扭頭看他一眼。「公爹叫咱們去瞧林家，自是有這個盤算，雖說我不是很樂意，可要合適，也成的，但是，我瞧著成的那個年歲太小，若說配吧，衝著那一紙文書，我也願意要這個做兒媳，配給咱們誨哥兒年歲大小的都合適，葉嬤嬤教養下的，也不差。可若是配給謹哥兒……年歲差著且不說，咱們把這話拿到莊貴妃那裡，可也說不過啊！人家也會兌上一句，妳家小七更合適，是不？哪裡就輪到咱們謹哥兒了？」

「我也知道有這一差，可爹說了，叫我們別管這些，只管看人，其他的他來辦。」安三爺盯著徐氏。「妳瞅著她成不成？」

徐氏揪扯著手裡的帕子。「不思量年歲，別的也都還行，可是年歲這關怎生可好？再有三年咱們謹哥兒便及冠，就得動親事，那丫頭也才十二歲，如何就能配了？難不成還叫謹哥兒巴巴的等她一、兩年？就算我們肯，莊貴妃能當看不見嗎？唉，要是她和來陪的那個年歲上調換一二，該多好！」

安三爺聞言無奈的搖頭。「調換了也沒用，要是娶個不正的，爹更得冒火！」說著起身。「這樣吧，反正妳也瞧了個大概來，就和我一起去爹跟前回話吧，至於其他的，還是由爹定奪吧，他老人家說了算。」

徐氏當下只得點頭，一邊起身一邊口中嘟囔。「真不知是做了什麼孽，這麼多權貴之家，公爹一個都不考量，偏叫我們去看看這個林家的。」

安三爺回了頭。「不是爹不叫妳考量，而是考量了也沒用，這個時候，誰敢撞上來？誰敢出來叫板，那就是誰和莊貴妃過不去啊！再說了，這種事，能躲都躲，自家門口還掃拉不淨呢，還能閒得去幫人家？要不是那林家老爺子和我爹有那一紙文書，只怕老爺子這會兒也沒轍。」

徐氏聞言垮下了肩。「唉，頭疼。」

「走吧，要疼，也等爹作了定斷再疼吧！」

謝家三爺附院的石竹閣內，謝三爺嫡出的四個孩子正齊齊的聚在書房裡，而門前，離得最近的丫鬟，竟也隔著足足一丈遠的距離。

屋內的書桌前，十四姑娘一邊提筆在紙上揮毫，一邊嗲聲的言語著。「人家今天和姊姊費了那許多口舌，樣樣依著娘的意思來，也不知娘到底是盤算什麼，哥，你可知道？」

坐在一旁竹椅上的謝慎嚴翻了手裡的書，一邊低頭掃著書卷一邊慢條斯理的開口。「能猜到一點，只怕不是為著我的事就是為著七弟了。」

「啥？我？」撥弄算籌的誨哥兒立時抬頭。「有我什麼事？」

謝慎嚴淡淡地笑了下，既沒抬頭看他，也沒答話，依然眼掃著書卷，倒是一邊的十三姑娘放了書，衝誨哥兒笑。「七弟，今兒個來的兩個，若是娶妻，你要哪個？」

誨哥兒聞言鼻子一搡。「十三姊，妳莫不是要逗我吧？她們哪個都與我無關，瞧見的那個可與我同歲，我堂堂男子，要娶也是娶個比我小的，她不考慮。至於那個年歲比我小的，我壓根兒就沒瞅見她什麼樣子，這人規矩是有了，可我也不想要。」

「為何？」十四姑娘轉了頭。「莫非你瞧不上人家家世？」

「非也！」誨哥兒擺手。「爹爹不止一次的說過，寒門出傲骨，我可不敢輕了人家。我只是想說，那是個和四哥一樣慣會偷懶耍滑的，我若娶了她，還不吃虧啊?!」說著又低頭撥弄算籌去了。

「什麼？」十三姑娘笑了。「偷懶耍滑？這話是怎麼來的？」

誨哥兒頭都沒抬，指向了謝慎嚴。「四哥說的。」

萱兒和芷兒立刻看向她們的四哥，謝慎嚴此時則對她們淡然的一笑。「不過是對她那書畫評了一句罷了。」

十三姑娘尚在回味這話的意思，十四姑娘立時便丟了筆，站到了謝慎嚴的面前，聲音雖嗲，可人卻立了眉。「四哥，你今日裡原是糊弄我、打發我的？」

十四姑娘伸了手。「三幅！」

謝慎嚴呵呵一笑。「我改日重補妳一幅可成？」

「妳要那麼多做什麼?妳向來只求獨一無二，若給妳一樣的三幅，妳只怕也撕成一幅，何苦累我？」謝慎嚴說著低了頭翻書。

十四姑娘噗哧一笑。「你倒知我，我還真打算撕來洩憤呢……」她話音才落，屋外有了聲音——

「謹哥兒，老太爺傳了話來，著您這會兒過去。」

屋內人聞言皆愣，謝慎嚴倒不慌不忙，先應了一聲，才慢條斯理的起身，繼而一邊放書、一邊看向誨哥兒。「看來還真是和你無關，是我的事了。」他說著衝呆滯的三人一笑，出了屋。

十三姑娘立時蹙眉。「這會兒的叫四哥過去，這事只怕不小。」

誨哥兒卻搖頭。「不見得，老祖最喜歡四哥，興許又來了什麼興致要教四哥東西吧！」

十四姑娘嘆了一口氣。「十三姊，林家的七姑娘和孫家的二姑娘，妳希望哪個做妳的四嫂？」

十三姑娘立時吸了一口冷氣，繼而咳了好幾次，才眨巴著抹去眼淚盯著她。「妳、妳說什麼？」

十四姑娘瞅她一眼說道：「雖然有個小嫂子會有點彆扭，可到底比那孫家的二姑娘叫人親近，我可希望四哥選了林家。」

謝家府院占地八百畝，縱有一街之長，堪比王府之規格，府地正中為主院，住著的自是明陽侯府的當家老侯爺謝瓚。

謝瓚，字三玉，因其身分之貴，少有人稱其字，而尊稱其籍貫，故而與他同級者人稱他謝陳郡，又或尊為明陽君。

他此刻端坐在正房內的太師椅中，捋著他那把足有一尺長的美髯，閉目不言，他旁邊的桌几上，點著香篆，似整個人墜入香道中，根本不聞外事一般。屋內所坐之人，皆為他的孩子們，大房謝鯤與妻，三房謝安與妻以及五房謝尚與妻。未在的二房謝鵬，如今身為大將軍，正守在國之邊疆，未曾在此；而四爺謝奕，因為族內之業，去尋莊查業，此時尚未歸來，他夫人又有孕在身，大肚不便，才未能到此。

兄弟三個，妯娌三個，與老爺子的淡然不同，而是皆有愁容，大家你看我我看你的，全然一副無奈之色。

「謹哥兒到了！」門外是丫頭的一聲通傳，繼而謝慎嚴的聲音響在屋外。「謹兒給老祖問安。」

「進來吧！」謝瓚發了話。

簾子一挑，謝慎嚴入了內，屋內的丫頭在堂中置了墊子，謝慎嚴便對著老侯爺下跪行禮，磕頭之後，才起身又道：「謹兒問老祖安。」

「嗯。」謝瓚應了一聲。

謝慎嚴轉過身側，分別給大伯與五叔問了安，之後才立於父母座位之後，垂手在身前交握，躬身微傾。

屋內一時安靜，誰也不曾言語，直直到了那香篆燒盡，竟也如此沈靜了一刻左右，而此時謝瓚終於睜開了雙眼。「謹兒！」

「孫兒在。」謝慎嚴躬身回話。

「知我叫你來何事否？」

謝慎嚴頓了一下，躬身道：「不知。」

謝瓚鼻子裡發出一個輕哼之音，難辨是笑還是嗤，繼而看了三兒子一眼，當即謝安開了口。「謹兒，今日叫你來此，所為的是你的親事。」

謝慎嚴眨眨眼。「自古，父母之命，媒妁之言，此事隨父母安排。」

謝安聞言撇了嘴，一旁的謝家大爺謝鯤開了口。「四侄兒，你這樁婚事可難煞人也！皇上可三番四次給你祖父露了口風，希冀著能為你指婚，老爺子最最疼你，生怕苦了你，咬著牙沒出聲，可如今看著，怕是撐不到年底，這事就得出個眉目，你說怎麼著才好？」

謝慎嚴雙手作揖。「大伯為謹兒勞心，謹兒深感愧疚，謹兒乃謝家子弟，個人榮辱與家族相較，不過是杯水與大海，只求最合家族之意、之利，就好。」

此時五爺謝尚開了口。「可這利益二字難尋，各有利弊，若應了皇上的意思，你便要娶那孫家二小姐為妻，她性子如何，我們不多言，只是就此，我們便和宮裡的莊貴妃牽扯上了，故此我們便等於是從『三』了！」

謝慎嚴聞言微微一笑。「敢問五叔，如今我們是要從三還是從四，又或不從？」

「若是最好，自是不從，可現今，只要不是孫家，娶誰都等於從四，焉能不從？」謝家五爺立時一臉苦色。

謝慎嚴看向謝瓚，躬身如蝦。「老祖如何定奪？」

謝瓚捋了把鬍子。「林家老太爺在世時，我曾與他相約，指腹為婚，只可惜，我家五個男丁，他家三個小爺，無法結姻，這事便作罷，後來他府上大姑娘長成也未見上門來提，自許了康家，我便也當此事揭過，不做他想；可如今，這樁事，眼瞅著躲不過，我便想到了林家，今日裡著你爹娘驗看了林家尚未許配的兩個姑娘。若論年歲，那個庶出的將就合適，只是一來庶出賤了你，二來嘛，你娘覺得她不配入咱們謝家，是以只有看那個小的，小的便是葉嬤嬤教養的那個，問來，還是處處都說得過，只是這個年歲上，錯了些，要不就得你等她，要不就是早接入府，但無論前後之法，都將撕破臉，你說，如何是好啊？」

謝慎嚴眨眨眼。「老祖打算以舊日之約來斷此事，就算是拒，也是思量著能盡可能周全了宮裡的臉面，免生枝節，然我之下還有適齡者誨哥兒，不知老祖如何安置此事？」

「你若是想早接入府，只消弄個陰錯陽差，輕了她禮，她便能入府。」

謝慎嚴搖了頭。「宮中之人並非癡傻，孫兒覺得，這不是上佳之法，畢竟巧合之事，一次可算，兩次如何言巧？」

「作梗者並非你與林家，只要是孫家人即可。」謝瓚說著嘴角一勾。「還得是那位孫二姑娘。」

謝慎嚴抿唇沈思片刻後，再次搖頭。「孫兒覺得不可，縱然老祖好算計，叫宮中之人因此無法發力，而我得了便宜乖覺，若順當，只娶林家姑娘為妻，若是不順，再收孫家姑娘為妾，也是個不偏不重、兩廂不從的法子。然姑娘家到底名聲重要，若是一旦損傷，便可大可小。從他林家說，他府上已有一個巧合的，若此時再來一個，只怕整個林家也要傷了名聲，被人惡語，如此一來，對於恩人林家，我們卻是不義了；單從她個人來說，身為葉嬤嬤的教養之人遭遇此事，您說她會不會從了葉嬤嬤的性子，自殘了自己，故此，豈不是我們謝家作孽了？」

「放肆！你怎敢如此妄言！」謝安立時出言責備。

謝瓚擺了手。「沒什麼放肆，這裡本就要他暢言的。」說著他又去捋他的鬍子。「那你就只有兩條路了。一嘛，娶孫家二姑娘，二嘛大病一場，以氣若游絲之態苦躺病榻三到五年，熬到孫家二姑娘出嫁，熬到林家那個小的成人，方可干休，你選那個？」

「第一條乃從三，於家業固守不利；第二條嘛，虧我若能成，倒也值得，我只怕宮中那位一心結親，別說什麼熬到孫家二姑娘出嫁了，只怕我前腳躺下，後腳人家就能給我沖喜，不懼成寡，那豈不是我們還只有落套的分兒？」

謝慎嚴話音一落，謝瓚豎了眉。「那不然怎樣？莫非你要立遁空門不成？」

謝慎嚴此時卻一笑。「就算我肯，老祖也不答應啊！」

謝瓚眼掃向他。「你有法子了？」

「老祖也必然有法子的不是？」

謝瓚此時呵呵一笑。「不如我們看看，想的可一樣？」

「孫兒聽命。」當即謝慎嚴轉身叫了丫頭送了一套文房四寶過來，祖孫兩個，各執一筆，於紙上書寫，繼而兩者交換了手中紙。

「哈哈，不愧是我的孫兒！」謝瓚看著紙中一字放聲大笑，謝慎嚴則看著紙上那個寫得和自己相同的一個字，便嘴角勾笑。「老祖精心栽培孫兒，若為此等小事難住而就此從事，焉能配得上這謝家姓氏！」

「好樣的！」謝瓚把紙往桌上一放，衝謝慎嚴招手。「謹兒，走，陪我去下盤棋！」

「是，老祖。」謝慎嚴應聲而出，將手中的紙也放在了桌上，親手扶了謝瓚從太師椅裡起來，步履蹣跚的慢慢挪進了內房之中。

此時屋內的幾個人，互相瞅了一眼後，大爺謝鯤立刻走上前去，再看到兩張紙上的同一個字後，隨即笑了。「三弟你這兒子難怪最得老爺子的喜歡，真真是心性隨了老爺子了。」

安三爺聞言立刻湊了上來，看了那字後，眨巴眨巴眼，笑了。「後生可畏，我這當爹的，都沒想到這一齣啊！真是愚了！」

謝五爺上前，掃看了兩張字後，輕言。「爹爹的字越發的蒼勁，至於小四的字，怎麼又換了一種字體？」

一入了內房，步履蹣跚的謝瓚便鬆開了謝慎嚴的手，走得利索非常，謝慎嚴則自覺的去了一邊擺好了棋盤、雲子缽，而後又親自在屋內點了一根香。

爺孫兩個便坐到了棋盤前。

「你是早知，還是才知？」

「老祖問的是哪樁？」

「明知故問！」謝瓚瞪他一眼。

謝慎嚴淡淡一笑。「宮裡的盤算自是一早就知道的，至於林家嘛，母親今日裡讓誨哥兒到我房裡來鬧著找書時，我便想到了。」

「所以這法子，你早尋思好了？」

謝慎嚴搖搖頭，輕笑。「以怨報德，不是我謝家門風，不是嗎，老祖？」

第二十七章　撲朔

翌日，林熙起了個大早，梳妝規整後，去了祖母那裡問安，不知是不是昨日作客的事令府中大人不安，不但林老太太神情懨懨地看著沒休息好，就連林昌同陳氏也都是無精打采的模樣。

幾個孩子們問了安，各自立在位置上，林老太太眼掃著幾個孫輩，開始挨個兒的言語。

「桓兒啊，下個月就要秋闈了，你讀書重要，後面的問安就先免了，用心讀書，若能中個舉人，於咱們林家也是榮耀。」

長桓躬了身。「孫兒一定努力。」

他自得了機緣入了大學，便等同監生，因著是「權貴封蔭」，所以算是廕監，其實不參加科舉，也能入朝為官，只是一來官職和機會都太小，二來嘛，相比真正的權貴，他倒是二不跨五（注），算不上個什麼。是以林老太太發了話，叫著乾脆直接參加這三年一會的鄉試來試試，其實按照林賈氏的想法，也不指著他一回就能中的，只想他因此知道自己的斤兩，莫跟著人家輕了骨頭，將來壞了林家清流的體統。

注：二不跨五，為西北方言，有半吊子之意；「二」差一點即跨過「五」的中點，在「五」之中，「二」是個不上不下、尷尬的角色。）

說了長桓，自然就會盯著剩下的一大一小，長佩和長宇，都是庶出，於小學大學來說，基本算是沒機會的，林昌也託了人，即便借了杜家、莊家的臉面，還是有些難為，而陳氏早盤算著讓他們去走科舉的路子，也是擺明了要他們靠自己。故而去年就讓長佩去參加了縣試、府試，倒也順當的得了童生資格，年底的時候會有一場院試等著他，若能中了，便是秀才，等下個三年一輪的秋闈，便可以試手問問舉人，當然前提是，他得年底的時候，能中了秀才，成了廪生才成。

而長宇還早，如今的年歲也才十歲，雖然口齒伶俐，平時也得林昌的賞識，但到底還小，而林昌的意思則是等等，打算等再過幾年，林悠嫁去了莊家，林熙和侯府的婚事亮出來，到了那時，看能不能再努力一把，把這個孩子也送了學去，日後不但機會大些，於香珍他內心也算有了一番交代——我是冷了妳，可我沒耽誤孩子，也算對得起妳與我一番心意了。

「佩兒也要學著你大哥，多多用心苦讀，年末便是你的機會。至於宇兒，你雖小，卻也不能撒了性的玩，留心在你的書本上吧！」林老太太瞧了半天，唸出這麼幾句話來，在兩人應後，便看向了林嵐同林熙。

「昨晚的事，思量明白沒？」林老太太看向了林嵐。

「思量明白了。」

「錯在何處？」

「不知輕重。」林嵐低著頭，聲音小而顫，委實像個受了驚嚇的兔子，當即惹得林昌看了她一眼，卻什麼也沒說。

林老太太眉頭一皺。「妳這性子長得好，在我面前，像個鼠，出去了卻是個到處騷亂的貓，妳說妳這般樣子，日後我可還叫太太給妳機會出去見人走動？」

林嵐聞言立時下跪。「嵐兒知錯，求祖母責罰。」

林老太太哼了一聲。「起來吧，昨兒個的錯，昨兒個我已罰了，若我今日再罰妳，豈不是叫妳爹爹還以為我們欺著妳！」說著她的眼神落在了林昌那裡。

林昌當即起身言語。「母親這話可折煞我了，子孫不對，責罰便在理，哪裡就是欺負了。」

林老太太轉了眼看向林熙，嘆了一口氣，什麼也沒對她說，直接擺了手。「行了，散了吧！」

孩子們當即告退了出去，林昌便拉著陳氏也要告退，陳氏卻是臉有不安，想要說什麼又似是顧忌。

林老太太衝她唸了一句。「猜能猜中多少，罷了，順其自然吧！」

陳氏點點頭，便順著林昌告退了出去。

餘下這個月裡，府中倒也安生未有什麼事。

謝家也沒再見什麼動靜繼續著兩家的往來，林嵐更是乖巧聽話沒惹什麼事，總之林府上一時恬淡靜安，倒在這暑日的尾巴上，日子如流水的過。

八月秋闈，六日長桓就先去學堂裡告假，七日去了貢院周邊遛達了一番，又同幾個相熟的聊了一場，到了八日老老實實的在屋裡待了一天，九日便入了貢院。

秋闈，分著三場，九日、十二日、十五日。

待到三場考完，林府裡才算大家憋著的那口氣給吐了出來，長桓回來時，別說陳氏了，向來不太過問的林昌都湊到跟前，問著如何。而後叫他把三場的題目，如何破題、如何解答的一一答了一遍，這才算完。

「如何？」陳氏問著林昌，眼裡充滿著希冀。

「不出意外的話，應該可以中。」林昌琢磨了半天回了這麼一句。

陳氏激動不已，看著長桓又是笑的又是淚盈於眶。

長桓登時倒紅了臉，不好意思地說著。「娘，這還沒放榜呢，爹說的不作數。」

陳氏立時呆了一下，才悻悻的笑了笑。

「爹娘，明日裡孩兒要外出一趟。」

「做甚？」林昌抬頭看他。「榜還沒下，難不成早早的就弄謝師？」

「那倒不是，而是我們幾個大學裡一起參加鄉試的約了明日去夫子廟裡祭拜一番，再去滄江邊乘舫品蟹的樂上一道。」

「大學裡的幾個都是權貴啊，能親近也是好的。」林昌說著看了陳氏一眼。

陳氏立刻會意。「明早你過來，我給你支上十兩銀子帶在身上，萬一有個什麼也不至於沒個出手的。」

「是。」

翌日。

林熙在屋裡睡過午覺起來，下午便和葉嬤嬤學著較為複雜的帳冊記錄法。

這法子和她所熟悉的記法完全不同，並非條陳時的羅列進項與支出，反而以「十」、「一」作為進項與支出的首碼，將所有條款，並列出入，每一頁上，都有一次結算，如此倒方便了計數，其結果更是一目了然，實在叫林熙越算越覺得有些意思。

「這是一本我從妳母親那裡討來的幾年前的收支帳冊，家業私產上有莊田、莊賦、鋪頭，以及人事的開銷、府內項裡，也有你們的月錢、廚房的採買，以及衣服首飾、傷損，還有各項往來應酬。妳且按照我教妳的法子，把這本帳冊，重新做一個出來，而後理清楚帳目，進出的數額，我再教妳餘下的。」葉嬤嬤說著給了林熙足有大拇指厚的一本帳冊。

林熙點點頭，立時接過，先看了幾頁之後，這才開始動筆規整。

忙到下午申時許，她已經理出來大約十來頁，瞧看著自己的成果，她委實開心，不由得比較起兩種帳冊的優劣來。

葉嬤嬤見她盤算，出言問她，她自是想到什麼說什麼，葉嬤嬤聽了一氣兒，衝她笑道：

「其實說到底，這種法子的好處便是方便，利於妳算帳，利於妳清楚局面，免得妳時時刻刻都是內心一筆帳，看著帳本的時候還得先去計數。」

「是呢，有了這些符號，寫起來也便捷。」林熙笑著翻看帳面。

葉嬤嬤聲音卻忽而低了些。「可這個好處並非是最大的。」

林熙抬頭看她。

葉嬤嬤柔聲說道：「妳這帳冊就是丟出去，別人也認不來，日後妳若管帳，倒也不怕誰盯算著妳，就算日後遇上什麼事有人叫妳撒手，拿著妳這本帳，她可是兩眼一抹黑呢！」

林熙聞言眨眨眼睛，嘴角輕勾。「原來嬤嬤您祖上想出這符號和這法子，是起了這個盤算啊！」

「做人做事都要留上一線，一線便是退路，一線便是保全之機，一線更可能是妳反敗為勝的關鍵。」葉嬤嬤說著眼裡放光。「這世上，其實沒誰和誰真能一條心了去，關鍵在於一個『利』字，有時他不為所動，那是利慾尚不薰心，若薰心，尤是再好的，也可能變了心。嬤嬤說這話給妳，是要妳知道，咱們不害人，可必得防人，這世間有大把的人，得不到的便嫉恨著，興許就能因為一個『貪』字，鋌而走險，那時誰又顧得了誰的情誼？所以，信任一個人，絕不可以是十成十的，能有九成，便是妳的底線。」

林熙眨眨眼，想到昔日的種種，點了點頭。「是，熙兒記下了。不過，嬤嬤這話，未免滿了，到底還有父母親人，終歸同氣連枝不是？您不也說，我們得是一心嗎？」

葉嬤嬤聞言冷笑了一聲。「同氣連枝，是要妳知道，妳身後還有依靠，也是要妳知道，一個屋簷下的人，榮辱皆共！可是，至親的人就不會叛妳了嗎？」

「這……」林熙蹙眉。

「親人通常不會害妳，做爹娘的也一般都是為著子女著想的，可這世間無絕對，雖虎毒不食子，卻也有拿兒女做籌的人！妳也讀過不少書，好好想想，唐宗也是兄弟反目而起，武皇更是拿子為籌！當真就是十成的一心了嗎？七姑娘，我與妳說這話，並非是要嫌隙妳心，我只想妳記住，『利』這一字，它可以是白刃，讓人瘋狂而忘心，也可以是繩索，套著別人於妳為奴。」

林熙抿了抿唇，點了頭。「嬤嬤的話，熙兒會記在心裡的。」

葉嬤嬤點點頭，看了眼帳冊。「有些利，帳冊可見；有些利，可藏著掖著，那，得拿心去看！」

林熙聞言略略歪頭，尋思了一番後，倒也明白，世間之利，並非是真金白銀，許許多多的好處，都不過是為著各自的盤算。

葉嬤嬤笑了笑，推了帳冊。「罷了，別尋思了，一時感觸說得多了些，妳這會兒還小，只怕體會不到，不過記著這些話，日後至少也能為自己留一個翻身之地。來，繼續吧！」

林熙應了聲，再次提筆作帳，只是她內心卻並非可以沈靜下來，因為葉嬤嬤的話對於她這個被背叛過的人來說，便是一語中的。

當初她若有了防人之心，何至於落進圈套百口莫辯？她若給自己留一條退路，便不會貿然去了那間宅院，以至於狗血淋頭，卻無處喊冤……

「想什麼呢？」葉嬤嬤見她發怔，出言詢問，她立時笑了下搖搖頭，收了心的提筆作帳。

葉嬤嬤看她低頭忙碌起來，眼掃量了她片刻後，轉頭望向了窗外，似在回憶著什麼。

酉時的時候，林熙收了帳冊，用了餐飯，晚上照例看著葉嬤嬤同瑜哥兒手談，準備複盤。他兩人正在廝殺間，院外卻有了些許嘈雜聲，繼而又沈寂了下去。

葉嬤嬤停了手裡的棋，看了眼瑜哥兒身後的三娃，三娃便立刻跑了出去，葉嬤嬤便和瑜哥兒繼續廝殺。過了大約一刻鐘後，三娃折返回來，立在了葉嬤嬤跟前。

「先前什麼事？」

「太太叫莊子裡的護院和家丁們都集合去了前院。」

「什麼？」葉嬤嬤挑眉。「是不是出了什麼事？」

「說是大少爺今日裡出門，到了此時尚未回來，太太心裡憂，叫著大家去幾個府上問問話。」

「大哥這個時候了竟還沒回來？」林熙聞言蹙了眉。「他向來清楚規矩，知道門禁的，怎麼這會兒的還不歸？莫不是出了事？」

葉嬤嬤衝她一笑。「到底年少，與許和別人玩得開心，吃了酒，忘了時辰，也未可知。」她出言勸慰著林熙，轉頭看了三娃一眼。「你去院子那邊聽著，大少爺回來了，便來知會一聲，免得七姑娘擔心。」

「是。」三娃應著又跑了出去。

葉嬤嬤依舊和瑜哥兒落棋，林熙眼瞅著兩人一副淡定的模樣，便思量也許是自己太小題大做，便也專心瞧看。

這盤棋結束後，林熙照例複盤，複到一半時，三娃折了回來，進門就嚷嚷。「七姑娘，大少爺他回來了！不過好像出了事，前廳裡亂哄哄的。」

林熙聞言一驚，立時丟了雲子，起身就往外跑，這會兒她才顧不上什麼禮儀，她只怕長桓出了事！

看著林熙跑了出去，葉嬤嬤轉頭盯向三娃。「你聽到瞧到什麼？」

「大少爺挺狼狽的，衣服髒兮兮濕乎乎的黏在身上，好像還有幾處血口子，不過府院裡好像有些人，不是咱們府上的。」

葉嬤嬤眼一轉，立時也出了屋，朝正房前廳那邊去，留下瑜哥兒和三娃對視一眼後，雙雙坐在了棋盤前，不是他們不好奇不擔心，而是瑜哥兒很清楚自己的身分，他一個外人，林家的事，輪不到他去圍觀。

林熙急急狂奔，根本不管身後秋雨同冬梅的輕喚，待跑到正房院落裡時，就看到好些個陌生的人立在院裡，雖是一些婆子丫鬟，卻衣衫華美，收拾得十分規整乾淨，倒使得她不敢貿然衝進去。

而此時章嬤嬤抱了一團衣服進來，一眼看到站在前面的林熙同那兩個丫頭，便急忙上前搭話。「七姑娘，妳怎麼過來了？」

「章嬤嬤，我聽著大哥回來了，似乎出了什麼事？要緊不？」

章嬤嬤抬手拉了七姑娘就往一邊的遊廊去，而後小聲地說著：「七姑娘別擔心，大少爺沒事，只是落了水，擦破了些皮，這會兒正在太太房裡泡著熱湯，去江污哪！」

「哦，這樣啊！」林熙立時鬆了肩，但眼掃到那些丫鬟婆子，卻又緊張起來。「那這些人是……」

章嬤嬤抿了唇。「不是咱們府上的，是明陽侯府的人，來問著大少爺，尋他們家爺的。」

「什麼？他們家爺？」林熙傻了眼，一頭霧水的看著章嬤嬤等著解釋，可這會兒的偏廳裡傳出了陳氏的聲音——

「桓兒那邊還沒規整好嗎？快去催著過來，謝家太太還等著問話呢！」

屋裡有丫頭答應著出來，衝章嬤嬤招手，章嬤嬤聽到陳氏的聲音，也顧不上跟林熙多說了，直接拉了她抱著衣服包袱進了耳房。

「七姑娘，妳這裡待著，切莫亂跑！」章嬤嬤才說了一句，內裡便是長桓的聲音。「衣服可拿來了？」

當下章嬤嬤捧著衣服進了裡間，片刻後，長桓著了一身乾淨的衣裳出來，匆匆用布巾束髮。

林熙上前瞧看到他臉上有一道淺淺的劃痕，便發了問：「大哥這是怎麼回事？如何落了水？」

長桓伸手拍了林熙的肩膀。「七妹妹，回頭哥再和妳說吧！」說著一臉沈重之色的出了屋，向廳裡那邊走去。

林熙不敢輕慢了禮數，便只能待在耳房裡站在窗櫺前向那邊張望。不多時，兩個婦人從廳裡走了出來，還跟著一個丫頭和一個婆子，陳氏陪在跟前，一路相送，待那四個人急急忙忙的離開，那些丫頭婆子也一併的跟了去了。

將近一刻鐘的工夫，陳氏一臉憂心的折了回來，章嬤嬤上前與她言語，她點點頭，看向耳房說了一句，章嬤嬤立時跑了過來。「七姑娘，太太叫妳先回碩人居去！」

林熙聞言能感覺到應是出了什麼大事，當下點頭應聲出了耳房就想走，可未料到的是，林老太太竟然扶著雪雁雪裘兩個丫頭急急的走進了院子。

「這是怎麼了？如何謝家的人來了這般多？誰過來了？」

陳氏立刻迎了上去，林熙總不能見到祖母還避而不見，自是跟在母親身後立在一邊低頭不語。

「來的是謝家安三太太和方姨娘，因而帶著些伺候的。」

「什麼？這個時候，她們來？」林老太太立時瞪了眼。「出了什麼事？」

陳氏忙從雪雁手裡接了林賈氏的胳膊。「婆母您別急，謝家來人只是找桓兒打聽消息而已。」

「打聽消息？」林老太太一臉驚詫的看著陳氏。「桓兒能說什麼？」他一掃陳氏那有些閃爍的眼神，登時衝她輕喝。「想瞞我什麼？妳快把話直接說明白！」

「是，婆母。桓兒今日同大學裡一道參加鄉試的幾個權貴家的出去玩，結果在江邊乘畫舫遊江時，遇上了水匪，那幾個權貴帶了家丁的，一時間就打了起來，亂中船被鑿了洞，大家紛紛落了水，逃命……」

「什麼？」林老太太抖了手。「桓兒可不習水性啊！他沒事吧？」

「他沒事，但是、但是把他從水裡托上來的謝家小四爺卻再沒從水裡出來……」

林熙的雙眼猛然睜大，一臉的驚詫——謝家小四爺，那不是他嗎？

「什麼？」林老太太身子晃了晃，死死的抓了陳氏的手。「我的天哪，他家小爺要是出了事，那我們、我們可就……」

「誰說不是呢？」陳氏這會兒也立時出了哭音，顯然憋不住了。

「那謝家安三太太來，是、是什麼意思？」林賈氏的身子微微哆嗦。

「她就是聽到人家說，她兒子是為了救咱們桓兒才不見的，急急地趕來問細節，說要去江裡撈人。」陳氏說著一臉愁色。「她雖沒說什麼尋我們算帳的話，可我這心裡，懼怕著啊！」

林賈氏喘息幾口粗氣。「昌兒呢？他人呢？」

「桓兒一回來，就說了這事，老爺他已經帶著家丁去了滄江邊上撈人去了！」陳氏說著嗚咽起來。「這要是謝家小四爺真的出了事，那我們……」

「別胡說！」林賈氏立時高聲喝止。「佛堂，我這就去佛堂祈福去！」說著轉了身，就要往回走，而此時門口立著一個人，乃是葉嬤嬤。

林賈氏一瞧見她，立刻衝了上去。「老姊姊，快幫著想想法子，要是、要是萬一有個什麼，我們林家只怕要被遷怒啊！」

葉嬤嬤伸手攙扶了林賈氏。「老夫人，您先別急，先穩穩您的心，冷靜下來，不管出了多大的事，就是天塌下來，您也先請冷靜。」

林賈氏望著葉嬤嬤，接連呼吸了好半天，才沒有大喘氣了。

此時葉嬤嬤才說道：「您聽我三句話，第一，結果還沒出來，未必就是最糟糕的情況；第二，謝家可不是一般的權貴，真要出了事，您也得相信老侯爺是個明事理的人；第三，我明兒個就遞帖子上去，看看能不能從旁挽回點什麼。」

林賈氏聽著葉嬤嬤這話，伸手拍著她的手，一個勁兒的點頭，卻是再說不出話來。

葉嬤嬤衝她也點點頭。「兵來將擋水來土掩，遇上了，再慌再亂也沒用，咱們得靜下心來，解決問題，對不對？先等結果吧，有了結果，咱們看下一步該如何，再想法子應對。」

林賈氏當即言語。「妳說得對。」

葉嬤嬤衝她一笑。「還是先去屋裡坐著等吧，今兒個這一夜，別想睡了。」當下看了一眼陳氏，陳氏立刻上前來扶，此時林熙就顯了出來。

陳氏轉身見她在此，皺了眉。「熙兒，閉緊妳的嘴巴，回自己院子裡去。」

林熙低頭答應，葉嬤嬤卻開了口。「等等，太太，還是讓七姑娘跟著吧，事關明陽侯府，她也該經歷著點，日後她少不了要遇著一些事，早些習慣也是好的。」

陳氏眼神複雜的看了葉嬤嬤一眼，點了頭。「罷了，那熙兒，跟著來吧！」

正房裡，幾個人都愁眉不展的坐在那裡，一面聽著長桓細細的講述，一面不時的張望等著那邊的動靜。

長桓知大家心中所問，直接從上了畫舫開始講起，才將將起了個頭，便有一些嘈雜之聲透著夜色遠遠的傳來，陳氏當即掃了眼章嬤嬤，章嬤嬤便立刻出了屋，而此時，聞得遙遙的鑼聲鳴響不斷，竟似是宵禁之意，登時讓屋裡的人都是一驚。

宵禁，自開國起，通常只在三種情況下才會出現——戰亂狀態、緊急事件突發以及特殊時間的戒嚴，因而林熙、長桓等人聽著那鑼響不斷，不由得變了臉哆嗦著，陳氏與林賈氏也是齊齊對望，唯獨葉嬤嬤淡定非常。

「應是謝家求來的。」葉嬤嬤說道。

林賈氏垂了頭口中輕喃。「明陽侯府，有那麼大的臉面，何況又是他府上最出息的那個，該著這般，只是如此一來，竟是已驚動到宮裡去了，謝家還真是有那麼大的譜。」

陳氏聞言緊張的看了長桓一眼。「我只願他們趕緊找到那謝家的小四爺，人也是好好的，千萬別有什麼不對，若不然，事雖不是從我兒處起，卻偏偏是我兒得了恩惠，到時……」陳氏哽咽起來，無法說下去。

林賈氏當即抬手輕拍她的背撫慰。「會好的，一定會好的。」她雖是這麼說的，可一直向外張望的眼神，卻擺明了她這話有多麼的不自信。

長桓見著一家人如此，立時臉色凝重見白。

林熙在旁看到他如此，不由為他擔心，急忙拉了他的衣袖說道：「大哥千萬別自責，這事錯不在你的。」

長桓轉頭看著林熙，未置可否，屋內的人紛紛醒悟過來，急忙勸言。

「桓兒，你可別胡思亂想，不管那小四爺救得回來不，都不是你惹的禍，大不了我們一家上門為那小四爺戴孝，也絕不會讓你有事！」長桓如今可是林家的希望之星，林賈氏直接丟出一句硬話來給他撐起，免得他自己亂心。只是這話出來，卻無端端暴露了自己對於謝家小四爺的脫身根本毫無信心的事實。

陳氏聞言自是淚水滴答，林熙又急得扯長桓的胳膊。

眼看著一家人這般模樣，算著半個外人的葉嬤嬤無奈之下輕咳了一聲說道：「你們這樣，除了亂心亂了陣腳，又能有什麼助益？事情結果未明，謝家什麼意思還沒表態，你們就這個樣子，這不是自己嚇自己嘛！」

屋內幾人聞言後，各自收勢，長桓則抬頭看了看葉嬤嬤，向其一躬身道：「求嬤嬤教我，我該如何自處？」

「得人恩者，知報。」葉嬤嬤平靜作答。

長桓便頓在了那裡，半晌後向葉嬤嬤又鞠躬一次，而後便默默垂手立在那裡靜靜的等著了。

屋內無人說話，便覺得氣氛更加壓抑，正在這種磨人的時候，章嬤嬤折了回來。「問了門房，宮裡的御林軍出了一隊來，加上九門巡衛的那一隊，兩路去了滄江。」

葉嬤嬤聞言挑了眉。「御林軍還出了人？」

章嬤嬤點頭，林賈氏立時捉了葉嬤嬤的胳膊。「老姊姊，可是有什麼不對？」

葉嬤嬤眨眨眼，繼而衝林賈氏小聲解釋道：「老夫人您沒在宮裡過，有些事尚不知情，那御林軍同九門巡衛雖然都是隸屬禁軍，歸皇上直屬操控，卻也有別。今兒個這事，皇上若是買謝家的面子，九門巡衛去了就足夠了，畢竟九門轄事內，應著這個。而御林軍乃是守衛皇城的軍隊，若不是皇城有變，實難用它，偏它今日裡也出了一隊來，足可見，皇上很在意這事啊！」

陳氏聞言在旁扶了額。「我的天哪，謝家竟如此得皇上盛寵。」

葉嬤嬤卻是掃看向了林賈氏，林賈氏也掃看向了她，兩人對視一眼後，林賈氏開了口。「妳的意思是，皇上對這個小四爺很看重？不會吧？」

葉嬤嬤轉頭看向窗外，沈默了幾息後才開了口。「與其說，看重的是謝家小四爺，我倒覺得看重的是小四爺背後的什麼……」說著她眼一掃長桓。「桓哥兒，你細細與我說說那禍事從何處起？」

長桓立時作答。「是從畫舫上起的，遊到江心時，大家正在品蟹，未料附近的兩船尖叫紛紛，正作亂時，我們的船也晃動起來，隨即有人高呼水匪，繼而權貴們所帶家丁與人交手。慌亂裡，有人發現船被鑿洞，我們便往高處去，後船傾進水，我們無處可躲，幾個家丁帶著我們跳江往岸上游，游到途中時，拽我的那個，被水匪殺戮。我落了水，兀自嗆水時，有人從後拖拽我出水，一路往岸邊游，我聽他人言，知是謝家小四爺，臨近江岸時，他推我上岸，等我爬上去再伸手拉他，他卻沒了身影。附近的幾個家丁聽我大喊，也紛紛入水，卻未見人，而後附近民眾來了些許相幫，隨即來人更多，我被送了回去，告知了爹爹，爹爹便立刻帶著家丁去了江邊。」

葉嬤嬤聞言沈吟了片刻，開了口。「這便有兩個可能了，一嘛，是水匪出沒，讓皇上大感不安，畢竟皇城腳下有此亂匪，危國如難，不得不出了御林軍；二嘛，便是我說的，只怕那謝家的小四爺，牽扯了什麼事，讓皇上比較……掛心。」

林賈氏和陳氏立時對望一眼，都面色沈重，沒有出聲。

一個時辰後，林昌未曾回來，外面也沒什麼動靜，眼看著夜已深，陳氏瞅著長桓和林熙在這裡陪著，便有些心疼，出言說道：「時候不早了，你們困乏了吧，回去歇著好了。」

「不，娘，我不走！」長桓搖頭。「謝家小四爺為救我才沒了人影的，此時他生死未卜，我怎能回去休息？」說著眼看向林熙。「倒是七妹妹，妳留在這裡，也沒什麼意思，要不回去歇著吧？」

林熙眨眨眼。「不，我要留在這裡陪你！」

長桓衝她淡淡一笑。「我不用妳陪，妳還小陪著也沒什麼助益，倒不如回去休息。」

林熙搖搖頭，伸手拽著長桓的衣袖。「大哥錯了，祖母、娘親此時愁眉不展，嬤嬤更是幾番斟算，大哥你遇事在此不安，我的親人個個都難以安枕，我如何能睡呢？嬤嬤說，同氣連枝，家人一心，此時我若跑了，哪裡就一心了？我要陪著你們。」

長桓聞言一時眼圈泛紅，而那邊林賈氏抬手喚了林熙。「我的乖孫女，快過來！有妳這知一心的孩子，我林家遇上什麼事，都不怕！」她言語中，將上前的林熙摟進懷裡，便昂著腦袋言語。「咱們就等著，看看老天爺給咱們的是什麼路吧！」

天邊泛起魚肚白的時候，一部分家丁回來了，陳氏立在院裡沒見到自家老爺，急急的抓了管家詢問。「老趙，老爺呢？」

「老爺還沒回來，說人還在江邊呢！」

「什麼？」陳氏臉色白了一分，其實挨到早上這個時候，仍沒什麼動靜，大家便意識到，謝家小四爺安全得歸的可能性很低了，可有道是「不見棺材不掉淚」，到底還是抱著一線希望的。但聽到自家老爺還在江邊，陳氏便知道，現在根本不是抱不抱希望的問題，而是該想著得如何善後才好。

「太太，我們沿著江河搜尋，只撈到幾具百姓同水匪的屍首，根本沒見那位小爺的。」護院王大見太太焦急，上前低頭答話。「老爺著我們幾個回來休息幾個時辰，再回去換些兄弟回來，看這意思得是還要尋個幾日的。」

陳氏聞言點頭。「辛苦你們了，這是大事，你們苦一些，待事過去後，我會多給你們一個月月錢的。」

護院家丁聞言，自是言謝，當下管家帶著下去休息，陳氏折返回屋。

屋內大家都睜著一雙困乏的眼等在那裡，唯有長桓一臉凝重之色，看著甚是叫人替他擔心。

葉嬤嬤在內聽得清楚，當下言語道：「老夫人，這麼等，不是個法子，看這情形，找尋之事，少則三、五天，多則可達月。這麼熬，誰都吃不消，倒不如都好生的休息，每日咱們中留一個出來守夜，萬一有什麼也好立刻應對，如何？」

林賈氏點點頭。「妳比我見識多，更有主意，這會兒，妳定吧！」

葉嬤嬤笑了一下。「我也定不了，我還得去遞交帖子，看看今日裡有沒有機會得見吧！」

林賈氏點點頭，開口發話，命大家各去休息，一番安排好，陳氏同長桓暫且定守，其餘人都各自回去休息。

葉嬤嬤帶著林熙回往碩人居，走到院子裡時，她打發了兩個瞌睡丫頭去準備鋪蓋洗漱等活路，自己拉了林熙的手走到了遊廊之下，輕聲問著。「妳可好？」

林熙看向嬤嬤，點點頭。「我沒事的，嬤嬤。」

「可有不安與擔心？」

林熙抿了唇。「就是一面之人，聽其逢難，也會嘆息，何況他是救了我大哥的人，我若無有擔心，怕是枉做人了。」

葉嬤嬤嘆了一口氣。「妳知我問。」

林熙低了頭。「嬤嬤不必擔心，我只是希望他能平安而已。」

葉嬤嬤伸手勾起了林熙的下巴。「可若是不保呢？」

林熙看著葉嬤嬤，聲音沈沈。「那便只能節哀順變。」

葉嬤嬤聞言，伸手摟她入懷，拍了拍她的肩頭，而後說道：「這也算是妳的一次劫吧！好了，快進去歇著吧！」

林熙答應著入屋，洗漱之後，躺去了床上，她本以為自己定會睡不著的，可胡思亂想了沒一會兒，人就迷糊上了。

而林熙被安置休息後，葉嬤嬤則立刻寫了帖子，託了廚娘董氏帶了出去，而後她便在屋內補眠，睡到近中午的時候，門房送進來一封信給了葉嬤嬤，葉嬤嬤得了信後不久，人便出去了。

待到中午的時候，林熙睡起來吃飯，才聽說葉嬤嬤出去了，立時心中牽掛，隨便的吃了幾口，打算靜心去作帳，可沒做出兩頁來，她就坐不住了，因為腦袋裡都是長桓那張過分凝重的臉。她便收拾了東西後，出了屋，朝長桓的院落裡去。

到了那邊才知道，長桓根本沒回來，她便又去了正房那邊，才入院，就看到陳氏正在給長桓整理衣裳。林熙一見他們兩個穿得規整，這心裡就起毛，立時湊了上去詢問，才知母親竟是要帶著長桓去謝家那邊門房上候著。

她瞧著長桓那凝重的神色，伸手扯了扯長桓的衣袖。「大哥，你可千萬別自責啊，熙兒怕！」

長桓伸手點了林熙的額頭一下。「七妹妹，大哥不會做傻事，妳不必亂想。」

聽了這話，林熙放了心，陳氏囑咐她回去休息，立時帶著長桓出府，往謝家去了。

直至晚飯時分，陳氏同長桓也沒歸來，林熙心中擔憂，去了正房的院子裡等，這一等就到了戌時的時候，陳氏同林昌回來了，唯獨沒了長桓的身影。

「大哥呢？」林熙顧不上問及父母如何，急抓了陳氏的衣袖而問，陳氏看了林熙一眼，伸手揉了她的腦袋。「妳大哥候在謝家的門房上呢，說是，謝家小四爺一天沒個著落，他便一日不歸。」

林熙聞言一愣，隨即倒佩服起長桓的心性來，驀地，腦海裡閃過昨夜裡葉嬤嬤的那句話。「得人恩者，知報。」

林昌在外勞累，身心俱疲的耗了這麼一個晚上一個白天，這會兒早已憔悴不堪，他看了林熙一眼，連和她說話的力氣都沒，直接入屋休息，林熙便十分知趣的回了碩人居。

這一夜，葉嬤嬤沒有回來，林熙到了福壽居陪著祖母一起留守值夜，好讓爹娘休息。與祖母有一句沒一句說話時，才知道，白天裡幾個姨娘得聞消息，也紛紛前來探詢，卻被祖母丟了一句「都回屋待著不許出門」給直接封在了各自的院裡，如此一來，就連林嵐也一道的不許出院了。

這一夜，依舊是沒有消息的一夜，而到了清晨時分，葉嬤嬤回來了。

她帶著一身的露水與疲倦，直奔了林賈氏的正房，進屋看到祖孫兩個窩在羅漢榻上熬著等著，當頭便丟了一句話出來。「安心吧，謝家不會為難林家的。」

林賈氏聞言激動起來，剛要言語，又看向林熙，似有顧忌。可是葉嬤嬤卻沒在乎林熙，只自己去了門口，叫常嬤嬤把跟前伺候的全打發了，這才折身進屋，一點也沒客氣的坐上了榻，使喚著常嬤嬤幫她整了熱熱的帕子和一碗薑茶。

林賈氏內心著急，卻始終忍著不言，林熙更是知道，自己著急也沒用，便一道等著葉嬤嬤喝過了薑茶，擦抹了臉。

收拾規整後，葉嬤嬤這才低聲言語起來。「昨兒個一不留神說晚了，宮裡落了鎖，就只能在角門處熬了一夜，直到這早上開了宮門，我才出來。幸好這天不冷，只是夜裡下露，到底凍了我一場。」

林賈氏抬手捉了她的手。「讓妳受委屈了。」

葉嬤嬤斜她一眼。「省了這場面吧！」說罷歪了身子，湊得更近了些。「宮裡那位昨兒個夜裡見了我了，她知道這事，也與我說了一些，如今，我心裡有個底。」

「怎生說？」

「前兒個出了事，謝家為了找尋那小四爺，立時報去了九門巡衛那裡，而後補了一疏，皇上聽聞此事大驚，立刻補了一隊御林軍不說，還親自召了明陽侯爺入宮。彼時，她在跟前，聽得真切，皇上動用御林軍之意我算猜著了，一來真是因為水匪的出入，二來則是因為莊貴妃。」

林賈氏詫異。「這礙著她什麼事？」

葉嬤嬤嘴角上勾。「咱們的四姑娘陰錯陽差的和莊家小二爺訂了親，卻黃了其與謝家十三姑娘的親事，那親事誰授意的？」

林賈氏立時挑眉。「莊……難道這次的事……」

「聽她說，莊貴妃想要孫家的二姑娘和謝家的小四爺成對，皇上也覺得合適，正和明陽侯爺提呢，偏這個節骨眼上，卻出了這檔子事，故而出了御林軍，估摸著是要查個清楚，怕其中有假。」

林賈氏聽了咧嘴。「這算什麼事？誰假得會把自己孩子性命搭上？真是……欸，那妳剛才說謝家不會為難我們林家，這又是……」

「她告訴我的，皇上聽說謝家小四爺是救了咱們家桓哥兒才出了事，當庭發了脾氣，然而明陽侯爺卻說：『救人不圖報，又怎可因此而問罪？豈不是仁義倒行？今，只求陛下能為臣找尋孫兒即可！』皇上聽了這話，還誇侯爺厚德載人呢！由此，林家倒也不會有什麼大事，謝家不會為難的。」

林賈氏登時長吁一口氣，繼而對著謝府所在方向，虛欠了一身。「老侯爺仁德啊！」

林熙在旁眨眼，心裡狐疑——她？這說的是誰呢？

葉嬤嬤此時又言。「我回來時，聽說桓哥兒在謝府門房上候著？」

「是，太太同我說了，那是桓兒的主意。他說，知恩圖報，還說……若真格的小四爺有了萬一，他日後情願到謝家府上日日謝罪，做牛做馬替那小四爺盡孝。」

葉嬤嬤聽了一笑。「難為他有一份赤誠之心，只是他候著就好，可千萬別說什麼盡孝之詞，免得外人誤解了他，畢竟謝家可不是一般人家啊！」

林賈氏聞言立時點頭，當即喊了常嬤嬤，叫她立刻著人捎話給長桓，葉嬤嬤當下補了一句。「叫他什麼都別說，只管候著、幫著就是。」

「照葉嬤嬤說的做。」

「是。」

「哦，對了，一日三餐，還得叫咱們林府上的人送！」葉嬤嬤又追了一句，林賈氏點頭贊同。「對，這些都是我們林家的骨氣。」

常嬤嬤立時應著出去安排，葉嬤嬤卻眼掃向了林熙，繼而盯了她幾眼後，才同林賈氏說道：「她與我提了莊貴妃這邊的盤算，我昨晚上出不來，在裡面熬了一晚，只能東想西想，結果倒尋出點味來。」說著又掃了一眼林熙。「若是小四爺有個萬一，謝家是不為難林家，但我們要做什麼，才能讓林家真正安穩？」

林賈氏捏了捏手指頭。「妳有話直說吧！」

「那一紙文書還在，如果沒這茬，我覺得順順當當的七姑娘同他府上那個小的能成，可有了這事，兩家成的機會還有多大？」

「是啊，若那小四爺有個萬一，謝家再是那麼說，到底心裡也會怨著我們林家，這成事可難，就算謝家認了，只怕熙兒過去也是受罪，如此，我倒不指望那文書了。」

「不指望？」葉嬤嬤笑了一下。「您不指望，人家呢？明陽侯爺可還在，老夫人，您說，他會不記得這個文書的存在嗎？」

林賈氏一頓，繼而變了臉。「妳是說……」

「如果謝家小四爺出了事，謝家此時拿了文書出來，提出結親，得了大恩的林家，要怎麼還這個恩？」

林賈氏看向了林熙。「難道要把她許給……可他們差著年歲！」

「一個死了，又或者，失蹤不在的人，年歲，還重要嗎？」

林賈氏立時臉色見白。

葉嬤嬤似來了興致，她看著林賈氏追問道：「怎麼辦？您許不許？應不應？」

林賈氏一時無言作答。

林熙這邊則是內心突突狂蹦。許不許？應不應？以林家的地位能和謝家結親，這便是天大的造化，而謝慎嚴為救大哥出了事，不管怎樣的生死未卜，即便他真的死了，謝家開口要她作為還債的賠過去，也都是理所當然的，這種情況下，就算她有千萬個不想，也得點頭答應啊！一為了林家的名聲，二為了林家的將來，三則是，得人恩者，知報！

林熙心中已知答案，自看向了祖母，正對上林賈氏那憂慮的目光，立時她咬了下唇，就要說話，卻不想葉嬤嬤又開了口——

「我想和妳們，打個賭！」

林賈氏和林熙立時懵了。

「我賭謝家小四爺會撈不到屍體，而後嘛，就此失蹤。」葉嬤嬤一臉玩味的表情，連著她臉上猙獰的疤痕，都透出一抹興味來。

第二十八章　訂親

自葉嬤嬤說了那話出來後，林賈氏便像明白了什麼一樣，不如先前那般激動與惴惴了，而林熙，則始終有些稀裡糊塗，畢竟她能夠感覺出來葉嬤嬤和祖母交談了什麼，而且也確定是當著自己的面說的那些話，可是好似就差了那麼一點，她始終有什麼東西被捂著遮著，讓她障目不清。

天明的時候，林昌又去了滄江邊，府中的人只能等著，第五天上，御林軍和九門巡衛撤離，果然是遍尋不著，人就此失蹤。

只是軍隊的人撤了，這事卻沒完，一面是謝家的人自己在找，一面是林家的人作為最大受益方陪找，而長桓也沒回來，就在謝家的門房裡「住」下了。

雖然謝家小四爺沒了蹤影，暫時來說也沒通報結果，但是那幾具屍體的屍格卻被貼了出來，真格的打鬥致死，而且在幾個水匪的屍體身上，都找到了屬於洪都教的「身分識別」——腋下香疤。

於是京城裡掀起了一輪新的事件，便是家家戶戶的翻查，雞飛狗跳姿態的查了半個月，最後無有結果，只能不了了之。

林熙縮在屋裡聽著外面大家議論著幾日來的膽戰心驚，忍不住看向了葉嬤嬤。「這洪都教是什麼啊？」

葉嬤嬤一邊編製著手裡的宮條一邊輕聲作答。「咱們這一朝是怎麼起的，知道吧？」

「知道，七國爭鳴，高祖英勇，江山一統！」

葉嬤嬤淺笑了下，垂著眼皮。「七國爭天下，正是亂的時候，四強三弱的局面，除開我們的高祖所持之國，最強便是遠在南邊的理國了。高祖採取遠交近攻的計策，和理國王有了約定，只要他不插手這幾個小事，天下平時，劃地而治，一南帝，一北皇，對方應允，便看著我們高祖打下了其他五國。他以為此時他便是南帝了，可高祖卻揮兵南下，連他的國也一起滅了，就此才一統天下江山，成就了我大明之朝，但理國皇室並未滅盡，潛逃於蠻地，圖謀而回。」

「難道說此教和他們有關？」

葉嬤嬤點頭。「是的，理國國都叫做『洪』，百姓信奉佛法，以佛法為宗輔國，理國滅，卻滅不掉這佛法流派，理國的皇室便潛伏其中，隱匿百年，於七十年前，開始顯露端倪——他們借佛法蠱惑人心，宣揚教義也是為了推政復國，後被先帝發覺，他們也就揭竿亮了身分，稱之為『洪都教』。經過一場大肆捕殺，後才止住了勢，只是，雜草不除根，風吹又生，總也沒個完，如今的他們冒了出來，倒也不足為奇。」

「這麼說，我大哥他們遭逢的變故就是遇上了他們……」林熙一臉驚色。

葉嬤嬤卻一臉興味。「也許吧，反正目前看著，是，畢竟人家腋下有香疤啊！」

林熙怔怔的呆了片刻，又看向葉嬤嬤，嘴巴張了幾下，字沒吐出來，又垂了腦袋。葉嬤嬤瞧得清楚，卻也不問，繼續編織著物件，兩人倒也出奇的安靜。

林熙捏著筆管，無意識的揉搓著，她心裡很糾結，因為她總是會想起葉嬤嬤那莫名其妙的賭，也會想起她那時盯著自己的眼神，恍若知道什麼，好似等著瞧戲一般。

她其實很想問，如果謝家開口，是不是自己就會嫁過去，但到底是個女兒家，婚事這事都是父母作主，幾時又能輪到她去置喙？無非也是仗著和嬤嬤親近，有什麼便私下裡談談罷了。偏生那天過後，葉嬤嬤像等著什麼一樣，也不和自己多言語，倒叫她問也沒法問，只能這麼乾巴巴的等著。

日子在這種有些煎熬的意味下，一天天的過，轉眼便是半個月過去了，而這其間，秋闈結果在推遲了些時日後，還是出來了。長桓中了二甲第六名，而謝家那位小四爺，則是高中頭名，得了解元，只是他偏偏失蹤未果，生死未卜的，如此一來，這解元一名就空了下來。

林家沒有放炮，謝家也無，連帶解元遊街的樂事也取消了，頭一次秋闈之後的冷清。

而謝家林家連續尋找了半個多月都未有結果，這失蹤兩字已成定局，但在大家的心裡，卻都明白，這人等於就是死了，只是謝家自己都不相信死了，一門心思的找，根本不承認，那別人誰又去觸霉頭呢？

終於挨到了九月，謝家的人，也偃旗息鼓，就此林昌也不必每日裡從翰林出來就奔江邊的守著，但這事並不是就此作罷了的。

幾天後，謝家上了個摺子，大意是准許皇上給他家一個機會，在出事的江邊上立個亭子，用來給家人留個招魂喚人的念想。

皇上看著蒼老蹣跚、幾乎不能動彈的明陽侯爺嘆了一口氣，不但准了，還說這筆錢宮裡出，畢竟這孩子救人乃大義之舉，應該表彰學習。

於是滄江邊上開始動工修建一座亭子，而這個時候，久惴不安的林府也終於等到了謝家的來客——謝家三爺謝安同其妻徐氏。

這天早上，謝家就遞了帖子，一大早，林昌立刻奔去翰林告假，陳氏則知會了林老太太。在陳氏忙著叫府上人收拾張羅的時候，葉嬤嬤被林賈氏給請了過去。待到陳氏把一圈安置好了，趕過去時，就看到葉嬤嬤似乎和林賈氏商談著什麼，林賈氏一臉的猶豫不決之色。

「妳來了，過來說吧！」坐在羅漢床上的林賈氏一看見兒媳婦進來，立時拍了身邊的位置，連禮數都免了。

陳氏心中這會兒正緊張不安，便急忙的應聲靠了過去，將將貼上榻還沒坐穩，林賈氏便抓了她的胳膊輕聲的說著。「我和葉嬤嬤方才商談了個事，我有點不好定主意，既然妳來了，不妨這事還是妳來尋思一下，畢竟妳是熙兒的娘。」

陳氏的臉一白。「熙兒？熙兒怎麼了？」

這些日子，自己的兒子長桓都幾乎是「賠」到謝家去了，已經讓她夠擔心煩憂的了，如今竟突然又扯到熙兒的身上，不得不說猶如棍棒臨頭，把她敲了個懵。

林賈氏捏了捏她的手。「稍安勿躁，聽我們和妳說。」她說著又看向了葉嬤嬤，葉嬤嬤點了頭。

繼而葉嬤嬤起了身，去了門口處，隔著窗戶朝外張望，林賈氏便拉著陳氏，幾乎是貼著耳朵的和她言語。

「什麼？」陳氏聽得婆母講了一串後，就張大了嘴巴，驚詫的看了看葉嬤嬤的背影，又轉頭看了看林賈氏。「這麼說，這、這未必是災禍，而是，局？」

林賈氏點點頭。「半個多月前，葉嬤嬤就賭那小爺是失蹤而不是死，果不其然耗了這麼長時間，還真是這樣。眼看謝家做這麼大的陣仗，我越發相信她的判斷了，而今天謝家又要來人，我便問妳，是個什麼主意。」

陳氏登時呼吸粗重起來，手指更是摳了桌子。「婆母，這、這到底也是您兩位的猜想，譜中了多少，只有老天爺才知道，我若點了頭，熙兒這輩子可就落在那邊。若您們譜中了還好，我們自得了好名頭，熙兒也有苦盡甘來的好日子，可萬一要是譜不中，這不是把熙兒往火坑裡推嗎？」

林賈氏一時也是嘆氣。「是這樣沒錯，因而，我才難以決定。」

陳氏和林賈氏對視一眼齊齊看向葉嬤嬤，而此時葉嬤嬤也轉了頭看向她們，三個女人對望片刻後，陳氏站起了身。「嬤嬤素來大智，我只求嬤嬤一句話，這事可有十足的把握？」

葉嬤嬤搖搖頭。「太太說笑了，我又不是大羅金仙，如何敢說十成，就是八成我都不敢說的。」

陳氏聞言立時跌回了榻上，而葉嬤嬤又言。「只是太太，我得提醒您一句，這是一個機會，賭不賭，由您決定。」

「可是我……」陳氏犯了難，轉頭看向林賈氏。

林賈氏卻似是想到了什麼，口裡嘟囔起來。「我知道這事難，若沒得這一茬，我也是願意等著看熙兒將來的風光。可是仔細想想，葉嬤嬤說得對，那謝家未必真就不知道這婚約了？倘若人家上門來說起這事，向咱們得了恩的討一個閨女過去，也是在理的，我能拒嗎？林家敢背個惡名嗎？」

「婆母，這些我知道的，只是我怕萬一不是您們猜想的那樣，豈不是熙兒……」

「妳不讓她去的話，那就只能是六姑娘了。」此時葉嬤嬤開了口。「她是一個庶女，身分上欠了點，可要做個補償的話，倒也將就。只是萬一我猜中了，那無疑是把天大的機緣送了她，您願意嗎？何況，就算我沒猜中，她過去了，也是一房少奶奶，日後少不了有個繼子在膝下，到底也是一番福祉的……」

陳氏登時搖頭。「不行，六姑娘不能去！」她說了這話，看到林賈氏望著自己，急忙又言。「我可不是使性子和她過不去，而是她本就不成。一來，那可是謝家，六姑娘隨了香珍，那心性如何的主事？二來，到底是個庶女，林家若把庶女賠過去，謝家不說什麼，別人也少不了流言蜚語，彼時惹出麻煩來，豈不是對林家更無益處！」

「沒錯，這正是老夫人的顧慮之處。」葉嬤嬤說著湊上來些。「還有，太太，我不得不提醒您，與謝家的親事，不管補不補，補了誰，那文書這一遭便是用了，以後七姑娘橫豎都是與他家那個小七爺無緣的了，所以，您賭不賭呢？」

陳氏登時苦笑。「生死由命，富貴在天，我有得選嗎？」

「那妳的意思……」林賈氏看著陳氏。

「命，該她的就是她的！」陳氏說著抹了眼角。「我如今只能希冀著葉嬤嬤猜中了。」

謝家三爺夫婦到時，三個女人早已作了決定，並且把這個決定告訴了趕回來的林昌，當然，她們並未提及猜測的部分，只是告訴林昌，如果謝家提出這個要求來，便把林熙許給謝家，若是謝家未提，那就是最好不過的事了。

「我們今日貿然到訪，是為了兩件事。」謝家三爺見林昌那唯諾的模樣，比他還像個客人，便只好開門見山提起了來意。

「您請說。」不敢坐在上首的林昌，選擇了與之平席而坐。

「第一件，是關於令公子的。這些日子他在我府上苦守之事，已是路人皆知，令公子如此知恩，我謝家上下也十分感動，總算我兒此舉有些價值，是以我們特地道一聲——此事作罷，我們謝家絕不為難他，畢竟，錯不在他。」

林昌聞言立時起身，陳氏也急忙相隨，夫妻兩人對著他們兩個便是行禮言謝，謝家三爺當即起身來扶，安三太太也抬手扶了陳氏。「別這樣，到底都是意外，幸得令公子沒事，總算兩個裡，保、保、保下一個。」她說著掏了帕子抹淚，哽咽非常，弄得陳氏更加心有歉疚。

而此時，謝家三爺卻又言語起來。「至於第二件事，原本是沒思量這個時候說的，想著還得過幾年。只是今日裡出門的時候，家父讓我把一樣東西帶來，說給您府中老太太過目。」說著他從懷裡取了一封沒封口的信出來，立時陳氏和林昌對望了一眼。

林昌接了過來。「我這就讓內人送過去。」

「好！」

陳氏當即接了那信出屋，立刻奔去了福壽居，不大會兒工夫，老太太便拄著枴杖親自過來了。

「謝安見過林老夫人！」謝家三爺衝著林老太太欠身，林賈氏立刻欠身還禮，又衝那徐氏笑了笑，這才眾人落了坐，而後林賈氏把那封信擺在了桌上，看著他二人慢條斯理的說道：「這樁事，我家老頭子在的時候，我便知道，只是那時以為就此黃了，便以為過去了。如今既然老侯爺還惦念著，那我家卻不能不應了，林府上滿共五個姑娘，大姑娘早已出嫁，許了康家，三姑娘則進了杜家的門，剩下還沒出閣的三個裡，四姑娘已經和莊家訂了親，翻年便會出嫁，如今未有親事的便是六姑娘和七姑娘了。」

她說完看向陳氏，陳氏便接茬言語。「六姑娘乃是庶出，今年十二歲，書畫詩詞上略微知些；七姑娘乃我所出，今年只得九歲，葉嬤嬤教養下的，不知您府上中意哪個？」

謝家三爺幽幽的嘆了一口氣。「家父的意思，原本是想等著你們七姑娘長大後，許給我這房最小的那個，畢竟年歲上合適。可是因著如今這一齣，我這一房人脈便落了下乘，所以希冀著能把婚事落在，我這失蹤的兒子上。」

他說著眼掃眾人的反應，卻見林家人並不是很激動，沒什麼過大的反應，頓了一下才又說道：「我這尋不見的大兒子，排行行四，嫡出，年已十七，論歲數，原是六姑娘可能合適些，但我謝家至今嫡系子弟可未娶一個庶女進門，故而……」

陳氏點點頭。「明白了，你們中意的，是七姑娘。」

謝家三爺點點頭。

安三太太開了口。「林家太太，我知她是妳的心頭肉，我們這般要了去，實在有些傷人，可是……」她沒把話說下去，只拿了帕子出來微微抽泣。

這登時弄得陳氏羞愧低頭，畢竟不管到底葉嬤嬤猜對沒，謝家小四爺為救長桓而失蹤不見，這是事實。讓人家丟了一個中了解元的兒子，自己搭進去嫡出一個姑娘，似乎還是自己占了便宜，畢竟姑娘丟過去，也是做個少奶奶的。

「二位，聽我說一句吧！」林昌此時站了起來。「我林家本就與貴府有婚約在此，履約本就應該應分，何況這次，令公子是救我兒才出了事，我林家更是得了恩。如今你們不嫌棄、不責怪，願意讓我們許七姑娘過去，也是看得起我林家，我林家定應此約。」

林昌都表態了，便等於這事是定下了，當即徐氏把淚抹去，衝陳氏言語道：「既如此，我們日後便是親家了，我今日裡莽撞一次，能討了七姑娘的八字嗎？」

林昌萬沒料到這麼快，畢竟林熙還不足十歲，倒是林賈氏開了口。「沒有什麼不可以的，熙兒許給你們家小四爺，這八字該給！」

當即陳氏退了出去，片刻後，把寫好八字的帖子放進了徐氏手裡，徐氏從身上摸出一對玉璧來遞給陳氏，便寓意交信，繼而又同大家閒敘了一陣後，就帶著林熙的八字告辭了。

林昌同陳氏親自將他們送了出去，再折回來時，就看到正房裡沒了人，問了章嬤嬤才知道老太太已經去了碩人居，當下夫妻兩個也急忙過去了。

林熙早上臨字的時候，從雞飛狗跳的下人那裡得知今日謝家三爺夫婦會過府，便猜想那日裡葉嬤嬤問的那一句已到了時候。

原本她以為自己會很緊張，會無法靜心，但奇妙的是，當得知謝家三爺夫婦進府後，她反而一點也不惴惴不安了，好似靜靜地等著一個結果，一個自己完全可以料想到的結果。

而當她習字累了，正在飲茶歇息的當口，祖母未叫下人通傳的進了屋。

彼時她正立在書桌邊捧著茶杯看著她寫了一早上的字——「心如止水」，忽聞一聲嘆息，抬頭便看見了祖母立在門口。

「祖母？」林熙放下茶杯就要相迎。

林賈氏卻衝她擺手，走到了她的跟前，尚未言語就看到了那一桌的字，翻來覆去的都只是那四個字，登時雙眼裡透著一分欣慰，衝著林熙說道：「該來的終究來了。」

林熙一頓，默默的走到林賈氏的跟前，伸手環抱了她，把臉貼在了林賈氏的腰桿子上。

「祖母不必傷悲，能為林家還恩，能為林家正骨，熙兒樂意。」

林賈氏聞言將林熙抱在懷裡，一時也說不出什麼，只撫慰著她，祖孫兩個難受的當口，外面丫頭傳話，林昌同陳氏也進了屋。

一眼瞧見她們祖孫兩個如此，陳氏的淚唰的就湧了出來，而林昌更是一句話都說不出來，只紅著眼圈子，有些彆扭的望著屋樑，死死的撐著，維持著一個男人所謂的尊嚴。

三天後，安三太太親自上門回了謝慎嚴的八字於林家，因著一來謝慎嚴失蹤，二來林熙年歲尚小，兩家並不急於辦親事，故而並未帶媒婆上門，但卻也就此簽下了婚書，敲定了林熙同謝慎嚴的婚事，只是這婚事嘛，要等林熙及笄之後才能舉辦了。

「到那時，如果他還是遍尋不著，只怕會由那個小七爺代他娶妳過門了。」陳氏說著抹了眼淚，到底是自己最疼的丫頭，這般就定了出去，是福是禍卻要指著別人，還是委實叫她難受。

林熙點點頭，眼看自己母親還在落淚，便出言輕勸。「別這樣，娘，都幾天了，您怎麼還想不開呢？嬤嬤和我說了，到底是過去做少奶奶，並不算吃虧，何況，他也並不就是一定……我還有希望不是嗎？」

陳氏聞言，嘆了一口氣，隨即雙手合十。「我只希冀著佛祖保佑，他能平安無事，妳也就不至於是落進了火坑。」

林熙低了頭沒說話，而陳氏轉手抓了林熙的手，左右看了看，猛的將唇貼上了她的耳，小聲嘀咕起來。「葉嬤嬤和我說，謝家那小爺很可能是假死，尋個機緣脫了身，好黃了與孫家的婚事。若是他們肯來求親娶妳，這可能性就更大，所以妳也不是真就填坑了。」

林熙聞言驚詫地看向母親。「您的意思是……」

「噓！」陳氏比劃了噤聲的動作，復又貼了她的耳朵。「娘也是沒法子了，若是葉嬤嬤猜錯了，那只能算妳命不好，日後嫁過去，混個少奶奶的名字，日後守個繼子也能過的；若是葉嬤嬤猜準了，便是咱們押寶押中了，日後有著妳的風光，只是到底是個什麼結果，咱們誰都看不著，只能等以後！熙兒，娘今日和妳說這些，是想妳心裡清楚，有個盼頭，就算日後真沒了著落，也得明白自己的處境，畢竟妳是林家的人，說到底，也終究還是要為林家著想的。」

林熙點點頭，衝著陳氏微笑。「放心吧，娘，其實不論準與不準，熙兒都清楚自己該面對的，我姓林，同氣連枝，家人一心，不是嗎？」

陳氏點點頭摟了林熙入懷，林熙趴在母親的肩頭聽著她輕輕的抽泣聲，心中不由得問著自己——我這可不是在賭一個將來？轉了一圈，我算和他又遇上了，可他到底，是生還是死呢？謝慎嚴，你那般兩副心腸，命，也會比別人大的吧？

第二十九章　六姑娘

就在林熙同陳氏在正房裡言語的時候，碩人居的側耳房裡，瑜哥兒卻提著一枝筆坐在桌邊發呆，筆毫上的墨早已在不知不覺間滴下，沁潤了紙，留下朵朵墨痕之蓮，而他的眼卻落在遠處，似瞧看著牆上的字畫，偏又似神遊雲霧。

葉嬤嬤拿著宮條墜子進來的時候，恰好看到瑜哥兒的呆樣，再一掃紙上虛勾而處的一株柳樹上墨痕點點，便蹙了眉。

「咳！」

一聲假咳，瑜哥兒驚縮了肩，扭頭見是自己的祖婆，頓了一下後也看到了自己的狼狽樣，急忙收了紙筆，悻悻招呼。「祖婆，這麼晚的，您怎麼過來了？」

葉嬤嬤掃他一眼。「怎麼？嫌我打擾了你不成？」

「沒……」

「想什麼呢？」葉嬤嬤揀了張椅子坐了。

「沒、沒什麼。」

「嗯？」葉嬤嬤挑眉不說，眼神充滿犀利之光。

瑜哥兒撇了下嘴，乾脆去了葉嬤嬤身邊一坐，聲音低低地。「其實也沒想什麼，只是覺得，七姑娘辛苦的跟著祖婆您學了這麼久，一轉頭卻這麼定給了謝家，日後過的那算什麼日子呢？和您最初構想的那些，似乎沾不上邊，更是學下的那些也無意義了，唉，她如今也算是毀了。」

畢竟一個院子裡住了三年，若說沒點感情，那是假的。尤其看著林熙如何被自己的祖婆步步為營般的教習，也吃了不少苦，卻冷不防這麼一個陰錯陽差，倒成了這般局面，他委實為其嘆息與不值。

「毀？」葉嬤嬤意味深長的咬著這個字，將瑜哥兒打量了一番。「怎麼想起用這麼一個字？你知道多少？」

兩家訂親的事，也沒刻意壓著瞞著，傳出來很正常，只是瑜哥兒說出一個毀字來，只怕是外面的流言早已紛紛。

瑜哥兒一臉失意之色。「不是我想起，而是學堂裡紛紛在傳啊！那七姑娘由您教養的消息這京城裡有幾個不知道的？更別說我們學堂裡的議論了！平日裡，個個都時常衝我打聽那七姑娘是不是會和您一樣傳奇，我這裡哼哼哈哈的瞎應付，都沒尋思出該怎麼答呢。這倒好，出了這麼檔子事，七姑娘就這般說給了謝家，若是那慎嚴公子在，這也算佳話，一個是解元，一個是祖婆您教養的，自有您的傳奇。可眼下，慎嚴公子生死未卜的，九成九都是命喪黃泉了，七姑娘這麼過去，不是毀又是什麼？」

葉嬤嬤聞言瞪了他一眼。「少嘴裡遛鳥的給我瞎話，還九成九？難不成你最近學了相術？還是夢裡得了卦象？我告訴你，且不說這裡有沒有七姑娘的事，做人得講究一心向善，虧你和那公子還有一面之緣，你不祈他平安無事，竟說出這等話來，便是辱了你們當日兄弟之稱！」

瑜哥兒當即起身站好，低頭稱是。

葉嬤嬤又軟了話下來。「何況咱們現在也算是半個林家人的，同在一個屋簷下，怎能不互相照拂？就衝著她是我養下的，你也該為她祈禱著那小爺的平安！」

葉嬤嬤說著瑜哥兒更加慚愧，低著頭的稱是。

「行了，我知你也是無心，不多說你，坐下。」葉嬤嬤說著看向瑜哥兒。「你聽著，日後學堂裡但凡問我和提七姑娘的，你只管聽著少接話。」

瑜哥兒雖然答應了，眼卻偷瞧著葉嬤嬤，顯然好奇原因。

葉嬤嬤伸手把他招到自己的跟前，低聲地與他說道：「你素來是有心眼的，難不成進了人蟲堆裡，就不知道有幾條腿了？你祖婆我再有能耐，也不過一介女流，如何真叫別人在意了？還不是有人想摸清這裡的門道，便打你這裡下手！」

瑜哥兒聞言眨了眼。「摸清門道？這裡有什麼門道啊？」

葉嬤嬤看著他，聲音雖低，卻還是慢慢的說了一句話。「這個門道就是，你是得了什麼庇護能入了學堂，又是因著什麼，你祖婆我如今依然威風。」

瑜哥兒猛然白了臉。「是，是孫兒糊塗了。」

葉嬤嬤嘆了口氣。「權貴之家，對於恩寵十分敏感在意，能進去其實不扎眼，花錢走關係不就那麼回子事。可扎眼的是差別，你是什麼身分，大家誰不清楚呢？單一個林家是託得起關係的人嗎？不合時宜的好處，自然有它出現的道理，那些人蟲如何不會緊著慢著想摸清楚呢？瑜哥兒，我問你，你是希望自己站在暗處，別人猜不透你，還是希望站在燈下，被人一覽無遺？」

瑜哥兒立時低頭。「祖婆教訓得是，孫兒日後定當清心，再不這般被人一捧的就蒙了心！」

葉嬤嬤點點頭，把手裡的宮條拿了過去。「把這個綴上吧，我才給你……」說話間，她頓住了，此時她才注意到瑜哥兒的腰上綴著一個褐色的纏骨宮條，竟還是嶄新的。

瑜哥兒一看祖婆手裡的宮條，立時明白，一邊抬手解身上的，一邊言語。「祖婆日日忙的，孫兒就沒好纏著要，結果祖婆您到底還是想起來了……」

「我想起來得還是遲了。」葉嬤嬤說著下巴朝那宮條一努。「誰打的？」

「六姑娘。」瑜哥兒不甚在意地回答。

「什麼？」葉嬤嬤挑了眉。

「祖婆不必驚訝。」瑜哥兒全然沒當事兒的說著。「上個月不是出了事嘛，府裡上下都忙翻了，您也沒歇著，我原來的那個早損了，爹給我的這個骨件也都掛不住了。那日裡我本是打算叫翠兒給我先弄個應付應付，恰好遇上了六姑娘過來，她瞅見了，便說給我打一個，半個月前給了我，才重新綴了骨件掛上的。」

「六姑娘過來？怎麼沒聽丫頭們說起過？」葉嬤嬤有些意外，一來六姑娘和七姑娘之間並不親近，幾乎沒什麼往來；二來，就算她在忙，若六姑娘來了，丫頭婆子們又有誰不會和自己說一聲呢？畢竟六姑娘是珍姨娘所出，橫豎在這院子上上下下的人眼裡，可是不待見的。

「哦，她來的那會兒，七姑娘去了正房那邊陪林家老太太去了，那幾個嬤嬤都在府裡各處幫忙，這碩人居當時就我在。她說在院子裡悶著了，想來看看七姑娘，遇上我那宮條損了，便說著給我打宮條，人就走了，之後也沒見過來，只半個月前給我送了這個來，也是給完就走了。」瑜哥兒說著挑了眉。「莫非有什麼不對的？」

葉嬤嬤看了瑜哥兒幾眼，伸了手。「拿下給我看看。」

瑜哥兒聽話的照做，取了骨件下來，把宮條給了葉嬤嬤，葉嬤嬤拿著在手裡翻看了一會兒，拿到鼻下又聞了聞，立時就蹙眉。「這上頭那麼大的味兒，你也戴得踏實？」

瑜哥兒一臉莫名。「不就是她把絲條熏了香而已，姑娘家嘛，不都喜歡這樣嘛！何況她給我時就說了，她手裡的絲條全是熏過的，她也沒得法子。」

「哼！」葉嬤嬤冷笑一聲。「你個傻小子，平時那麼精，遇上那些咬文嚼字的，你有興致動動腦子，怎麼遇上姑娘家的，就那麼不過心？」

瑜哥兒眨眨眼。「祖婆，您這是怎麼了？不是您一直教我，平日裡少理會女兒家的嗎？

您還說別人是齊家治國平天下，您要我是立志出業再思家思女的嘛，這會兒的怎麼又嫌我不理會姑娘家了？」

葉嬤嬤聞言一愣，卻噗哧的笑了。「你呀，少給我裝傻充愣，不把心思放在兒女情長上是對，但我也沒教你，對著姑娘家就無防備之心。」

瑜哥兒立時臉上的神色嚴肅起來，他盯了一眼葉嬤嬤手上的宮條，臉色變得凝重。「莫非這宮條有什麼問題？」

葉嬤嬤把宮條往袖子裡一放。「這個你就別問了，我給你的，你也先別綴上，這根東西我明日裡還你，那時再和你細說。」說著她起了身。「另外，七姑娘的事，你也別擔心了，每個人都有她自己的路，只要她心正，總有她得福的時候。」說著捏了捏袖子。「若是心不正，就算有人扶著，也只會跌進泥沼了去！」

葉嬤嬤說著便轉身出去了，留下瑜哥兒捏著那骨件立在那裡，臉上的神色幾番變化。

葉嬤嬤一進屋，林賈氏便披了件袍子坐去了羅漢榻上。「這又是出了什麼事嗎？心急火燎的攆了我起來。」

葉嬤嬤看了眼常嬤嬤，常嬤嬤立時知趣的言語道：「我去給您沏壺茶醒醒瞌睡去。」說著離開了屋子，去了外面，當即就聽著常嬤嬤打發下人的聲音，不多時折回來，提了一壺茶放在屋裡，也不斟的，又折了出去，給守著了。

人老了，睡前一般是不飲茶的，常嬤嬤跟了林賈氏這些年，很清楚她們需要的不過是一個說話的地兒。

眼看常嬤嬤出去守著了，林賈氏依著榻上的小几，伸手攏了下披著的髮。「說吧，又是什麼大事？」

葉嬤嬤能這個時候來，還非把躺下的她給攆起來，擺明了不是小事。

「您看看這個吧！」葉嬤嬤把宮條拿了出來，放在了桌上。

林賈氏狐疑的拿起來瞧看。「不就是個宮條嘛……」

「聞聞。」

林賈氏照做，隨即卻蹙了眉。「這味……」

「您不識得？」葉嬤嬤詫異的看向林賈氏，隨即又撇了嘴。「您身邊總有個熟悉的吧？」

林賈氏當即喊了常嬤嬤進來，把東西遞給她，叫她聞聞。

常嬤嬤拿起來一聞，登時就紅了臉。

「是什麼？」林賈氏急急的問她。

常嬤嬤紅著臉看了一眼葉嬤嬤，湊去了林賈氏的耳根上咬起耳朵，當即林賈氏的臉也紅了。

她擺擺手，常嬤嬤退了出去，她當即看向葉嬤嬤。「這是哪裡來的？」

「瑜哥兒身上的，說是六姑娘做給他的。」

林賈氏登時臉上一白，狠狠地捏了拳頭往小几上一砸。「這、這簡直就是丟人現眼！」說著張口欲喊，葉嬤嬤卻抬手衝她一擺。

「別喊了，她給的時候說的是她拿到的絲線本就是熏了的，您這般弄了她來，兩句話便與她無關了，如此倒弄得大家難堪，並且這事是巧合還是有所預謀，一時也是判定不了的；何況，我還不想我家瑜哥兒跟著丟臉。」

林賈氏臉上是白紅相間，伸手扶了額。「唉，她們母女兩個怎麼就不消停呢……不不，我想她應該是真不知情的，就算她平日裡有些貪心，卻也不至於……」她說著看到葉嬤嬤眼裡的嘲色，立時覺得一盆涼水兜頭淋下，登時倒也清醒了，嘴巴一抿，似作了決定一般。「妳放心，這事我會查個清楚，倘若是她處心積慮到這種地步，我林家絕不能姑息了這事……到時，我就是叫人拿板子打死了她，也不為過！」

葉嬤嬤聞言低了頭。「老夫人，我要的不是您給我許願，說到底六姑娘也是您的孫女，林家的骨肉，您又何必說那麼重。我尋來根本不是要您表什麼態的，只是擔心這麼下去，大家難堪，畢竟這事可大可小，若她不知情倒還好，尋查一番弄清楚這事起在哪兒，也就是了。可要是她起了這心思的，那將來遲早要出事，那個時候，您可別怪我狠心，不給林家面子！畢竟，敢算計到我頭上的人，就得做好付出代價的準備！」

林賈氏悻悻的點了頭。「我明白的。」

「那就好，老夫人，您日後還是多留心下六姑娘吧，由著她這麼下去，別說她自己路途將來會如何，只林家的臉也是必然要丟光的。」

林賈氏羞愧似的低了頭。「我知道了，不知妳打算怎麼處置這事？」

葉嬤嬤一笑。「我若說個將計就計呢？」

林賈氏一愣，隨即乾笑。「還是我私下裡叫人查吧！」

葉嬤嬤伸手把宮條拿了回去。「放心，我會給她留足面子的，只要您肯配合一二。」

林賈氏神色有些猶豫。

葉嬤嬤卻又言道：「說起來，我很好奇，珍姨娘不會當初就用這法子近了二爺的吧？」

林賈氏的眉一高挑，當即攥了拳頭。「我配合妳就是了，不過，好歹她也是我的孫女，別傷得過了，那於我林家的名聲，無益。」

「我知道。」

玉芍居裡，林嵐坐在屋裡眼瞅著那幅謝家十三姑娘畫的儀仗之馬的畫卷，眼裡滿是厭惡之色。

她喜歡的是十四姑娘的畫，可是偏偏祖母收了畫去叫人裱了後，把那幅給了林熙，把這幅送給了她。

「再光鮮華麗又如何，身上又是馬鞍又是墜鐙的還不是被人騎？」她輕聲嘀咕著，抓了筆餵墨，繼而低頭在桌上的白紙上作畫，一刻鐘後，紙上一頭昂首奔馳的馬兒在前，幾匹馬兒在後相追隨。

她看著這幅畫，滿意的擱下了筆，眼盯著為首的這匹馬兒，眼裡充滿了憐惜之色。「妳不比別人差，妳也一定不會比別人差，妳自會過得好，叫她們豔羨……」

此時屋門被輕輕叩響，她一愣，當即把畫卷撈起反扣在桌上，這才起身過去開門，門一開，披著薄紗披風的珍姨娘急急的邁步進了來，林嵐立刻左右掃了一眼，看見自己房裡的崔嬤嬤在外守著，這才關了門。

「娘，您這個時候怎麼來了？」林嵐一臉的驚色，自從出了禁足的事後，她們母女便極少見面，做足了規規矩矩的可憐狀，如今這個時候，她娘竟一個人也沒帶的偷偷跑了來，怎叫她不驚訝？

「我怎麼能不來？」香珍的臉色滿是緊張。「我問妳，這段日子妳做了什麼事？」

林嵐歪了腦袋。「沒做什麼啊？祖母不叫咱們出去，我日日都縮在院子裡，除了書畫讀書的，能做什麼……」她話還沒說完，臉上就結結實實的挨了一巴掌，雖然不是很痛，卻足以叫她震驚。

「我是妳娘啊，妳現在大了，竟連我都瞞著了？」香珍一臉恨恨的表情。

林嵐捂著臉，一副不解的樣子。

香珍咬著牙說道：「妳別給我做這個模樣，我又不是妳爹！我問妳，妳給葉嬤嬤帶的那小子，做了什麼東西？」

林嵐的身子一頓，隨即眨眨眼。「沒什麼，不過是瞧著他宮絛損了，順手給他打了一個罷了。」

「好一個順手，順手到專門要用那熏了依蘭的絲條嗎？」

香珍一說了這話，林嵐捂著臉的手也下來了，只盯著她娘。「您怎麼知道？莫非這事露了餡兒了？」

香珍恨恨地抬手掐了林嵐的肩膀一把。「妳呀！葉嬤嬤拿了那東西尋妳祖母去了，妳祖母一聽是妳弄的，臉都臊紅了，依著葉嬤嬤的意思，那是要查清楚妳是知情還是不知情的。可到底林家丟不起這個臉，妳更是林家的骨肉，她終究還要護著妳和林家的臉，這才叫常嬤嬤帶了話來。妳、妳怎麼就這麼大膽，這種法子也想得出來？」

香珍說著臉上已泛紅，口中更是自責起來。「都怪我實心的護著妳，什麼都沒顧忌的與妳說，讓妳竟起了這心思，如今倒被那姓葉的給發現，要不是妳祖母念著，我們的臉都要丟盡了。」

林嵐卻鼻子裡哼了一聲，冷冷地言道：「算她命好！」

香珍聞言一愣，扯了林嵐。「妳還不舒坦？他有什麼好，值得妳惦著？就算他是葉嬤嬤的乾孫子，能得些好處，可他到底也是個農戶人家的出身，妳怎麼能打起他的主意？妳不是一心和我說，妳定要高嫁的嗎?!」

林嵐轉了頭看向自己的娘親，一臉哭笑不得的表情。「娘，您不會以為我弄這個是要和瑜哥兒勾搭上吧？」

香珍一頓。「不是嗎？不是這個心思，妳幹麼弄這事？」

林嵐的眼裡閃過一抹嘲諷之色。「娘啊，依蘭之香可催情這沒錯，我弄這個宮條給他，也的的確確是盤算著叫他動情催情才好，可卻不是要把我和瑜哥兒拴在一起啊！」

「那妳是……」

「娘，瑜哥兒現在住在哪兒的？」

「碩人居啊。」

「那不就結了。」林嵐說著扭身去了桌後一坐，抬手撥弄她先前的畫。

香珍頓了頓，猛然捂住了嘴巴，用不能相信的神色看著自己的女兒林嵐。「妳、妳莫非是……」

「那院裡的女孩子，除了七妹妹就是兩個丫頭了，他催了情，若對七妹妹生了心，便是最好，將來有點什麼，自然毀了七妹妹的姻緣。若是不對七妹妹生心也沒關係，那兩個丫頭碰了誰，壞的也是七妹妹的名聲，於我可有好處。」

香珍聞言搖頭。「不對，七姑娘傷了名聲，壞的可是林家的名頭，這於妳有什麼好？妳日後還不說親事了？」

林嵐抬頭看她。「親事？這京城裡，除了宮門，又有誰家比得過謝家？只要七妹妹壞了名聲，謝家就不能娶個壞名節的進去，而憑著那紙文書，謝林兩家總要結親，那時便是我嫁去謝家！」

香珍聞言翻了白眼。「妳發什麼瘋啊？她嫁的那個如今遍尋不著，誰心裡不清楚他是死了的啊，妳嫁過去難不成要當寡婦？」

「寡婦又怎麼了？」林嵐昂了下巴。「謝家的寡婦也比別人高人一等，日後我得了繼子，依我的手段，終有一日我能擁著一個繼子做了謝家的主母，您信不信？何況，這不屍體還沒撈到嘛，萬一他回來了，我不就賺了！」

「嵐兒……」香珍徹底無語，她不明白向來有些算計的女兒怎麼就扎進這個死胡同裡了。「好好的日子妳不去想，怎麼就想著做個寡婦？」

「娘！我不要窩窩囊囊的活著，與其看別人臉色的活著，我寧可去當一個豪門裡的寡婦，何況，我這身子是毀了的，日後嫁人萬一要是生不出孩子，還不是一樣的白搭？那時，只怕被人輕賤得如同個擺設一樣，倒還不如嫁到謝家去，又不用我生養，將來得個繼子就成，我照樣能為自己尋出一條大道來！」

香珍聞言一時無語，眼淚都在眼眶裡轉悠起來。「我的兒，娘知道是苦了妳，妳才動了這心思，可是，謝家是什麼高門大戶？妳思量得是好，壞了七姑娘的名聲，妳便替嫁過去，可是妳到底是個庶出，人家怎生肯接？」

「娘，您不必拐著彎的提醒我身分，我知我是個庶出，不配！可是，那謝家的公子現在等於是死了啊，您看看誰家願意把好好的姑娘嫁過去？就是原本說起的那個孫家不也裝聾作啞沒了動靜？」

「什麼？孫家？」香珍一愣。「妳何處聽來的？」

「三姊姊嫁人的時候，從她小姑子嘴裡聽來的。」林嵐說著揉了鼻子。「一個遍尋不著等於死掉的人，不過是空落一個嫡子的身分罷了，就算遇上有那捨得姑娘的，只怕也不敢嫁呢，誰還不得背後罵他賣女求榮？偏咱們林家得了恩的，又還有文書，應該應分沒人能說什麼，所以只要七妹妹名聲一壞，我是庶女又怎樣，嫁給一個失蹤的死兒子為他那房空添一縷人氣，還不夠了嗎？」

香珍眨眨眼，嘆了一口氣，伸手抹了眼角。「是，我的嵐兒是好算計，可是眼下，妳這法子行不通了，葉嬤嬤已經發現妳這把戲不說，還出了主意叫著妳祖母試探妳，好抓了妳收拾妳！幸好妳祖母到底顧著妳這個孫女的臉面，才叫帶了話出來，若不然，回頭把妳試出來，輕則一頓板子，重則，由著那陳氏一通發落，只怕咱娘兒倆都能給打發到莊子上去！」

林嵐聞言嘆了口氣。「是啊，所以我才說她命好，竟躲了過去。」說著眼掃向她娘。「葉嬤嬤想怎麼試我？」

「自是看妳知情不知情了。」

林嵐不當事的低頭擺弄她的畫。「行，我知道了，保證我是不相干，反正收攏絲條的人，是太太安過來的丫頭，成日裡也盤算著呢，正好借著機會打發出去了，我也能換個得心應手的進來。」

香珍看著自己的女兒時時刻刻都是一副冷靜的樣子，忽然覺得自己倒是個毛手毛腳的人了，當即彆扭的搓了搓手，掃看了她幾眼忍不住問道：「嵐兒啊，如今妳這盤算黃了，日後妳的親事，有個什麼打算？」

林嵐捏了捏手中的筆。「除開老大，我上面三個姊姊，全算高嫁了，沒道理到我這裡，就虧了我。爹爹那裡，我自會想辦法的，如今七妹妹多少也攀上了謝家，想必過些日子，爹爹自有晉升，到了那時，我也應當不是太慘，何況三姊姊說過，日後她會照拂我一二的，如今她那姑爺也是得了銜的，等重陽她來時，我也試試看那邊走得通不。至於我的打算嘛，我可不要比她們輕賤了，日後尋著機會走，總有我出頭的時候！」

「怎樣了？」林賈氏躺在床上就沒睡著過，聽到常嬤嬤在外窸窸窣窣的聲音，立時坐了起來，挑簾問話。

「您還沒睡啊！」常嬤嬤聽聲，湊了過來。「我吵著您了？」

「壓根兒就沒睡著，欸，問妳呢，怎樣了？」林賈氏一張臉拉得老長，換誰遇上這麼個孫女也不免心裡窩火。

「按您的意思給香珍說了，她聽了立刻去了六姑娘的院裡，也沒驚動丫頭下人的，還是知道替六姑娘守著臉。」

「廢話，那是她生的！只可惜，守著臉有什麼用？一門歪心全帶過去了……哎，妳說我當時怎麼就看著她乖巧聽話帶在身邊，竟還說她是個體貼的呢！」林賈氏心裡滿是怨氣，捎帶著把自己也怨上了。

「您怎麼說這話了，人心隔肚皮，哪裡就防備了？再說若是沒心眼的，能那麼體貼乖巧得了您的信任嗎？」常嬤嬤說著伸手給林賈氏撈了下被子，人卻自然的坐在了她的炕頭上。「不過，您這樣一弄，葉嬤嬤的法子就沒用了，這對六姑娘來說，真的好嗎？有道是見了瘡，得擠膿啊！」

林賈氏往被窩裡一縮，人往裡睡了些。「其實這些我又何嘗不明白？若是這事是屋裡人撞見了，我自是把她往死裡打，可是偏偏是她發現的啊！雖然現在我們一心，我也並沒把她當外人，可到底這事裡還牽著瑜哥兒，何況她身後有著嚇人的靠山，我這不成器的孫女要是被她抓住了，日後就算她守得住嘴，瑜哥兒守得住嗎？再過些年，孩子們都大了，成人的成人，立家的立家，萬一有什麼地方兩廂岔了心，那上下嘴皮子一碰，可就是禍啊！我又怎能不防著、兜著？」

常嬤嬤談了口氣。「知道您心裡思量得大，處處都為著一個林家，只是六姑娘這事遭您弄過去了，那下一回呢？還有，這次您幫著過了關，下次會不會又賴上您？會不會……」

「別說了！」林賈氏抬了手。「妳問得我頭疼，唉，這樣吧，這事待葉嬤嬤查過了，妳傳我的話給香珍，叫她捎話給六姑娘，半年裡，什麼事都不許她去摻和，太太那裡妳也知會一聲，任何外面的應酬，都別帶她了，就說，該學著修身養性吧！」

常嬤嬤聽了一直點頭應著，末了這句，她抽了嘴角。「六姑娘平日裡慣會做乖的，『修身養性』這四個字，怕是不合適。」

「那妳把我的那套《法華經》拿出來，著她給我抄經去，什麼時候抄完，什麼時候再說。」

「成！」

「對了，這裡的詳情，別和太太提，只說我近日裡想著給嵐兒些事做，免得她知道了，心裡著惱，日後真給她訂個扶不上牆的。」

「您那還是疼著六姑娘，處處想著，她若知道您的苦心，就該珍惜。」

「珍惜？得了，指望不上！唉！畢竟她是我林家的骨肉啊！」林賈氏說著又嘆了口氣，閉上了眼睛，由著常嬤嬤伺候她休息了。

第二天早上，瑜哥兒以為祖婆會把林嵐做的那個給自己，畢竟昨兒個晚上祖婆是那麼和他說的。可到了早上，看著骨件綴在了祖婆做的宮條上，他就納悶了，臨去學堂前，還是跑到了葉嬤嬤的跟前，問著這事。

葉嬤嬤笑了一下，整了整他的衣裳。「算了，我本想好心替她們擠個膿包的，可人家怕難堪，我何必生事？多一事不如少一事，你就當瞧見我做的，用了我給的就是了，可是，我要提醒你，日後不管是誰，都防備著些，尤其是那些看起來溫柔可人、乖巧懦弱的女子，很可能她們是有著利爪的貓，能挖得你體無完膚！」

瑜哥兒立時說著知道了，又和葉嬤嬤說了兩句，便匆匆告辭出去上學了。

葉嬤嬤走到了屋外，看了看放晴的天，臉上掛著一抹輕嘲自言自語。「妳要留著膿，那就留著吧，來日裡知道痛時，再去後悔吧！」

第三十章　隱私

幾天後，江邊的亭子修好了，因著是謝家老侯爺求個紀念之意，皇上竟然大筆一揮，落了個匾賜了下來，掛在了亭子上，上有斗大的三字——望歸亭。

上匾之日，林家少不得又去滄江報到了一番，陪著謝家哭哭啼啼了一個上午，到了下午這才折回。林熙因著許給了謝家，便不能出去，連帶著為老太太「抄經祈福」的林嵐，一道留在了府裡，不過葉嬤嬤卻出門了。

起初林熙以為她是去參加這個儀式，可是等到祖母爹娘等人回來，也沒見葉嬤嬤，倒生了奇，不時的從窗外往葉嬤嬤那邊瞧，直到了黃昏的時候，葉嬤嬤才風塵僕僕的回來了。

林熙本想去問問，可還沒等她走到葉嬤嬤房前，內裡的燈就滅了。

看著燈如此早熄，林熙雖有些詫異，卻也無法，只想著葉嬤嬤累了也就回了屋。第二天早上，等她起來問起葉嬤嬤時，才知道，大清早的葉嬤嬤又出去了。

葉嬤嬤去哪兒是她的自由，也從來不和府上的下人們說，林熙自然不知道她老人家在忙什麼。等到秋雨取來錦衣華裳同花嬤嬤、潘嬤嬤一起給她鄭重其事的打扮時，她才忽然想起，今日竟是重陽佳節。

於是第一時間，她猜想著葉嬤嬤是不是回莊子上和瑜哥兒的家人團聚，可等她穿戴打扮收拾好了，準備去請安時，卻看到那邊瑜哥兒所住的耳房裡亮著燈，頓時倒糊塗了。只是問安是正事，也沒什麼時間給她去東問西問的，自然就先去問安了。

到了老太太那邊，寒暄了片刻，陳氏便說下午的時候，三姑娘會和三姑爺一起過來，府裡便自是熱鬧的籌備起來。

忙碌閒聊的折騰了一上午，用罷了午飯後不多時，杜家來了頭前馬傳了話，說五爺和楓五奶奶已經出了府往這邊來，小半個時辰後，林馨便與她夫婿杜楓進了林府。

婚後這算第二次來，穿戴上自不會是按新娘子那樣的打扮，去弄那喜服紅妝的排場，但打林馨進來，林府上的人便是一怔。

杜楓的一身華服倒沒什麼奇特，除了羅紋略有些花俏外，一切倒還合適，只是林馨這打扮竟是穿著玫紅色的裙裳掛了湖藍色的披帛，色彩豔麗逼人，再配上她滿頭珠翠，一眼望過去，倒似是戲裝裡才有的打扮，只是所差的便是那厚厚的脂粉勾眼了。

陳氏一眼瞧到林馨這有些過於豔麗的打扮，便嘴角抽了抽，人卻還繃著笑，而林老太太卻是直接就蹙了眉，不過也只是一閃，便作了笑，同陳氏一道笑盈盈的招呼起了晚輩。

林馨同姑爺回到娘家，自是籌備了禮物，送給祖母的是一方嵌寶的葫蘆獸玉珮，寓意福祿壽；給林昌送上的是一套文房四寶；給陳氏的則是一套雕花的首飾漆盒，而後給屋裡還沒出閣的三個妹妹，一人一對赤金鐲子，三個哥兒一人一卷書冊，顯然在禮物的準備上很是用心。

女兒女婿回門，總免不了閒扯上幾句，照例的說了陣子話後，林昌便拉著杜楓去了書房討論什麼字帖去了，而他們一離開，林賈氏的笑就收了一半，眼掃著林馨便要言語，身邊的常嬤嬤卻忽然遞了一杯茶給她。

林賈氏頓了一下，接了茶，把話硬壓了下去，眼光掃向了陳氏。

陳氏此刻卻是笑容不減，只打量著林馨，眼見老太太沒說話的意思，便聲音柔和地說道：「想著巧姨娘了吧？先去她屋裡坐坐吧！」

陳氏的照顧與體貼讓林馨感激的衝她言了謝，這才起身出去了，而後陳氏再一擺手，便打發了屋裡孩子們去花園裡收菊瓣，晚上好做菊花羹。

立時姑娘和哥兒們都退了出去，屋裡便只有林賈氏、陳氏，以及常嬤嬤了。

「妳怎麼不說她兩句，好歹妳也是做她『母親』的，好好一個清流世家的姑娘，怎麼穿得那般鮮豔，沒來由的失那體統。」林賈氏小聲責怪著陳氏。

陳氏當下先是低頭由著婆母說，待她埋怨過了，才無奈地苦笑道：「婆母啊，嫁出去的女兒潑出去的水，我怎生敢多說？到底我也不是她的生母，萬一哪句話多了，生分了，反倒不是了。」

林賈氏聽著這話一頓，繼而也點了點頭。「也是，都是杜家的人了……不過，杜家那可是書香門第的，她這般不會招什麼言語吧？」

陳氏撇了嘴。「他們心裡虧著，又能說咱們三姑娘什麼呢？」

林賈氏嘆了口氣。「瞧著多登對的一對，偏生……唉，罷了，我先回屋裡歇一會兒，稍晚些吃酒熱鬧了，再喊我吧！」說著放了茶，由常嬤嬤扶著回去休息了。

「妳幹麼攔著我？」一回了屋，林賈氏就衝常嬤嬤問話，常嬤嬤衝她無奈一笑，咬起了耳朵。「您就別說她了，越說越是事，她心裡只怕也不好受呢。」

林賈氏一愣，轉了眼珠子。「怎麼？這段日子她過得不好？」

三姑娘和姑爺一進府，趁著大家熱絡的工夫，常嬤嬤就尋上跟了三姑娘過去的丫頭和婆子打聽最近的情況，而結果，很是堪憂。

「非常不好，雖然說三姑爺也沒凶咱們三姑娘，可一個月裡大多時候都是宿在書房的，每個月上也只有三回能宿在正寢裡。」

「怪不得這孩子穿成那樣，只怕一心想勾著夫婿，奈何……」林賈氏當即嘆了口氣。「唉，可那孩子只怕是敷衍了事，應付罷了！」說著又看向常嬤嬤。「那他們可有行房？」

常嬤嬤點了頭。「問了，說有，只不過好像三姑娘的身子出了點問題。」

「問題？怎麼了？」

「這都大半年了，每每三姑爺宿在正寢後，咱們三姑娘便要在床上趴足一日，而且，時不時的，還見血。」

「啊？」林賈氏嚇了一大跳。「血？這算怎麼回事？她沒叫人去看嗎？」

「問了，說是有請過個大夫問過，號脈上也沒什麼事，屋裡知事的也給貞二太太言語了，遣了身邊的婆子問了問細處，便道許是那三姑爺太猛，傷著了，便叫她吃藥養著，可似乎，也不大有效呢！」常嬤嬤說著喟嘆道：「只怕三姑娘心裡也不舒坦，是以想著粉飾太平，這才穿得豔了些，大約也是想您們放心，免得擔憂嘛！」

林賈氏撇了撇嘴。「這樣吧，趁著三姑娘在這裡，妳去請那馬金氏過來，她一手好本事，正好給瞧瞧，別是真的哪裡有了問題。」

常嬤嬤答應著立時就出去了，林賈氏便回屋歇著。

林馨在屋內與巧姨娘雙雙垂淚，雙手緊握。

「娘，您放心，五爺還是待我極好的。您瞧我，穿金戴銀，吃香喝辣，還是十分體面的，而且杜家也沒誰冷著我、晾著我，就連我婆母都時常的顧念著我。」林馨一串言語，努力撫慰著她娘的心。

「哎，他們要是再不對妳好些，那便是黑了心了！說實話，他，有挽回的可能不？」巧姨娘聲音低低的。

林馨搖搖頭。

「妳婆母也沒法子嗎？」

「如今隔上十日宿我屋裡一宿，已是婆母求來的了，可是，要我說實話，我倒希冀著他別來，就宿在那書房。」

巧姨娘登時蹙眉。「妳是傻了嗎？妳得傳宗接代，有了兒子，妳才算真正守住了身分和地位啊！妳婆母為妳念想著，妳怎生還不領情呢？不成，我得去找找湯婆子給妳整些藥調調身子，好叫妳……」

「娘，不用您張羅這些，打我進了杜家，日日都要喝上三回的，婆母急著呢！」林馨說著低了頭。

「那就好，妳瞧瞧，妳婆婆都著急，妳更得上心，萬不可起那推三阻四的心！」

林馨卻咬了咬唇。「我也不是想推三阻四，只是那事，太痛，我受不了，回回他宿我那裡，我得痛上一天，火燒火燎的過不得。」

「啊？」巧姨娘一愣。「都大半年了，妳還痛？」

林馨紅著臉，聲音小小的。「何止是痛，有時還弄出血呢！不過近日裡還好些了，最初那一回，差點沒把我痛死過去。」

「妳……至於嗎？」巧姨娘一臉懵懂。

正說話間，外面有了動靜，隨即林馨聽見祖母招她過去，便只能匆匆和母親說了兩句，隨著丫頭去了福壽居，而一入屋，就看到一位白胖的婦人同祖母言語，便上前行禮。

當下林賈氏言語道：「我聽說妳近日來身子不是很好，這位是馬金氏，京城裡一等一的穩婆，我叫她給妳瞧瞧，好知道哪裡出了紕漏，也好給妳開些藥調理一二，免得妳一直這麼遭罪！」說罷指指梢間，便是叫著她們進去了。

林馨紅著臉，一臉羞赧狀，馬金氏卻是個親和的，拉了林馨的手，與她隨便問了句早上吃了什麼的，就把人拖去了內裡。

林賈氏當即在外等消息，而此時管家卻遞送了一封信進來，常嬤嬤接過後一看，臉上便是喜色。「老太太，快看看吧，是大爺的家書！」

林賈氏一頓，臉上似笑非笑的伸了手接過。「難得啊，為官這些年，竟終於肯給我來封家書了。」說著拿在手裡欲拆，可隨即她又停下了手，看著這信，竟是來回的擺弄不去撕口。

「我的老太太哦，您這是……」

林賈氏眼裡湧出一抹愁色。「幾年了啊？妳說我有多久，沒得他的家書了，可如今來了這麼一封，我怎麼敢拆？只怕，是有什麼事吧！」

常嬤嬤一頓，正要出言勸慰，此時梢間那邊有了動靜，常嬤嬤只好退開，林賈氏把信也匆匆的收進了袖袋裡，此時馬金氏走了出來，臉上帶著一抹難堪之色。

「怎樣？是什麼問題？」林賈氏當即詢問。

馬金氏臉有訕訕之色，小聲輕道：「您還是允我近身與您言語吧。」

林賈氏立時身子繃直，盯了馬金氏一眼，而後點點頭，允了。

馬金氏便到了她身邊，與她咬起了耳朵。「出了岔子了，那姑爺走錯了陽關道啊，三姑娘至今還是姑娘身，倒是她，糞門有損。」

馬金氏這話一出，林賈氏險些暈倒，幸好她離得近，順手扶了一把，又十分老道的給林賈氏掐了下人中，林賈氏才堪堪撐住，只這一下，也把常嬤嬤嚇壞了，一面給她順背，一面瞅著馬金氏，似問著她說什麼重話，竟把老太太給驚著了。

馬金氏一臉「我倒楣」的表情扭了頭沒言語，林賈氏卻知道，這下，千萬得把馬金氏的嘴給封緊了，要不然……

雖然對著這位三姑爺的底子，她心中早已清楚，杜家那日裡也是給了實話的，可是當初訂親之前，兩家便把許多話都說透了，杜家自己也希望著人丁興旺，人前風光，故而答應，一門心思的會插手這事，也拍了胸口保證，遲早有一天會叫三姑娘生個孩子下來，把門臉給撐住。可眼下倒好，宿是宿了，親近了圓房了，可圓了個什麼？放著陽關道不走，竟然只會走獨木橋！這是林賈氏完全料想不到的，她還以為三姑娘出了什麼岔子，緊巴巴的叫著人來看，思量著早把問題解決，日後也有個盼頭，可如今先不說盼頭了，只這位知情的在跟前，林賈氏就覺得臉上臊得慌！

臊歸臊，事情還得解決啊！林賈氏果斷的抬手抓了馬金氏的手，一擼手上的鐲子，足有指頭粗細的赤金雕花大鐲立刻就套上了馬金氏的手腕子。「妳是個聰明人，多的話我不說，只這一個鐲子，怕是妳跑一年，也掙不來的。今日裡巴巴的把妳叫來，原是說給我家三姑娘看看，可不巧，三姑娘有急事同她夫婿回了杜家，妳沒瞧著，便順手給我府裡幾個將配出的丫頭驗看了下身子，因為看的人多，所以賞了妳個大件，知道了嗎？」

馬金氏也不傻，這種事說出去，便是丟臉的大事，林家三姑娘嫁到的是那杜閣老家，就算林家她不顧忌，杜家還能不顧忌？這事裡最丟人的便是杜家了，倘若她露了風出去，只怕第二天就得遭杜家的黑手，老百姓誰敢惹上當官的啊？有了這麼大的一個金鐲子，她得了大便宜了，豈會不知好歹？當即賠了笑。「是是，老身來看的，都是府裡將配出去的姑娘，沒那福氣瞧見三姑娘。」

「那妳這趟辛苦了。」林賈氏說著鬆了馬金氏的手，掃看了常嬤嬤一眼。

當下常嬤嬤便引了馬金氏出去，叫著老太太身邊的大丫頭明雪給送了出去，自己匆匆的折了回來。

「出了什麼事？」一進屋，她立刻問話，老太太卻靠在榻邊上，臉色陰霾。「去把太太還有巧姨娘給喊來，小聲些，最好，別驚動大家。」

常嬤嬤點點頭立刻退了出去，林賈氏則看了眼梢間，起身邁步去了內裡。

此時林馨也把衣裳收拾規整，見祖母進來，便眼露不安。將才她在屋內，祖母說什麼沒瞧著三姑娘的話，還有馬金氏那由笑變呆的神情混雜在一起，讓她意識到，應該是出了什麼事。

「馨兒，我問妳，妳出閣前，妳娘就沒私下裡和妳提提那、那床笫之事？」

林馨臉上登時一紅，低了頭。「提了。」

「提了？」林賈氏挑了眉。「她和妳怎麼說的？」

林馨的腦袋直接就低了下去，一副恨不得把腦袋塞進肚子裡的樣子，聲更如蚊蚋。「她就說，第一回，會痛，會見血，叫我別、別怕，什麼都由著、由著姑爺就是，咬、咬咬牙就過去了。」

林賈氏聞言忿忿地握了拳。「那妳母親呢？太太難道也沒和妳提？」

「母親大人給了我一對喜墊（注一），一對佛枕（注二），叫我、叫我和姑爺，洞房時參詳。」

「那洞房時妳和他參詳了沒？」

「洞房那日，哪裡用得上？他醉醺醺的，跟狼似的撲上來，我、我就閉著眼，由著他。後來，倒有幾次，他自己留意了那些，比照著參詳，可、可我反而更受不住，回回都、都痛得死去活來的……」

林馨越說聲音越小，最後完全就沒了聲，林賈氏卻是無語了。

兩條道挨著那麼近，可結果卻是天差地遠，她一時間真有一種內心氣血翻滾的感覺，而此時屋外有了動靜，顯然是陳氏和巧姨娘來了。

林悠難得可以出院子一回，出來了，自是拉著林熙問長問短，林嵐知道人家不待見自己，也沒心情往上湊，便自個兒去了一邊尋那散下的花瓣了。

別看是「關」在院落裡，但消息還是照樣傳的，是以林悠還是知道前些日子的事，也聽到了林熙訂親的結果，這會兒就她們姊妹兩個了，自是拉著林熙掉起了眼淚，小聲地嘟囔。

「我原以為妳有那一紙文書，橫豎都是個好姻緣，將才知道明陽侯府，正嘆那是大造化，豈料偏生是個火坑，禍害了妳！早知道是這樣的情況，我就該覥著臉活著，去填了這坑，也免得七妹妹妳遭這罪！」

林熙聞言心裡暖暖地，臉上則掛了笑。「四姊姊疼我，我知道，可若是妳說的那樣，莊家這檔子誰又來填？」

林悠一頓，低了頭。「我也說的是渾話，若沒莊家這一齣，只怕我還在死胡同裡走著呢！」

「是啊，所以，妳不必為我憂愁，嬤嬤總說，每個人有自己的路，自己的命，我遇上了，就遇上了吧，姊姊不用為我愁著，橫豎到了那日，我也是好吃好穿的過活著，不是嗎？」林熙說著又衝著林悠微笑，那表情那態度直接就讓林悠傻了眼。「七妹妹，妳沒事吧？」

林熙望著她笑著搖頭。「我沒事，我很好啊。」

「不對，妳瞧妳，跟沒事人似的，敢情妳不傷心不難過的嗎？如今妳倒反來安慰我，不對，妳定是心裡惱得厲害，那叫什麼，怒極反笑，妳是傷心過頭，倒瞧著沒事了，不成，我

注一：喜墊，就是婚鞋裡塞的鞋墊，上面繡著春宮。

注二：佛枕，枕頭面上正常，枕頭底下或是內裡有呈男女裸身相抱之形的歡喜佛。

得帶妳去見娘！」林悠說著就要拉林熙走。

林熙卻扯了扯她的衣袖。「四姊姊！妳聽我說！」

林悠狐疑地看著她。

「好姊姊，我真的沒事。我不惱，是因為我惱也沒有用，大哥是謝家公子救下的，人家有恩於我們，我們林家知書達禮，難道不還情？再有，文書早已定下，好了是我，壞了也是我，這是我的命，我認。如今這個節骨眼上，我若不應，不是壞了林家的名聲？至於惱和傷，實話和四姊姊說，我倒真沒那麼難過，一來是我哭了，鬧騰了，這親事就能黃了的嗎？二來，仁義禮智信，到哪裡去都逃不開這個理。第三，卻是最關鍵的，嫁過去，我是沒有夫婿，但也因此我礙不著別人，自由自在的過活我的，輕鬆自在，不用和娘一樣去應付那些妾侍，也不用日日想著如何親近妯娌，少了勾心鬥角的，不好嗎？」

林熙很實在的向林悠說著她自己的想法。

其實從葉嬤嬤問起林賈氏那句話起，她便一直在尋思盤算，而想到當時情況，她應了出去是最合適的後，她便問過自己，如果就這樣說給了謝家，嫁給一個失蹤的小四爺，那當初的雄心壯志，是不是就此黃了？這輩子，有無良人都不知，又談什麼錦繡芳華？但是，當她看到葉嬤嬤那高昂的頭顱時，她卻頓時想起了葉嬤嬤說過的那些話，於是她不再氣餒，也不再迷茫，因為她知道，錦繡芳華在自身，而不在其他！

想嬤嬤她一生無有夫婿，以一個宮女、侍奉之身，卻還是如此傳奇，引人注目與敬重，自己為何要妄自菲薄，豈不是對不起嬤嬤的教導，對不起自己的付出，更對不起這再活一次的機緣嗎？

所以在她捫心自問之後，便早早的看開了，以隨遇而安的心態面對，緊緊的記著守心之約，何況，母親還對她說了那些，她又何須悲傷著惱呢？

林悠望著林熙，木訥般的站了好一陣子，才言語道：「我現在知道為什麼嬤嬤當初會選妳了，妳這般心性，隱忍得當，哪似我這般容不下事兒？也怪不得娘總要我學妳，我這會兒可是真心的服了妳了。」

「行了，妳也別哭了，這事本就礙著臉面，妳母親和姨娘也是提點不到那麼周全的，這才出了錯。我只問妳，是妳回去後，自己與妳夫婿言語這事呢，還是我們捎話給妳婆婆，叫她去和妳那姑爺言語？」

林馨低著頭一邊抽泣一邊作答。「我、我說不出口。」

「那就是我們捎話過去了？」林賈氏挑眉，看向了陳氏。

陳氏卻是搖搖頭，去了林馨身邊一坐。「三姑娘，聽我一句勸，妳自己和他言語，可能要好些。一來男人家的要面子，這話別人嘴裡出來，只怕傷了他的臉；二來，這好歹是妳夫妻兩人的私事，若我們捎話給妳婆婆知道，只怕事情繞了一圈，這就變了味。何況，萬一妳婆家覺得丟臉都丟到我們娘家來，著惱了，可怎麼辦？那妳日後又怎生好過？我知妳臉皮子薄，可有些路還得妳自己走啊！」

林馨聞言臉色脹紅的看向了生母巧姨娘，卻見巧姨娘一個勁兒的點頭。「太太說得是，在理，妳還是自個兒趁著他宿妳那裡的時候，小聲說給他知道。」

林馨為難地扯了扯手裡的帕子點了頭，畢竟陳氏說的話，的的確確是為了她好。

眼見著林馨應了，屋內的人都吁出一口氣，林賈氏叫了巧姨娘給林馨補妝，自己衝陳氏使個眼色，出了屋。

「婆母。」陳氏急忙跟了出來，聲音輕而低。

「妳的話是沒錯，也難為妳替她想了那麼多，可是這事，我們也不能全指著馨兒的，要不是我們揪出這處錯來，只怕日後還要怨到我林家姑娘身上，妳還是想個法子提醒下她婆婆才是。」

林賈氏發了話，陳氏便只好應著，一個人犯愁的出去了。

挨到傍晚，一家人坐一起吃了頓飯，林馨便跟著杜秋碩告辭而出，臨出二門時，陳氏忽而叫著等等等，讓章嬤嬤取了一盒子東西出來，遞給了林馨。「妳身子不好，這是我給妳尋來的治身方子，有幾味藥，可能得親家才置辦得了，馨兒，回去後，把這個拿給妳的婆母，央她幫幫忙吧。」

林馨應了聲，杜秋碩別了丈母娘，他夫婦兩個便告辭了出去，陳氏這才嘆了一口氣。

「您這是弄的哪齣啊太太？」章嬤嬤一臉好奇，早先太太預備的禮物可不是這個，太太臨出門送人，卻叫她拿這個來，還說是三姑娘的治身藥方，實在叫她糊塗。

「還能哪齣？亡羊補牢啊！」陳氏說著一臉憂色的嘆了口氣，嘟囔道：「也不知道她這法子成不成？婆母真是為難我啊！」

林熙回到院裡的時候，便見葉嬤嬤屋裡的燈亮著，得知她回來，立刻奔了過去，得了允進了屋，便見葉嬤嬤半躺在竹椅上，一臉疲憊。

「嬤嬤近日裡很忙嗎？白日裡瞧不見您，夜裡您又早歇下了，莫非身子不爽利？」林熙上前關心問話。

葉嬤嬤聞言對她淡淡一笑。「有道是能者多勞，盛名之下，便也少不了諸事所累，七姑娘，日後妳可得長個記性，別似我這般，充了幕僚了。」

林熙聞言一愣。「嬤嬤難不成被人指使上了？」

葉嬤嬤一笑卻不搭茬，倒與她說起了別的。「最近這段日子，我忙了些，沒怎麼顧上妳，今日裡我手裡的事，也算忙完了，能閒暇一陣子，也是時候得教妳新的了。」

「可是算術裡的新玩意兒？」林熙立時神采奕奕。

葉嬤嬤卻搖搖頭。「這個與算術無關，既不能作帳，也不能理財，但卻是日後妳審時度勢、識人用人的一道……法寶。」

「哦？」林熙新奇的湊上前去。「那是什麼？」

葉嬤嬤坐正了身子，看向林熙，將要言語，院外卻有了花嬤嬤的聲音——

「常嬤嬤，您怎麼來了？」

「老太太有事要請葉嬤嬤過去，哦，還叫七姑娘也過去呢！」

屋內葉嬤嬤衝林熙一笑。「得了，改日裡再和妳說吧，先過去吧！」

葉嬤嬤連同林熙隨著常嬤嬤到了福壽居，直接就被迎進了上房。

屋內坐著的還有林昌同陳氏，倒叫林熙有些納悶。

圍著圈的行禮之後，她坐在了臨門的繡凳上，低著腦袋豎著耳朵聽著大人們的言語。

「急急地請妳過來，是有樁事得和妳說。」林賈氏說著點了點桌上的信。「這是我那大兒子盛兒來的家書，今兒個下午攏的，前頭沒顧上看，適才看了，便趕緊請了妳過來。」

「不會是大爺這邊有什麼事，要我做吧？」葉嬤嬤笑著言語，慣常的淺淡之色。

林賈氏悻悻的一笑。「盛兒說這些年，他諸事皆順，想邀我過去住上一陣子，這冬日眼看就要來，北方冷，蜀地裡暖，我便有心過去待上個半年。可又掛念著熙兒，捨不得她，便想邀上妳一道，和我去蜀地作客半年，不知老姊姊，肯不肯陪陪我？」

葉嬤嬤聞言呵呵一笑。「老夫人是不打算看著四姑娘出嫁了？」

林賈氏一頓，面上有些訕訕，低聲埋怨。「妳就不能吃個啞巴虧嗎？」

葉嬤嬤笑言。「我是可以吃啞巴虧，可我要過去了，真格的混起日子來，到時我不張嘴不說話，您可別怨著我。」

林賈氏無奈的嘆了口氣，眼掃向了林昌，林昌立時言語。「葉嬤嬤，我母親是真心想邀您去玩的，只是這事嘛，也恰恰有一樁，倒也不會太煩勞您，只是順個手。」

葉嬤嬤眨眨眼。「我精力有限，又是一把老骨頭，不想奔波。」

林昌登時話頭被噎住，陳氏見狀只好開了口。「葉嬤嬤，這事還是直說給您吧，明年可是選秀之期，三個月前，禮部也發下了名額單子，我們盛大爺的二姑娘年齡正好在籌，已經被畫在圈子裡了。」

葉嬤嬤嘴角微微一撇。「所以呢？她是想中，還是想刷下來？」

陳氏看了眼夫婿，林昌立刻言道：「我大哥的意思，二姑娘還是有些底子的，若能得侍天子也是家門的榮耀與福氣，因而想請您同母親一道過去作客，順便給提點一二。」

葉嬤嬤眨眨眼。「我若去了，瑜哥兒怎麼辦？」

「我給您看顧著！」林昌立時言語。

葉嬤嬤狐疑似的打量他一眼。

陳氏上前言語。「嬤嬤放心，我們從不把瑜哥兒當外人，您在和不在，我們都是一個樣兒的待，絕不虧著他！若您實在不放心，我可以遣人去莊子裡，接他娘老子的上來住個半年都成！」

葉嬤嬤聞言卻搖搖頭。「那不必了，莊稼人就在莊家地裡待著吧，妳弄上來，反倒不合適了。行了，你們幫我照看著瑜哥兒就好，只是有一條，府裡的那些姑娘丫頭，誰都不能隨便的進了碩人居，擾著他，能成嗎？」

陳氏當下點頭應承。「成，我轉頭就和秦照家的言語，盯死了門樓。」

葉嬤嬤這才點點頭，看向了林熙。「七姑娘，既如此，妳就得一路跟著了，蜀地難走，妳可願意去？」

林熙倒也無所謂，點了頭。「熙兒憑祖母和嬤嬤安排。」

事情談好了，林賈氏一擺手，各自都告退了。

她們一走，林賈氏就望著那桌上的信，嘆了一口氣，常嬤嬤見狀湊上去輕道：「我的老太太哦，您既然決定幫一把了，就別心裡還不舒坦了……」

「妳說得輕巧，這些年他幾時來過家書，如今破天荒的來了一封，既不是和我問候，也不是和我解扣，直言著聽到了葉嬤嬤回來的事，便為了佳兒求人過去，這才順道要我去。我看他呀，八成就想我別去，盼著我直接把葉嬤嬤給送過去！」林賈氏說著紅了眼圈。

常嬤嬤無奈地搖搖頭。「老太太，我可大著膽子說您一回。您和大爺都是一個性兒，心氣高，骨子裡又執拗，您要這麼拗著，那和大爺就沒緩和的一天，您也不想和大爺，一輩子都這麼生分吧？」

林賈氏扭了頭。「怎麼是我要拗著？當初是他自己犯渾，那麼多姑娘不喜歡，竟想把一個窯姊弄回來做妾，他爹和我不答應那還不是為他著想，後來那姑娘投江又不是我逼了她的，要怪只能怪她自己出身不好，這有我什麼錯？用不著我的時候，不認我這個娘，用著我了，倒叫了我一聲娘，他把我當什麼？」

常嬤嬤見林賈氏心裡窩火，心知這會兒說什麼她都聽不進去，乾脆也不說了，只默默的立在她身邊，給她捶肩捏脖的，好一陣子後，林賈氏自己倒言語起來。「妳怎麼不言語了？」

「我越言語，您越生氣，沒來由的讓你們母子錯失大好的和好機會，那我多對不起您啊，我寧可不言語了，免得日後您怪我，把我攆出去了。」

林賈氏聞言扭頭嗔怪地瞪了她一眼，而後又嘆了口氣。「罷了，再不舒坦，那也是我身上掉下的肉，還不是得護著幫著。」

翌日，林老太太在早上問安的時候，說了這事，名頭依然是想去大兒子那裡過個暖冬，而後順勢邀請了和她年紀一樣大，需要過過暖冬的葉嬤嬤。

葉嬤嬤欣然答應，於是為了繼續完成教養，林熙便也相隨前往。

林嵐得知這事，窩在屋裡抄經的她當即摔了筆，告訴她的香珍，見她忽然發脾氣，便急急的言語。「好端端的，妳撒什麼氣啊？」

林嵐忿忿地恨道：「我不痛快，這屋裡只她一個姑娘了嗎？七姑娘說給了謝家，那是個尋不著的死人而已，還教養什麼啊？走哪兒帶哪兒的，我還是屋裡的姑娘，憑什麼就不想著我？這個時候了，還教養，再教養她有什麼用？祖母為何就不想著我！」

香珍聞言撇了嘴。「嗐，我當妳惱什麼，原是為著這個，不值啊！」說著她拉了林嵐的手。「嵐兒，聽娘和妳說，這會兒啊，妳不但不生氣，還得樂呢！」

林嵐眼掃母親。「怎麼？」

「這老太太她們一走，咱們頭上的大山就先沒了一座，那陳氏沒了葉嬤嬤給出招，橫豎不過也是個紙老虎，正是咱們翻身的好時候啊！」

第三十一章「和」稀泥

老太太決定了出發去蜀地，林府上下便忙著收拾張羅，葉嬤嬤給瑜哥兒做了交代，林熙則得了母親的允許，和林悠待了一下午。

畢竟這一去，怎麼也是半年的光景，再加上路途所費，八、九個月去了，而於林悠的婚事，她自是趕不上的，自然是有什麼親近的話，先說了算。

花費了兩日，什麼都拾掇好了，只等著挑好的日子到來——這出遠門又是去的蜀地，黃道吉日便十分重要，陳氏為此還特意請了相士來卜日子，定在了九月十三。

九月十二日這天，杜家的貞二太太親自上門來了，說是得了一些莊地裡收上來的瓜果土產拿來解饞，林家老太太和陳氏卻是心知肚明為了何事，便說笑著把人迎去了內裡，說著「體己話」了。

「幸得妳們發現這紕漏，要不然只怕等個三年五載，這房也是無子的，那時倒更是難看了。」貞二太太一臉的羞憤之色。「是我的錯，大意了！」

「親家何必這麼說呢，誰也沒想到不是？也是我們的錯，沒細細的問，才平白耽擱了這大半年。」陳氏掛著一臉淺笑，十分的客氣，全然沒半點責怪的意思。

立時貞二太太抬手抓了陳氏的手。「親家實在體諒我們，我們心裡真心的感激。」

「都是一家人的，何必這麼見外。」林賈氏適時的開口。「其實按照最初的意思，我們也想不作聲，由著三姑娘自己去開口，只可惜，我們家馨兒面皮子太薄，說不出來，她雖是答應了，可萬一要是憋在口裡不說，我們怕負了您的期盼，這才巴巴的多了事，還望親家這邊別著惱啊！」

貞二太太立時站了起來。「哎呀，林老太太，您這話可叫我沒臉杵這兒了，妳們細心不說，還顧全了我們的體面。前日裡馨兒把盒子拿來，那方子一到我手上時，正巧我婆母也在，她老人家一看空缺下的藥材名頭，便知是怎麼回事，一個勁兒的囑咐我得過來好生謝謝妳們給留了臉面，這不，為了來得體面，生生等著莊頭裡的土產到了，才敢過來，還望親家別覺得我們輕慢了就好。」

「還是那話，一家人，應該的。」林賈氏說著讚許的看了陳氏一眼。

貞二太太又言語。「對了，我來時瞧著你們張羅著忙的，是有什麼事嗎？但凡需要幫忙的只管開口！」

「多謝親家了，是我那大兒子來了信，說蜀地那邊暖冬，沒這邊冷，叫我過去瞧瞧，我便乾脆帶著最小的過去住個半年，待這邊暖和了再回來。」林賈氏笑著做了解釋。

「是這樣啊，那倒是能過個不冷的冬天了，只是如此，您二兒子的好事，老太太，您倒要錯開了。」貞二太太說著，臉上的羞色已無，有的是昂著下巴的驕傲。

林賈氏和陳氏迅速的對視一眼，急忙開口。「親家不妨說敞亮些。」

貞二太太笑著走到了林老太太跟前，聲音不大，但也不小。「我那公爹昨日裡給吏部侍郎推薦了您那二爺，估摸著年底時，品級能升一升。」

林賈氏聞言立時笑得春風拂面。「我那不成器的兒子，也著實讓貴府費心了。」

「哎，一家人，何必說兩家話呢！」貞二太太笑著，拉上了陳氏的手正要言語，門簾子一掀，常嬤嬤急急地走了進來，直接在林老太太的耳朵上言語起來。

貞二太太一愣，掃向陳氏，陳氏也是挑了眉，畢竟沒什麼大事的話，常嬤嬤不至於連客都來不及行禮避諱。

「哦？」林賈氏嗓子裡發出驚訝之聲，人也站了起來，轉頭看向貞二太太。「親家，我有一點急事，妳先和我兒媳婦聊著，我去去就回！」說罷急急的同常嬤嬤就奔出去了，倒把屋裡的陳氏和貞二太太弄了個懵，各自對視一下後，倒也心照不宣的相視一笑，接著前頭的話了。

林賈氏出了屋，便急聲對著常嬤嬤吩咐。「麻利點，趕緊把東角門打開，把人從那裡迎進來，既然人家不想聲張，速速去把府裡的人都知會一聲，能避的都避了。」

「是，那葉嬤嬤那邊……」

「我去叫她到正廳裡候著吧，黃門公公來，總不好讓人家進二門，就正廳裡見，記著，把閒雜人等，全部給我打發開，不許近著院子！」說罷立時人就往葉嬤嬤院子裡去了，而常嬤嬤則叫明雪、雪雁還有雪裘三個丫頭，各路傳話的忙活去了。

林府的東角門門房處得了信兒後，便趕緊的收拾規整，很快管家到來，親自候在了這裡，其他人倒都打發到了後院去，由著他們暗自猜測著來者是誰。

大約半刻鐘的樣子，一輛並不起眼的青帷馬車停在了東角門上，先打車上下來個胖乎乎的老爺們，白淨淨的，頗為細皮嫩肉，他捏著下巴上的一撮小鬍子左右張望了一下，才轉身撥了車簾，抬手迎了一人下來。

這人九月的天竟裹著一層紫紗披風，頭上還戴著一方紗帽，將自己圍了個嚴實，只是那個頭與身姿隱隱顯得出女子的身段來。

兩人二話不說，直進林府東角門，管家立刻出來迎，那老爺們抬手拿了個東西，在管家面前晃了一下，那管家便屈膝要跪，可那老爺們一把把他拉住了。「省了這些，別招眼了，徑直帶我們去。」

看著是個老爺們，可那聲音尖利，一聽便知是太監才有的公鴨嗓，管家立時躬了身，如個蝦米一樣在前顫巍巍的帶路，轉瞬便到了正廳前。

這兩人一到正廳裡，就看見兩位老婦人恭敬的立在門口，當下那「老爺們」咳嗽了一聲，林賈氏便衝著兩人一個福身後，二話不說的順著抄手遊廊退了出去，待退出了院門，卻是伸手把院門一拉，給帶上了，繼而只聽得啰啰鎖響，顯然這還上了鎖。

當下那老爺們身子一躬，比了個請，裹得嚴實的女人，直接邁步走向了正廳裡，葉嬤嬤轉身隨了進去，廳門幾扇一一關上，那老爺們便立在院子裡，四處瞧望著，滿眼的警惕。

陳氏和貞二太太為著林昌年底將會升品的事，說笑了幾句後，便兩人都無話起來，畢竟林賈氏走得太過匆忙，這樣的大事兩人心裡都有些掛著。

正在彼此相視笑著熬等的時候，林賈氏匆匆的趕了過來，進屋便是言語。「抱歉了親家，適才我有點急事耽誤了妳，禮數不周，妳可得擔待。」

貞二太太立時笑語。「哪裡的話，您太客氣了。」她說著話，眼一掃過林賈氏的穿戴，與先前的便服不同，這一身雖說也不是太正式，卻也是換了一身嶄新的，連裙面上的褶痕都依稀可見，當下心裡翻了嘀咕，嘴上便關懷似地問了一句。「就是不知出了什麼事，竟要老太太您急巴巴的趕去？」

林賈氏聞言衝貞二太太一笑，也未作答，而是捧了茶潤嗓。

貞二太太見她如此，便知人家有心避諱，便笑笑也不再問，可是未料林賈氏放了茶杯後，卻聲音不大的說了一句——

「有貴客上門，耽誤不得，只不過，我也是個引路的罷了。」說著又衝貞二太太一笑。「我還得再忙一陣子，親家不妨多坐一會兒吧！」說完人便又起身出去了。

貞二太太笑臉盈盈應著說好，眼珠子卻已轉了起來，這會兒她全然清楚，林老太太折回來與其說是照顧到禮儀之事，倒不如說是明擺著告訴她，貴客上門，只是連她這林府的當家人都是引路的，那見的是誰，便不言而喻了，可是這個貴客是誰，卻有得猜了。

當下貞二太太衝陳氏一笑。「葉嬤嬤的風采似不減當年啊！」

陳氏也已盤算出個大概，料想婆母如此應該也是想杜家知道林家也有依仗，便乾脆順了婆母的意思，笑著點頭。「這位嬤嬤到底是個傳奇人物，總有貴客上門惦念，就是神神秘秘的，也不知她老人家終日裡忙著什麼。」

貞二太太一聽，呵呵的笑了起來。「親家好福氣啊，把菩薩都請家裡來了呢！」

約莫半個時辰的工夫，正廳的門打開了，紫衣女子依然裹得嚴嚴實實，那院裡立的「老爺們」一則乾咳了幾聲，立時只聽得鎖頭響，繼而院門便開了。

紫衣女子當即邁步前行，同那老爺們走過林賈氏身邊時，她駐足頓了一息，似是掃看林賈氏後，才又繼續邁步走了。

和來時一樣，管家送迎到了門口，繼而一雙人上了馬車，便速速的離去。

一刻鐘後，林府恢復了先前的狀態，林賈氏也回到了正房裡，貞二太太在這裡坐了好半天，自是沒心思再耗下去，她還想破謎，便閒扯了兩句，急急地告辭走了。

林賈氏看著貞二太太出了二門，便轉身拉了陳氏的手，往屋裡回。

「婆母，先前到底出了何事？來了什麼貴客？」陳氏心裡也好奇，一進屋，便問了出來。

林賈氏看了她一眼，聲音低低地。「不清楚，只知道是宮裡來了人，要見葉嬤嬤，囑咐不許聲張，不許瞧望，閒雜人等盡數退避，還叫我鎖門鎖院的守著。」

陳氏聞言，一臉驚色。「那人呢？」

「走了，不然我能再回來嗎？」

「那她們說了什麼？」

「我都是看門鎖院的，如何知道？」林賈氏說著歪了腦袋。「這種事，問不得，人家不提，咱們就得裝聾作啞，寧可這事爛在肚子裡。」

陳氏點點頭，深以為然，可隨即又變了臉。「那先前我與貞二太太還道貴客上門見那葉嬤嬤，我是不是說錯話了？」

林賈氏笑著擺擺手。「莫慌，妳那倒沒錯，她杜家本就虧著咱們馨兒，如今那升品來還情，倒也說得過，只是偏生還傲得很，一副恨不得我大謝於她的樣子，我倒也想讓她挫挫勁兒，我府上雖沒財神爺，過路神仙總有一個，橫豎也不是得靠他杜家給臉的。」

就在貞二太太忙著四處打聽的時候，林家胡同口上的小店掌櫃放了手裡的筆，吆喝著夥計搬出了幾罈陳年的女兒紅裝了車，由他親自掌著，送往了謝府。

由後門進府，酒車一入內，便有人接了去，那掌櫃的立時奔向了謝家大房的附院，片刻後，掌櫃告辭出去，謝家大爺謝鯤則立刻往主院裡奔。

此時主院正房邊的書房裡，謝家老侯爺謝瓚正提筆在紙上揮毫潑墨，謝家三爺謝安在旁侍奉伺候。

正在筆走龍蛇間，謝家大爺急步入內，瞧見老三在此衝他點了下頭，便到了書桌前。

「父親，兒子剛得了個消息。」

老侯爺頭都沒抬，只管動筆繪畫，待把江中一葉舟勾勒出來時，才「嗯」了一聲。

謝鯤得了老爺子的允，急忙說道：「約莫一個時辰前林府上到了一位貴客，是宮裡出去的，作陪引著的那人，瞧著似是皇后娘娘跟前的大紅人崔公公。」

老侯爺手中的筆一頓，人抬了頭。「可有排場？」

「沒，不但沒排場，連聲響都沒，只一輛馬車靜悄悄的到了林府，入府的也不過是崔公公陪著一位裹嚴實了的神秘人。」

老侯爺呵呵一笑，提筆在紙上繼續揮毫。「安兒啊，你現在能安心了不？」

謝安立時欠身。「都是爹爹好盤算，兒子到底小家子氣了。」

「你呀，還不如謹哥兒聰慧，看得透！」老侯爺說著忽而也不管自己的畫了，猛然提筆在那畫的正中寫了一個大大的「和」字。

「我這侄兒的確會盤算，如此一來，兩邊正好圍了平手，倘若都不親不近，看似誰都不得罪，卻把誰都得罪了，如今的兩邊都親著，反倒叫她們誰都沒法言語。」謝鯤說著衝謝安一笑。

謝安卻是嘆了口氣，並未言語，老侯爺瞥他一眼，略略拉了臉下來。「瞧你這牽掛的樣子，我謝家的兒孫沒一個軟骨頭，若連這點苦都吃不了，將來如何執掌我謝家族業？」

謝安聞言立時跪了地。「爹爹這話早了些，謹哥兒還年幼……」

「行了，那些話外人跟前說去，就是他大伯也是心裡服的。」老侯爺說著看向了謝鯤。

謝鯤當即言語。「爹爹說得沒錯，我是真服的。」說著他伸手拉了謝安。「起來吧老三，咱們兄弟之間不做那虛的，謝家千年傳承，這事上馬虎不得，歷來都是賢者居之，爹爹能指著他，自是他有那個能耐的。」

謝安當即一臉不安的點點頭。

其實這事他心裡也明白，畢竟自小謹哥兒就是養在老爺子跟前的，府裡都是明眼人，誰都明白這是個什麼意思。只是這話卻沒明說過，如今一說出來，謝安心裡多少還是不踏實，畢竟他不是嫡長子，論分論資格，原是該大房的，只不過，謝家傳承也的確有個規矩，能者居之，不到萬不得已，不立庶。

謝瓚瞥眼看到三兒子那樣兒，鼻息沈重地吁出一口氣。「你呀，就是太瞻前顧後了。」

謝安低了頭。「爹爹責備得是。」

老侯爺撇了下嘴，似要言語，眼卻掃到了外面奔來的人，倒也不言語了，兄弟倆見狀一起轉頭，就看到是謝家五爺謝尚趕了回來。

「如何？」他剛進門，連禮都未行，老侯爺便已問話，謝尚立刻喘了口氣說道：「四弟的鴿子回來了，綁的紅布，看來謹哥兒已經安穩到了。」

老侯爺臉上顯出一抹淡淡笑色來，抽了先前那畫丟去了一邊，重新提筆，而那畫一放到邊上，大大的「和」字十分刺眼，那謝尚一眼瞧見便笑言道：「怎麼這會兒又提及這一字之計了？」說著看向謝安。「三哥，你不會還擔心吧？」

「他呀，擔心得很呢，生怕謹哥兒白吃了苦，莊貴妃有後手。」謝鯤說著搖頭。

謝尚當即笑了。「三哥，都和你說了，謹哥兒如今水遁而走，孫家若有年齡能配誨哥兒的，便只能是那個五姑娘了，可惜她沒托生在孫家太太的肚子裡，庶出的丫頭可進不了咱們謝家的門！再說了，如今和林家親事也敲定了，等時候到了，謹哥兒回來，宮裡那位就是想發脾氣也沒轍，總不能怪到林家這個拐彎親戚家去吧？」

「就是！」謝鯤也言語起來。「何況咱們等了這些時候，今日裡也見了真章，擺明了葉嬤嬤那路子是從『四』的，咱們爹爹料想的可沒錯，這林家有從三，有近四，和他們家結親，兩邊咱們都親著，誰也不得罪！」

謝安苦笑道：「這些我自是知道的，可眼下，林昌可是三皇子的侍講啊！」

「我已做了安排，翻了年，他就得做兩個皇子共有的侍講，從三從四，我幫他一碗水持平，也算還了林家的恩。」老侯爺低頭言語著，手中筆不停。

「原來是這樣，怪不得爹爹如此從容，只是如此一來，近『四』的也不過是葉嬤嬤，她只怕算不得林家人吧？」

「欸，她是不算林家人，可她教養下的姓林啊！而且她家那個大小子，不也是得了關照才入的學堂嗎？要不然以林昌那身分品級，郭祭酒能賣人情？」謝尚說著拿胳膊肘杵了謝安一下。「三哥，你也花點心思在這些道道兒上啊，成日的落心思在那禮樂之上，倒是這些時候自己亂了心。」

謝安靦覥似的一笑。「五弟，你就別說我了，現下我擔心的是，莊貴妃那裡不安生啊。老話說得好，不怕賊偷，就怕賊惦記，她這一齣沒成，日後她若再找茬硬往咱們這邊塞呢？」

「那就讓她塞！」老侯爺開了口。「要麼就是過個幾年，等咱們府上的小的長大，再來盤算；要麼就只有把姑娘塞進門來當妾，一個妾又算什麼姻親，做籌都不夠，頂多算個耳朵，只要耳根子不是軟得沒骨，便著不了道！你難道還對謹哥兒沒信心？」

謝安聞言眨眨眼。「爹，我擔心的不是謹哥兒，是誨哥兒啊，要是莊貴妃豁出臉來，非讓皇上下旨，強給誨哥兒指了親……」

「怕什麼？小七又不是小四，只要不是扛族業的人，為了族中利益，賠上也就賠上了吧！」老侯爺說著低頭在紙上提筆寫字。「人人都道世家輝煌，還不是代代為了生存而有取捨，謹哥兒知族業之重，寧願假死，誨哥兒為謝家安穩，娶個不中意的又如何？將來若真有那一日，便是個賭命的時候，成了活著，不成，沒了就沒了吧，祠堂裡總有他一席之地，那上千牌位裡有哪一個不是為了謝家族業拋灑了肝膽的？」

三個兒子立時全部恭敬躬身，因為他們知道，雖然皇權最大，但在謝家人的心裡，族業對他們來說才是真正最大的。

老侯爺看了眼一旁的「和」字，笑著言語道：「鷸蚌相爭，漁翁得利，既然我們做不了漁翁，那就只好和稀泥了，攪渾了這潭水，攪和了局，左右逢源之下，我們就等著水慢慢清，到了那時，再看能不能做漁翁了。」

謝安回到自己的附院房中，便瞧見徐氏正手持一串佛珠在那裡唸得嗡嗡，他幾步走過去蹲到了她的身邊，伸手按了徐氏的手。

徐氏立時睜眼，看到是自己夫婿，便急忙言道：「怎樣？可有些消息了？」

「嗯，老四傳信兒來了，謹哥兒平安到了。」

徐氏立刻笑了起來。「這下好了，他沒事我就放心了。」可隨即她笑容又收了，目露無奈之色。「唉，謹哥兒安全了，誨哥兒我還得掛著，我這兩個兒子啊！」

「家業為重！」

「我知道，只是心裡到底放不下，其實要我原意，還不如把林家的七姑娘配給咱們誨哥兒，也免得他這裡不落地的懸著，反正謹哥兒都躲了出去……」

「糊塗！」安三爺挑了眉。「謹哥兒不可能躲一輩子，時間太長，於他不利，老爺子遲早要把族業放進他手裡，這大局他得控著；時間太短，且不說莊貴妃生疑，他回來了，只怕皇上就得提起這檔子事，必須得有個合適的人出來平了這事，這林家的七姑娘正合適！」

徐氏聞言撇了嘴。「我知道的，你早先已經和我說過了，說什麼林家姑娘，一個許給了莊家，算是近了莊貴妃，一個許給咱們謝家，那丫頭是葉嬤嬤教養的，能算咱們親了皇后，可我就不明白了，你們憑什麼就能肯定，葉嬤嬤她是屬於皇后娘娘那一脈的？」

安三爺衝徐氏一笑。「因為葉嬤嬤還活著。」

第三十二章 微表情

林熙坐在棋盤旁，第三次偷偷關注葉嬤嬤的神情，這會兒是照例的複盤時間，葉嬤嬤同董廚娘正是下得酣暢之時。但是不知道是即將出遠門讓她有所牽掛，還是今日裡被祖母叫去說了什麼事，總之一個下午，林熙都能感覺到葉嬤嬤的不在狀態，就好比現在，一手棋，她挾著雲子半晌，也沒落下去。

終於作為對手的董廚娘沒性子陪她耗了，抬手把雲缽直接往棋盤上一放。「行了，沒那心思下，就別拽著我了唄！」

葉嬤嬤聞言一愣，隨即不好意思地笑了一下。「不是沒心思，而是老眼昏花，看不清全局，只能慢慢的數門道。」

董廚娘眨眨眼。「那就正好歇歇。」

葉嬤嬤笑了笑。「明兒個我們就去蜀地那邊了，這裡一時半會兒的沒人，妳也不用來回的跑，只是我那瑜哥兒留在這邊的，萬一有什麼地方他尋思不過來，我也囑咐了他去找妳，妳可別把人給我晾在外面不理會！」

「放心，只要妳給我回頭結算開銷，他就是天天去我那兒都成。」董廚娘倒是一點不含蓄。

葉嬤嬤一頓，撇了嘴，笑望著她搖搖頭，從袖袋裡抹了個荷包過去。「拿著吧！」

董廚娘接了過去，也沒打開，就隔著布料摸了摸，便把荷包直接收了，而後起了身。「得，收了人家的好，我也去再忙活一道，給妳們做點吃的，路上也能充充乾糧。」說罷倒是直接就奔廚房了。

林熙瞧著這兩個老人家似帶著謎一般的說話，便越發覺得好奇，但是嬤嬤不言語，她還是不打算問的。

葉嬤嬤轉頭看了她一眼，聲音柔柔的。「早點回去歇著吧，明日裡趕路呢，今兒個不用妳複盤了。」

林熙答應著起身回自己屋，葉嬤嬤便把棋缽拿開，看著那些雲子蹙了眉。「我也想歇著啊，可大局未定，難啊！」

翌日，便是出行的日子，林賈氏帶了常嬤嬤，明雪和雪裘這兩個丫頭，福壽居裡的事就落在了留守的雪雁身上，而林熙這邊，因為有葉嬤嬤同去，便只帶了花嬤嬤同冬梅兩個，讓秋雨留下，跟著潘嬤嬤和秦照家的照看碩人居，以及兼顧著瑜哥兒。

因為這趟是遠行，入那蜀地，林昌請了一家鏢局的人作伴，再加上選出的家丁護衛，也是不少人，是以共計五輛馬車，前後十餘騎的出行了。

這一路行速不慢但也不快，半遊著山水似的前行，夜晚大多宿在城鎮客棧裡，如此這般行了十來日，才到了運河邊上，鏢局的人幫著聯繫水路，租了輛大船，順著運河而行。

如果說陸地上，不時的還能看看什麼風景，到了這江河上，卻更多的是一種周而復始的無聊。

所幸的是葉嬤嬤早有準備，趁著這些日子給林熙講了一些有關田產、莊務、農務上的事，來打發這種困獸般的無聊，但這一路順水而去，行程很長，近二十日上，葉嬤嬤看著關於日後產業上的事都講得差不多了，便拉著林熙說起了當初那沒能展開的新技能話題。

「七姑娘，妳覺得審時度勢的關鍵是什麼？」葉嬤嬤慣有的直接，在這個晴朗的早上，她問起了林熙。

「嗯……清，擇，控！」林熙沈吟片刻後，作了答。

「說說。」

「嗯，我覺得，先要看清局面，再來知道取捨，而最後行事時，就得把握了尺度，便是掌控住火候，這幾樣合起來便是審時度勢的關鍵。」

葉嬤嬤笑了笑。「妳能抓住這三處可謂是心思透明，但這三個裡面，誰最重要？」

「嗯……清吧，清為基礎，若是不能清楚明白，其他的也沒什麼可依的，如何再談。」

「不錯，清是最為重要的，畢竟它是基礎。」葉嬤嬤說著，衝林熙眨眨眼。「那妳說清的首要又是什麼？」

如同字謎的問話讓林熙挑眉，她想了想，才答：「是……識與知嗎？」

葉嬤嬤笑著點頭。「對，識人知人方能內心清亮明白，才能取捨而擇，才能再度行事。

七姑娘，我原和妳說過，我要教妳個本事，便是識人知人的，這會兒我教妳，妳肯學不？」

林熙怎會不肯，當即起身對葉嬤嬤行禮。「請嬤嬤教我，熙兒願學！」

葉嬤嬤拉了她的手。「妳來，坐下，聽我說！」葉嬤嬤拽了林熙坐好，與她言語。「我教妳的這個東西，可能在妳聽來，有那麼一點玄，但說開來，卻又不算什麼了，我先問妳，妳如何知道別人的喜怒哀樂？」

林熙一頓。「人會笑會哭，會怒啊！」

葉嬤嬤眨眨眼。「那妳告訴我，我此刻是什麼情緒？」葉嬤嬤說著臉上毫無表情，把林熙看了個呆。

她眨巴了半天眼睛說道：「呃……瞧不出來。」

「那這樣呢？」她咧嘴一笑。

「自是笑了。」

「我問的是情緒。」

「嗯，樂吧？」

葉嬤嬤望著她保持著那個咧嘴一笑的姿勢。「我是在樂嗎？」

林熙忽然感覺到一點不對，因為葉嬤嬤固然是表情算笑，但她的眉眼裡哪有半點笑的意思呢？

當下她搖搖頭。

葉嬤嬤伸手拍了林熙的肩。「是不是很奇怪，不知道我這般是要做什麼？」

林熙點點頭。

「我要教妳的東西，叫做『微表情』，讓妳從細微和快速的表情以及身體動作裡，識別出一個人真正的情緒，從而知道他是否撒謊，從而讓妳在識人知人上有一技之長，日後遇上一些貌似忠心的人，妳也能看出他內心的構想，而對於一些人的應酬和交際，妳更能讀出他們內心的真實情緒，能幫妳更早的看清局勢，摸清底細，甚至，規避一定的風險。」

葉嬤嬤說得十分認真，語調也很平緩，但林熙聽來還是咋舌，倒不是說什麼微表情的她聽不大懂，而是葉嬤嬤的話，讓她大為震驚——識人知人，這是多麼難的事，人心可隔肚皮啊！難不成看看人的表情就能猜透人家的心？若真有這樣的法子，豈不是就沒騙子了？

葉嬤嬤掃看到林熙的表情，笑了。「妳在懷疑？」

「不，只是震驚。」

「妳撒謊了。」葉嬤嬤柔聲地說道：「妳的表情洩漏妳的情緒，剛才眉頭高抬，雙目圓睜，嘴巴更是微張，這些都說明妳的震驚，但是與此同時，妳的嘴巴在合上時，嘴角又輕微的上勾，成微抿狀，而雙目微縮，這恰恰說明了妳內心的不屑與猜疑，說實話七姑娘，妳剛才是不是在吃驚之餘，不信來著？」

林熙頓時語塞，她不過是腹誹而已，更只是一閃之念，她根本都沒說話，可葉嬤嬤卻猜到了。

她看著葉嬤嬤，一時不知可以說什麼，葉嬤嬤卻笑了。

「其實我這個本事有個更貼合易懂的名字——別想對我說謊！」

林熙立時低頭。「熙兒懂了，請嬤嬤教我。」

葉嬤嬤衝她淺笑。「我是在教妳，但這個本事，可不是幾日就能學出來的，這得日積月累，從現在開始我會教妳去體會、去觀察，趕在妳出閣前，應該是能會個皮毛的，不說助力多大，但總比沒有的好。將來妳遇的人多了，形形色色的有妳看的瞧的體會的，那時妳便會如我一樣，能有了火眼金睛。」

林熙臉上滿是嚮往之色，葉嬤嬤則開始給她講了起來——

「來，我先告訴妳，我們人的臉上包括脖頸共有四十三塊肌肉，肌肉是什麼？來，摸摸臉，體會一下，知道了吧？那，這些肌肉可以表達出一萬多種表情，妳不用驚訝，也不用感慨，我只教妳最基本的，我們從最基本的開始……」

葉嬤嬤當即給林熙開始講解最基礎的東西，林熙幾時接觸過這個？聽來十分的新奇咋舌，幾乎一直是瞪著眼睛在聽，而一雙手不時的在葉嬤嬤的抓握下，摸摸自己的臉，摸摸嬤嬤的臉，再而後連銅鏡都搬了出來，讓她兀自照著鏡子，比照著所講的種種一一示範。

「我現在告訴妳，什麼是秒，那相當於妳一次略微緩慢的眨眼時間，我剛才提到的微表情，是這個秒的五分之一，相當於非常快速的一次眨眼，因為它很快，大家不容易看到，所以會漏掉這個真實表情，那麼就會被長時間留在臉上的假表情給欺騙。這就是為什麼有些人對妳撒謊，妳看不出，前提是他善於撒謊，會利用表情騙妳，而真實的表情就在這非常快速的一眨眼間，妳要是不善於觀察，那妳可就看不到！所以微表情又稱作真實表情，那麼和其對應的就是假表情。一個人遇到突發事件表達真實情緒，只有一秒，當他的表情超過一秒，那就是假表情，是騙妳的，但注意哦，是突發事件，當然這些都是先和妳提一下，讓妳知個大概。從今天起，妳就花時間去注意船上的人吧，妳的丫鬟也好，嬤嬤也好，還是船上的船伕、鏢局的人，妳都可以趁著現在，去自己瞧看，留意他們的言語、聲調、表情，先體會上三天了，我們再繼續說。」

自那日起，林熙便開始了觀察一途，至於別的，葉嬤嬤不再與她細說，甚至也不教她了，只叫她每日裡列帳、讀書，而除此之外的空暇時間，便是多多留心船上的人都是什麼表情與動作。

林熙初接觸這東西，更多的是覺得好奇，看了幾日後，未免有些乏味，但她知道嬤嬤肯教她的必然是好的，故而還是堅持留心觀察。

十幾天後，船順著運河入江，再由江路一路往西南行進，逆水行舟，自是比之前更慢了些，船上的人也越發的煩悶，早先很多還保持的規矩，隨著這種無聊日子的拉長，大家都變得懶散起來。

在江上行了第七天的時候，船上出了一件不起眼的小事，但恰恰這件小事，反倒讓林熙對於葉嬤嬤所教的微表情有了深刻的認識。

起因是那天早上，常嬤嬤按林老太太的囑咐到船艙裡取箱籠內的一款緞料時，發現箱籠邊上散著一些醬料，還有一份包了油紙的漆盒上殘留著水漬滾珠，拿手一蹭而起放入鼻下，便有酒味飄散，當即知道是有人跑到這艙裡吃起了東西，弄污了這裡。

事不大，卻是壞了規矩，畢竟這貨艙裡放的是帶出門的東西，照道理無論是誰都不能隨意的進出貨艙，就更別說跑到貨艙裡吃東西了。

林老太太不悅，差了常嬤嬤去問是誰這麼不規矩，想著說道兩句，警告一下也就是了，真心沒大張旗鼓的意思，但是常嬤嬤一問，卻個個都不認。葉嬤嬤知道後，掃了一眼林熙，便拉著她默不作聲的守在了一邊，看著常嬤嬤挨個兒詢問，結果林熙看著三十來個人一一答了一遍後，就被葉嬤嬤叫去一邊問著可有判定。

林熙到底沒接觸多久，屬於皮毛的皮毛，還說不大清楚，葉嬤嬤便告訴她有兩個人，是有撒謊的可能，一個是說話時，手指不斷交疊摩擦的船伕；一個是在問話時，雙眼直勾勾看著常嬤嬤並且昂著下巴的鏢手。

當葉嬤嬤說出這兩個人，問林熙怎麼看時，林熙還是大膽的提出了自己的意見。「那船伕看起來很老實，興許他是因被問話而緊張，才在那邊手指交疊摩擦的吧？至於您說的鏢手，他敢於直視常嬤嬤問話，想來乃是內心坦蕩，無有虛偽。」

葉嬤嬤呵呵一笑。「那妳等下可看著。」

說著葉嬤嬤又帶了林熙折進去，她倒扯了常嬤嬤出去。

一刻鐘後，常嬤嬤把其他閒散的人都打發了，單單留下了這兩個人，當即衝那船伕言語道：「你們兩個必然有個是撒謊的，我再問你們一次，承認了也就算了，若是還欺瞞著，那是誰的錯，他日裡到岸了也得有個結算。」

船伕和鏢手一聽結算，兩人臉上都是一驚之色，林熙瞧看之後，不覺有什麼作假，仔細想想他們這種跑活的人也辛苦，一旦有了錯，不計較便罷，若要計較，多少也會折掉幾個錢的，他們兩個自是會心疼，小小的一樁事，就要折掉幾個錢，能不驚嗎？

而就在這時，常嬤嬤忽然開了口。「我知道了，是你！」當下一指那船伕。「是你在撒謊！」船伕當即偏頭，一臉「我就知道的」樣子，而那鏢手則鬆垮了雙肩。

此時葉嬤嬤站了出來，對著那鏢手說道：「聽到別人幫你承擔了錯誤，立刻如釋重負，解脫了是吧？」

鏢手當即錯愕。

葉嬤嬤卻不理會他，直接看向了船伕。「你這人老實過了頭，任人欺負，被欺負慣了，遇到事，便想著人家要治你，是以自己說話都沒了信心，是吧？」

船伕也是錯愕。

此時常嬤嬤立時衝著那鏢手教導起他怎能在貨艙吃食等等，而葉嬤嬤把林熙拽出了艙，看著她笑。「剛才的情形妳自己也看到了，可有點悟了？」

林熙眨眨眼。「您就是憑著那鏢手垮肩吐氣而判定他是撒謊的，對嗎？」

葉嬤嬤點點頭。「是的，這次巧，遇上了事，恰好能給妳體會一二，日後更多的，得妳自己揣摩了。」

打這件事後，林熙便對微表情有了一個新的關注，她不但開始觀察身邊的人，也會在夜深人靜時，躺在床上回想與他人接物時的種種。

慢慢地，她有了一些感觸，只是它們還似飄浮在空中的東西，有些虛無似的不易捉住。

船在江中逆行了二十天後，終於到了江陵，靠岸下船後，便有算著日子守候在碼頭處的林家大房的僕人於岸上瞧見，速速上來相迎。

一番問話閒敘之後，馬車臨近，坐了足兩個月船的眾人總算又坐上了馬車，只行程了兩日後，就到了蜀地城郭，立時被迎進城裡。

林熙沒來過蜀地，常聽人說這裡窮山惡水，總覺得是個可怕的地方，但路上葉嬤嬤卻和她說，蜀地乃是魚米之鄉，天府之國。她聽來新奇，入城時，便想張望，可又擔心越了規矩，只好隔著一層薄紗使勁的向外瞅。

只一層薄紗而已，還是不影響她瞧看，可這一看，立時便覺得這裡和京城以及江南都大有不同。江南可是正經的魚米之鄉、富饒之處，眼掃而過之地，頗有繁華之象，更添軟糯氣息；而京城呢，皇城所在啊，自是貴氣逼人，氣息則是爽利豪邁的，而這兩處房屋都是廳房院牆深深，雕梁畫棟精美，可眼下這蜀地的城郭內，卻分外不同。

先是這街道，不似京城那般猶如棋盤經緯分明，而是雜亂如蛛網，馬車在道上轉了幾個圈，林熙就已經分不清楚東南西北。這裡的房屋，也不是那種庭院深深，而是就竹木之屋臨街而建，修的是上下兩層，下層臨街敞開著，可見桌椅木凳的家什，上方呢，則是只有一個小窗，與下層反其道而行，幾乎捂了個嚴實，叫林熙越看越覺得有意思。一路聽著瞧著，只覺得這裡的人溫柔軟語中透著硬氣，時不時的能看見路途上，大多是女子拋頭露面，男子相對的卻有些稀少。

「這裡怎麼都是女子拋頭露面啊？」林熙瞧著不解，畢竟她所學的一切都是在告訴她作為一個女人，就只有府院那麼大的一片天。

葉嬤嬤在旁輕言。「這裡臨著蠻地，總有一些亂事，男子只怕不是充軍，便是去做了苦力，這家裡的活兒便只有女人做，各路營生也得是女人照看，若再計較著什麼拋頭露面的話，那不是只有在家中餓死？」

她這話一答，林熙便眨眨眼不言語了。

葉嬤嬤很多時候的想法，都似乎與她原本所學有著差異和本質的不同，但是要她去指責葉嬤嬤的錯，她卻也不能說什麼，畢竟想到屬於葉嬤嬤的種種傳奇，林熙只覺得這又沒什麼不對了，最後只能想著「大約這就是她的特別之處」這樣的念頭，來安撫著自己內心日益跳脫出來的矛盾。

終於馬車由正門入了府，林熙還以為要換轎到二門上去，結果進了府才知道，這裡可沒什麼二門，入了大門便是一個「口」字形的樓閣院，正對著大門的南樓便是正房。

「盛兒給母親請安了！」林賈氏才抬腳進了正房的門，屋裡就傳來了這麼一聲，林熙同葉嬤嬤還跟在後面，聞言急忙趕了過去，便看見四十多歲的大伯偕同夫人兒子女兒的跪在了正房內相迎，立時人就往一邊站了站，好等著老太太免了禮後，自己再照規矩的上前行禮。

誰知，祖母竟沒說免禮的話，更沒擺手，就那麼直挺挺的站在正房的門口，眼望著低頭下跪的大伯是一言不發，似是僵在了那裡一樣。

一時間，正房處靜悄悄的，迎往之人的歡喜都刻在臉上一般，沒了變化，分明是大家被這一幕給弄得錯愕不已，不知該怎樣才好。

林賈氏看著這個頭髮已見花白的兒子，眼圈子裡全是模糊，身邊的常嬤嬤拽了她兩次，可她就是說不出話來，最後當常嬤嬤第三次拽她時，她才哆嗦了一下胳膊，抬手扶上了林盛的肩，拍了拍後，竟衝林盛旁邊的郝氏言語道：「兒媳婦，我這一路可乏了，妳先送我回去歇一歇可好？」

跪在一旁的郝氏聞言詫異地看向身邊夫婿，夫婿卻是腦袋貼在地上，她什麼都瞧不見，如今又見婆母看著自己，便只能應聲起來，急忙扶了她向東邊的樓閣房走。

林熙見這樣一幕，一時有些錯愕，掃眼偷瞧大伯一家，卻看到跪在大伯身後的一個姑娘抬了頭，美麗的俏臉上是一副探尋的表情，看起來很是乖巧，但是偏偏她的鼻翼兩側微微輕皺，立時就讓林熙想到了一個詞——厭惡。

第三十三章　林佳非佳

有了這個認知，林熙心中略驚。

其實對於大伯與祖母之間早已生分，她身為林可時，曾從陳氏嘴裡聽到過一點，只是不大詳確，略略知道的是大伯鍾情過一個青樓裡的清倌人想要帶進家門為妾，只是祖父祖母不同意，堅決反對，最後那女子自盡，就此大伯就和二老嫌隙起來。隨後外放的文書一下來，大伯一家就此遠離，掛了個蜀地艱苦不易養老的由頭，便連長子養老的責都丟了。

所以因著這個前因，林熙覺得這樣的表情出現在大伯身上，那算正常，也能接受，畢竟誰沒個心性的？只是偏偏出現在一個如此美麗的姑娘臉上，倒叫林熙不解了，畢竟上一代的母子情緒，橫豎都不該傷到這一代上。

不過這都是一念想間的事而已，林賈氏這麼晾下了林盛，可以說是在大房的面前擺了臉，同樣的事若是發生在林昌的身上，林熙可以斷定父親絕對不敢起身，必然候到祖母再度出來為止，這便是孝廉的講究與準則；可是現在這事是發生在了大伯的身上，林熙憑著記憶裡那一點點甚為模糊的大伯摔砸東西的印象，便覺得大伯只怕才不會理會那一套，畢竟這裡是大伯的治下，而這裡更是大伯的家門。

但是讓她再次意外的事發生了，大伯不但沒起身，反而保持那姿勢趴伏在地上，以至於他身後的兩個孩子也是只能有樣學樣，先前那一臉探尋表情的姑娘，也看似乖順的匍匐於地。

林熙咬了下唇，微微轉頭看向葉嬤嬤。

這樣的情況，她很為難，因為她畢竟是小輩，沒道理長輩跪著她站著，可是現在長輩們跪的是祖母，她若跪下去了，這又算亂禮——也是不對的。

葉嬤嬤面無表情的杵在那裡，完全把自己當作了石頭，林熙見狀，乾脆也默不作聲，有樣學樣。

而就在此時，郝氏從東樓閣裡出來，快步到了林盛的跟前，直接跪在他身邊與他耳語了幾句，林盛當即直起身子。

「我這就過去。」林盛說完人便起了身，竟是折身去了一旁的雜間裡取了木盆，而後又在那裡舀缸中冷水，添壺中滾水，整個舉動間，並沒叫一個下人伺候幫忙，而郝氏默默的看著，既沒上去幫忙，也沒招呼下人，依舊跪在地上。

林盛做完了這些，端了木盆走向了東樓閣，入房門前，卻是大聲地言語道：「娘，兒子給您洗腳！」隨後人才入了屋。

一時間整個院落又是一片寧靜，而結算了鏢局費用折回來的管家瞧見這小院裡的架勢，立時就躡手躡腳的退了出去。

一刻鐘後，林盛出來了，他還伸手扶著林賈氏，母子兩個人此時看上去，竟十分的親近。

林賈氏在攙扶下入屋入座，清了一下嗓子，才說道：「都起來吧！」

郝氏這才帶著兒子女兒的起了身，許是跪得太久，腿腳發麻，那姑娘起來時，不但伸手撐了撐膝蓋，還抬手捶打了兩下，自然隨意得全然沒有禮儀的講究，立時讓上座的林賈氏眼裡閃過一絲不滿，但隨即湧現的卻是嘆息之色。

「咳！」她乾咳著盯了那姑娘一眼，看向了林盛。

林盛立時言語。「十八年未與母親相見，您大房下的兩兒兩女，便只有這兩個在跟前了。」他說著抬手一指那十二、三歲的哥兒。「這是洵哥兒，今年十二了，大的沛哥兒，已有十七，年前才謀了個運鹽司知事的職，隨著辦差歷練去了；至於大姑娘秀兒，四年前就說給了渝州同知的大兒子，早已出閣，這會兒姑娘裡也就剩下佳兒了。」

他言語著正指了那姑娘，那姑娘當即上前一步，臉上笑意濃濃，嘴巴乖甜的喊道：「祖母！」

林賈氏衝她一笑，應了一聲，衝她招了手，待她到了跟前，將她打量一番後，便把手腕子上掛著的那串佛珠給抹了下來，戴在了林佳的手腕子上。

「還不快謝謝妳祖母！」此時郝氏出言，林佳笑著答了謝。

林熙在旁看著，卻偏偏就留意了林佳雙眼處，在沒看到任何葉嬤嬤講述的肌肉聚集時，她立時想到了葉嬤嬤對於這種狀態的定論——假。

「熙兒！」此時林老太太喚了一聲，站在門邊上的林熙幾乎是本能的做出了反應——她先是雙膝微曲對著祖母一個小福，繼而才邁步上前，步履不急不緩的到了大伯與大伯母的跟前，便是再朝祖母一個小福，而後才上前朝著林盛與郝氏行禮。「熙兒見過大伯父與大伯母。」

她姿勢非常優美的曲了右腿為點，標準的深福，雙手持平在腰間，紋絲不動的恭敬低頭等著，這一刻她穩而靜，令林賈氏的眼裡閃過一絲驕傲。

「快起來吧！」林盛抬手虛扶了一下。

郝氏立刻上手抓了林熙的胳膊。「我們在這蜀地，消息過來都要晚上個把月的，可自從知道妳是教養在了葉嬤嬤跟前，便知妳是個有福的，如今瞧著，真正跟權貴家的大小姐一般。」

林熙低著頭。「叫大伯母謬讚了，我有今日的規矩，也是嬤嬤費了心的。」

郝氏見林熙主動提到了葉嬤嬤，立時笑著看向站在口上的葉嬤嬤，當目光觸及她臉上猙獰之疤時她頓了一下，隨即笑盈盈的上前招呼。「久聞葉嬤嬤大名，如今得見，倒是緣分了。」

葉嬤嬤淺淺一笑。「盛大太太客氣。」

當下林熙又同比她年長的林佳和林洵行禮招呼，她做得樣樣端正規矩，只因為葉嬤嬤教導的規矩早已令她習慣，自然而然就做得規範，相比之下，林佳便顯得毛毛糙糙的，這讓郝氏的臉上隱隱顯出一絲無奈來。

「好了，認了就先歇歇吧，我知你們才遇上，有得話說，可我們這一路也十分勞累，還是讓我們都歇歇，有什麼，晚上了說！」林賈氏此時發了話，林盛同郝氏立刻應承，當即安排了住處，便是林賈氏、葉嬤嬤連同林熙等人全都住進了東樓閣裡。

整整一個白天說是拿來歇息，卻也不盡然，申時許的時候，一趟小覺醒來，林賈氏便叫常嬤嬤跨屋而瞧，看看葉嬤嬤起來沒。

這裡眾人住在一個樓閣裡，再不似在京城那般，人人幾乎獨房，不那麼緊挨著。因為房間是緊貼著的，常嬤嬤這跨屋，也不過走了七、八步而已。

她過去一瞧，見葉嬤嬤正縮在籐椅上吃水果，立刻請了她過屋，這兩人下午便在一處了。

「把我喊來，莫不是有話要與我說在前頭？」葉嬤嬤進了屋，眼瞧只有她和林賈氏二人，常嬤嬤守在外，便也不弄那些虛的，直接坐去了林賈氏的身邊，剛一坐下就小聲的言語起來。

林賈氏嘆了口氣。「他給我低頭了。」

當年那事鬧起來時，葉嬤嬤就在府上，自然是知道的。

「有道是強扭的瓜不甜，您如今這一手雖硬，我卻怕他心裡更遠。」葉嬤嬤說著自己抓了茶壺斟茶，還給林賈氏倒了一杯。

「遠就遠吧，橫豎都生分了十幾年，我也不指望著真能就好了，如今他有事求著我，我要再不壓壓他，叫他服個軟，只怕咱們在這裡，我這個做娘的比客都不如。」說著她抓了茶杯喝了一口。「這會兒起碼讓府院裡的人知道，我雖是打京城裡過來的，也待不長，但凡我在這裡一日，那這裡說話作主的，就得是我。」

葉嬤嬤笑著點點頭。「您都做了盤算，有了取捨了，倒也無所謂了。」說著捧了茶。「說真的，我原本以為您要這麼立威叫他知孝，橫豎得要一家子跪上半個時辰呢，結果卻不過一刻您就軟了話。」

林賈氏撇了嘴。「我原本是那麼尋思的，只是，郝氏肚子裡有一個。」

「哦？」葉嬤嬤挑眉。「老來春，那倒是難得了。」

林賈氏點點頭。「是呢，我也道她福氣，所以她說了那話，我怎好叫一家人都跪著了？她一把年紀了，萬一有個好歹，倒是我的罪過；我若留她在這裡，由著盛兒去跪，日後兩口子生嫌也是不好的，總不能我這當娘的和兒子鬥氣，把兒媳婦也攪進來吧！」

「您倒是個好婆婆，不與媳婦們為難，還時不時的幫手，其實當日裡真正最該反對的人是郝氏，而不是您，可她抱著秀姊兒往床上一躺，哼哼唧唧起來，您和老太爺就什麼都替她攔了。如今的，嫌隙落在你們這裡，她這什麼都沒做的，倒守了個一雙人，真正也算無為而治了。」

林賈氏聞言嘆了一口氣。「妳就別來酸我了，她是郝家的閨女，自然不是笨的，我若不管本也是成的，只是誰叫盛兒不開眼？一個清倌人，樓裡喝他的花酒，我不說，外面就是弄個院落養起來，我也能裝聾作啞，畢竟讀了幾年書的，哪個不是滿口詩詞的捧著那些清倌人？可他千不該萬不該的一門心思想收進林家來，這一條，橫豎不能依的，不然林家的門風何在？」

葉嬤嬤笑了下。「說這個也沒意思了，還是說正經的吧，到底什麼事？」

林賈氏捏了捏茶杯。「郝氏出的主意叫盛兒過來給我洗腳，我心軟允了，原以為他就是應付一下，做個樣子，可他真格的是跪在我跟前洗的，我便思量，他所求只怕不小，萬一……」

「路是自己走的，要我教沒問題，可能走到什麼地步，那得看她自己。」葉嬤嬤說著喝了口茶。「只不過這丫頭……心思也不小。」

林賈氏立時直了背。「怎麼？」

葉嬤嬤卻沒答她，只捧著茶杯喝茶，再不言語了。

林賈氏眼見如此，便鎖了眉頭，一聲不吭的自己盤算去了。

到了傍晚時分，林家府邸裡擺了正兒八經的家宴。

林賈氏自然高坐上首正席，而葉嬤嬤則被請到了正席之西，林盛坐了東席，近著林賈氏，郝氏便陪了葉嬤嬤，幾個小孩子，倒都坐了下首，一家人圍了圈，也不必那麼多忌諱，倒顯得親近些。

家宴上，也算難得的其樂融融，林盛幾番舉杯，言辭竟皆是說著自己當年的糊塗，種種言語出來，聽著好似浪子回頭一般。但林熙幾次偷瞧葉嬤嬤，見她盯著面前的碗筷毫無表情，又見林賈氏雖是掛著笑，卻也是那種假笑，便覺得大伯的種種似乎別有深意，再把心思放到他那裡仔細打量了一會兒，便橫豎覺得怪怪的，可怪在哪裡，卻又弄不清楚。

不過，林盛的這番悔悟似乎很有功效，家宴吃到最後，母子兩個竟然還對飲了三盅酒，一副恩怨了斷的架勢，而葉嬤嬤同郝氏這邊，始終是清清淡淡的，至少林熙看到郝氏幾番與葉嬤嬤言語，葉嬤嬤都不過是慣常的淡笑，那不冷不熱的勁兒，自然有所拒，是以到了最後，郝氏的言語舉動都少了些。

宴後林熙、林佳以及林洵便被打發了去西樓閣玩，而林賈氏則叫常嬤嬤把捎帶來的三抬箱籠差人抬到了正房內室後，便起身去了內裡。

林賈氏、常嬤嬤、林盛、郝氏以及葉嬤嬤，五個人進了屋，繼而大家分坐在了裡間的羅漢榻與大椅上，常嬤嬤則打開箱籠，取著一些帶來的禮物，待到擺得差不多時，林賈氏看向了林盛。「這些都是因著你信上所提之事，與葉嬤嬤商量後，你二弟和弟媳婦準備的，日後這裡的九成都要用在佳兒的身上，只是眼下，我得問清楚，這佳兒選秀的事，是你的主意還是她自己的意思？」

林盛一頓，開了口。「母親覺得佳兒如何？」

「敞養（注）得有些沒規矩。」林老太太也沒繞彎，甚至直接點出了林佳最大的問題，當即郝氏紅了臉低頭。

林盛點頭言語道：「母親說得不錯，她的確有這個問題，可佳兒打出生便在蜀地，她這習性在本地來說，卻已是很規矩的一個了！」

「所以你就想起我們來了唄！」林賈氏不冷不熱的接了一句，林盛卻臉色絲毫未變，也不搭茬，如同沒聽見一般，林賈氏立時掃他一眼，又道：「還是先答我的話吧！」

「是，娘！佳兒今年五月的時候已滿十四，原本我們兩個打算著今年給看看，說個合適的人家，結果禮部的文書下來了，我們蜀地有滿共九個名額，照道理，我自能劃了佳兒出去，不沾這趟渾水。可是，蜀地風俗與京城不同，這裡的姑娘不似咱們要等到十五及笄然後嫁人，大都十一、二歲，就已入了男家，結果八個名額，適齡的，我竟難以湊齊！」

林賈氏聞言撇了嘴。「所以你就拿自己的女兒去充數？」

「若是充數，我也不至於要娘您這會兒舟車勞頓的奔我這亂地來了，我名額是湊不出，可還是從關中府上，借了兩個來湊數，多湊一個其實也不是不成的，只是其他五位，資質太差，倘若最後未有中者，只怕落我個督辦不嚴之責，我正近著京查，怎敢有失？是以不但要把佳兒放進去，還得希冀著她能高中，當然她要中不了，那也得至少能走到第三關上再落選，如此我才不至於在這個節骨眼上，被人拽下去。」

注：敞養，意指散著養，不教規矩。

知州的官職，說來從五品到六品都有，因著蜀地偏遠，林盛便落了個正六品，聽起來品級不高，似乎還不如現在的林昌，但知州是外放官，手裡握著的可是實權，真金白銀的不但能進，更是各路人脈的串連，若此地的鄉紳大戶裡有什麼顯貴的，你說他是個土皇帝，那也是不為過的。所以這種得實在好處的官職，大把的人惦念，是以三年一度的京查，這便是搶手貨，大家都盯著呢，你要這會兒出點紕漏，那真是送把柄給人家使勁拽你下去了。

所以林盛這話實在的說了出來，便也等於是說林佳必須得在選秀裡大放異彩，怎麼也得讓她選上……至於那三關的話，卻無非是面子話了。

林賈氏聞言直接看向了葉嬤嬤，這有沒可能得她說了才算數。

葉嬤嬤很省事，把對林賈氏的話又說了一遍。「路是自己走的，要我教沒問題，但她能走到什麼地步，得看她自己。」

林盛聽了這話，立時對著葉嬤嬤鞠躬，繼而看了郝氏一眼，郝氏轉瞬出去，很快帶了個丫頭進來，那丫頭手裡放著個托盤，上面竟是十錠小巧的金元寶。

「這是給您備下的束脩。」

葉嬤嬤看了一眼，笑了笑。「這個就不必了，只要林大爺能幫我選個有如此水平的繡娘或是繡品就成。」她說著從袖袋裡抽出一方絲帕直接放在了桌上，人便起了身。「我先回去歇著了，一會兒會叫七姑娘跟前的丫頭過來同二小姐言語下我那裡的規矩和時間，明日裡這便開始吧！」

「好！」林盛見葉嬤嬤痛快，立時應聲，葉嬤嬤出去後，他便動手去收那繡品，拿起來一瞧之後，卻是面露些許尷尬。

「你也看到了，人家一出手是什麼？就是一條絲帕那都是實打實的貢品！」

林賈氏瞧見他那樣子，眼皮子一垂。「你平日裡那麼活的一個人，竟把金銀搬了出來。這東西你給的是個沒根子的，人家樂呵，你把她當了什麼？人家肯出來伸手，那是當年的情誼，你拿這個出來，卻是打臉了。」

林盛聞言立時低頭認錯。「是兒子糊塗了，那眼下……」

「就按她說的吧，去找著能與宮中供奉相近的繡娘或是繡品吧！」說完林賈氏也起了身。「老了，吃了些酒，便頂不住了。」當即扶了常嬤嬤的手。「大兒媳婦，妳叫人把這些布疋且先收了，明日裡去請個這裡最好的裁縫來給佳兒量身。」

「是。」郝氏並未多言的應了。

林盛開了口。「娘，冬日裡的衣服早叫人去做了，明日來裁縫也是應該給妳們製衣的……」

「你要表孝心，我不攔著，可是這些料子，只能是佳兒用，而且做衣服的款式圖樣，明日裡葉嬤嬤也自會給你們的，到時，你們就知道了。」說罷扶著常嬤嬤便出去了。

林賈氏一走，正房裡便是他夫婦二人，郝氏伸手撐了腰，自己往榻上一坐看向林盛。

「這葉嬤嬤怎麼不似當年那麼好親近了。」

林盛嘆了一口氣。「此一時彼一時。」

郝氏抿了唇。「是啊，那時她尚算林家人，現在卻不算了，原先還戴著面紗遮了傷處，如今……話說回來，我不承想她臉上的疤竟那般猙獰，她對自己還真下得了手。」

「所以我才與妳說過，她不簡單，與那些靠著姿色爭寵的人比，她更有手段，若她當年肯爭，只怕現在的太后都要易主，若佳兒能學下她的一些本事，我這大房也能光耀門楣，又何須二弟一家子榮耀了。」林盛說著坐去了榻上。「他可真好本事，一轉眼的工夫，竟三個丫頭都攀上了富貴，我要再不往上一些，卻真對不起我這林家長子的身分了。」

林熙同這姊弟兩個在西樓閣裡玩，也不過是抓抓牛拐，鬥草一二，耍了一陣子大家也就沒了興致，林佳雖然還拿著詩書出來同林熙招呼，但林熙卻已經看出她其實沒什麼性子與心情，便乾脆說著自己還沒歇過勁來，回了東樓閣。

她回去時，葉嬤嬤已經回去歇下了，花嬤嬤伺候她洗漱，並告訴她因著明日裡二姑娘會和她一起開始接受葉嬤嬤的教養，冬梅便過去說著時間安排等等。

林熙無心理會這些，便躺下歇息，可睡到半夜裡，外面卻雨聲嘩啦啦作響，她沒了什麼睡意，也不喚冬梅，更不點燈，只自己披了一件外袍在身上，去了窗前立著。

蜀地的樓閣因著是竹木所製，走動聲音是悶悶地，而下雨的時候，雨滴敲擊發出的聲音卻似盆瓦之音，頗有些動聽，她一時聽著便覺得有些意思，眼掃著遠處的深淺墨色，欣賞雨夜之景。

豈料此時西樓閣處的窗外顯出一個身影來，林熙站在屋內瞧望，雖看不清那人的模樣，卻也認得身段高矮，登時發現是那林佳，正好奇她是不是也睡不著時，就看到一扇窗處拋出一個拴了繩的竹筒墜下，而此時院子裡竟快速的閃出一個身影，轉眼間，竹筒被取下，那身影便退去了南邊的門房處，而那繩子則快速的被收回去了。

林熙站在自己房裡，把對面雨夜裡的這一齣瞧看了個真真切切，這心裡立時就跟劃了一道閃電一般，嚇得她一時連呼吸都忘了。

好半天醒悟過來自己瞧見了什麼，便是立刻折身快速的爬回了床上，連外袍都沒脫，就那麼披著一併鑽進了被窩裡。

心撲騰騰的跳著，她睜大了雙眼看著床頂，整個人都傻了一般。

天哪，她這是在做什麼？不，不會是她的，好歹她也是大伯的女兒，怎麼會不知禮？肯定是我看錯了，弄不好是她房裡的丫頭，傳個東西而已，對，興許這是這裡的風俗！

林熙混亂地想著，用自己能想到的一切理由編織謊言，讓自己來為那一幕做出合理的解釋，可是越是這樣的掩蓋，那些看到的情景就越是清楚，害她在床上翻來覆去了好半天，也不知是到了什麼時辰，才迷糊上了。

剛到寅時，她便習慣性的醒了，這是葉嬤嬤給她定的時間，說著日後出嫁，這個點起來才是正經夫人該有的規矩——伺候夫婿，問安公婆，只是此刻她離這些還早得很，便還能得一個時辰的補眠時間，可她這麼一睜眼，無端端的又想起了昨夜的事，反倒沒了瞌睡，乾脆抱著被子再次胡思亂想起來。

剛到了卯時，冬梅便和花嬤嬤起來了，伺候著林熙洗漱更衣。因著外面落了雨，濕乎乎的，便不能穿那及地的外衣長袍，是以選了一條藕荷色的籠褲，著了一件粉色繡了蝴蝶還嵌寶的短襟小襖來，再配了她那金項圈，還有簪著兩顆東珠珠花的雙螺，看起來既有名門小姐的矜貴自持，又有姑娘家的俏皮純真，再加上這兩年葉嬤嬤的細心調養給養出來的水嫩肌膚，林熙看起來倒是隱隱可見一個美人胚了！而因著昨晚沒休息好，她雙眼略有些慵懶之色，反而還給她加了一絲不同的韻味，真格的如同那權貴家的小姐，一身的慵懶貴氣了。

這般收拾妥當，便到了卯正時分，林熙立刻出屋前往祖母的房間，便見祖母的房裡亮著燈，常嬤嬤守在外面，臉色卻不大好看。

「喲，七姑娘來了啊！」常嬤嬤瞧見林熙，有些尷尬似地笑了笑。

在林熙應聲後，常嬤嬤人卻沒動，沒傳話，立時林熙明白，這會兒她不適宜進去，便自覺的退後兩步立在邊上，等著內裡的人說完話。豈料這個時候，聽聞竹木悶響，腳步聲聲，繼而大伯、大伯母出現在了林熙的面前。

林熙當即一愣，很驚訝的看著大伯與大伯母，畢竟按照道理，他們可應該來得比自己早，不說循例的要早一刻，也不應該是比自己晚的，這使得林熙不自覺地看向了身邊的冬梅，思量著不會是自己早到了吧。

「大爺、大太太來了啊！」常嬤嬤笑著應了一句，轉頭朝內裡傳話。「老夫人，大爺和大太太一早來給您問安了。」

她沒說什麼過多的話，卻加了「一早」這兩個字，分明是點了大房夫婦的錯處，當即如同兩耳刮子抽了過去一般，叫他兩個羞愧地低頭邁步進去了。

若是旁人，只怕沒這個膽量與資格，可常嬤嬤不同，陪了老夫人嫁進來，做了老太爺的通房，因著未生產便沒抬姨娘，待到老太爺去世，她便以嬤嬤的身分一直伺候著林賈氏，可在府中卻是絕對有臉面可以替林賈氏訓斥二人的。

而今日裡她不客氣，卻也是為了大房一家著想，畢竟她說了，就是代替林賈氏說了，自然林賈氏不會再開口，倒免得才住進來的第一天就母子兩個惡了口舌。

門簾子放下，常嬤嬤轉頭看向林熙，衝她一笑後，又盯著門口去了，畢竟林洵和林佳還沒出現。

而林熙知道，錯的不在自己，便放了心。眼看到常嬤嬤那盯著門口的樣子，知道她在生氣，思及剛才常嬤嬤的不客氣，當下猜想著只怕日後大伯和大伯母必然不會再遲的了。

內裡窸窸窣窣中夾雜著一些低低的言語，似是在說著什麼，不一會兒，林洵快步的跑了進來，瞧見常嬤嬤張口就問：「我沒遲了吧？」

他聲音不小，也透著隨興，常嬤嬤卻是直接黑了臉。「七姑娘都這裡杵了一炷香了，洵哥兒你說你遲沒遲？再者，晨昏定省乃是孝禮、規矩，豈容你咋咋呼呼？」

林洵聞言一吐舌頭，低了腦袋，此時門口上人影一閃，則是林佳走了進來。她穿了一身輕羅長裙，梳著單螺，編著幾個碎辮，打扮完全隨了蜀地之風，而她進來時，因著外面地濕，便抬手提了裙子，完全沒有顧忌與講究，這使得她整個一雙繡花鞋的鞋面子都叫林熙看得清清楚楚。

就在林熙驚訝之時，常嬤嬤已經瞪了眼，當即不客氣的衝林佳言語起來。「二姑娘失禮了！」

林佳聞言一頓，臉有驚色，眼裡卻是糊塗，她看向常嬤嬤時，屋裡卻傳來一聲輕咳。常嬤嬤抿了唇說道：「二姑娘、二爺還有七姑娘給老太太問安。」當即挑了簾子，讓他們進去。

林洵林佳都是野慣了的，今日裡這晨昏定省已經破了天荒，這會兒被常嬤嬤這麼一斥，兩人都有些不知所措，推搡著就那麼進了屋，林熙見狀內心輕嘆了一口氣，便低頭邁步，步履輕穩的入了屋。

三個孩子給老太太問了安，老太太沒多說什麼，隨口問了兩句便叫林熙帶著林佳去給葉嬤嬤問安，林洵則陪著他爹娘待在林賈氏的屋裡。

林熙應聲，自是帶著林佳過去。

她們一走，林賈氏看向了林盛。「再是蜀地之風，你也不至於這般散了規矩，就這樣還想選秀入宮呢，只你們這樣回到京城府上，便是丟人現眼。盛兒，你幼時學下的規矩都落了何處了？你這樣，可對得起你爹?!」說完人便起了身，直接去了裡屋，顯然不打算和他們言語了。

林盛一臉臊紅之色，在外屋低頭言語。「母親不要生氣，兒子知道錯了，今日裡必定整頓起來，再不亂了規矩。」

第三十四章 非禮

入了葉嬤嬤的屋，林熙便帶著林佳給葉嬤嬤行禮，葉嬤嬤冷眼瞧著林佳的一舉一動，嘴角撇了撇說道：「二姑娘自今日起，便得跟著我學了，我問妳一句，可知為何要學？」

林佳低了頭。「爹爹說，明年我得參加選秀，得學學規矩。」

葉嬤嬤嗯了一聲。「那好，咱們就學規矩吧！」說著她看了林熙一眼。「站姿。」

林熙本就是站著的，聞言往邊上前了一步，和先前站法相同，只是腦袋略略抬起了一些，不再是看著腳前三寸，而是看著腳前一尺了。

「二姑娘就照七姑娘的樣子來吧，今兒個頭一日，不為難妳，學著她那樣子站足半個時辰，就能回去用飯了。」

林佳聞言看了林熙一眼，有樣學樣，但還是不大規整，葉嬤嬤又上前給她擺了擺。「妳是要入宮選秀的，一舉一動都是有著規範的，為著妳好，我就一步到位，全依著宮裡的規矩來。七姑娘跟著我時，我便那麼教的，為免妳覺得我為難妳，妳這些站姿坐姿，我都會叫她陪著妳來上一道，日後她卻是要忙她的，妳得自修妳的，知道了嗎？」

林佳掛著笑的應了話，規規矩矩的站在那裡，葉嬤嬤的臉上閃過一絲玩味之色，人便自己擺了棋盤在那裡落子打譜去了。

林熙已經習慣了如此，根本不覺得有什麼，站在那裡的順當也就眼掃嬤嬤的落子，留心起來，如果葉嬤嬤一會兒叫她複盤，她也是絕對可以的。

一個時辰後，林佳的額頭上沁出了汗珠來，她咬著牙一次次的看著葉嬤嬤，可葉嬤嬤專心打譜根本不覺得時間的流逝，這使得林佳的身子微微的晃了起來，不自覺的開始扭身變換，想要活動下她早已發僵的身子，而此時葉嬤嬤忽然開了口——

「我還沒出聲呢，妳怎麼就亂動了？站如松而已，妳連最基本的都做不到嗎？」

林佳當即言語。「不是我做不到，而是我已經站了一個時辰了，時間早到了。」

葉嬤嬤扭頭看向她。「將來妳入了宮，假設妳有資格能參加祭祀之類的大典，妳便要在殿前青磚上站上五到八個時辰，那可是從早到晚的，越是紋絲不動的，越是別人眼中莊重優雅的典範，那時皇上也罷、天官也罷，但凡一處耽擱下來，挨到最後，往往會比預計的多站出一到兩個時辰來。難不成似妳這樣的，也能去衝著皇上或是天官言語，時間到了，我不站了？」

林佳聞言白了臉。「這不是第一日嘛……」

「第一日妳都受不了，日後妳又怎麼受得了？」葉嬤嬤說著丟了雲子衝林佳擺手。「行了，妳先回去用飯吧，半個時辰後，咱們繼續。」

林佳答應著出去了，林熙看著她那略微僵直的身子，便想起了林悠那時的樣子。可是與林佳最大的不同，便是她們四個，當時可分外積極，生怕自己學不到，而林佳則不是，林熙能感覺到，她只是在應付。

「看到什麼了？」葉嬤嬤衝林熙輕聲問話。

林熙猶豫了一下說出了自己的想法，葉嬤嬤點點頭。「妳還算有點資質。」說完對她一抬手。「妳也回去用飯吧！」

「娘，這勞什子的規矩，非得學嗎？」林佳躺在籐椅上，由著丫頭給她揉腿，自己手裡拿著點心一邊吃一邊問。

才進屋的郝氏看著她那樣子，立時皺了眉頭走過去。「和妳說了，千萬不要這個樣子，妳就不能聽一句？這樣成什麼規矩？」

林佳聞言丟了點心，悻悻的坐了起來。「娘，我不想去參加什麼選秀，這太累人了。」

「胡說！」郝氏立時瞪她一眼。「妳再不許說這話，要是讓妳爹聽見，保准說妳不懂事！」

林佳轉了頭，一副不快的樣子。

郝氏則又嘆了一口氣。「妳呀，妳看看妳二叔家的幾個姑娘，一個個都說的是怎樣的富貴人家，妳爹如此為妳，也是圖著有朝一日妳能風光。妳平日裡也知妳爹是個怎樣心高氣傲的人，為了妳的將來，昨日他是怎樣做的，妳看得清楚吧？縱然外人看來，那是妳爹的孝道，可還不是為了妳？妳若傷了他的一番苦心，妳對得起妳爹嗎，那是妳一個做女兒該有的孝順嗎？」

林佳聞言噌的起了身。「好好好，我知道了！我去學還不成嘛！」說著甩甩手，人便招呼著身邊的丫頭出去了。

陪著郝氏的陪嫁丫頭翠喜則略有不安的在郝氏耳邊低聲言語。「小姐，您這樣言語合適嗎？萬一二姑娘因此惱了老太太那邊……」

「惱就惱吧，反正也只這半年近著，日後誰也挨不著誰，只要能讓她起了心來用心學，她就是惱到我這裡，都無所謂。」郝氏說著撐了身。「咱們回去吧，今日起早了，這會兒還睏著呢，到底不是以前了。」

翠喜聞言一笑。「十幾年不用晨昏定省，您自是不好早起了，何況現在肚子裡還有這一個金疙瘩呢！不過老太太也真是的，多少也該體諒著妳才是啊！」

郝氏衝她笑。「我才三個月，又不出懷，又不害喜的，更不到生產，這些免不了的。」

第一日上，葉嬤嬤其實沒教林佳多少東西，幾乎一整個白天就拿來學了站姿、坐姿這兩樣，但是因著林佳閒散慣了，你叫她規規矩矩在那裡站著坐著，便似憋了她一樣，不一會兒臉上的假笑都沒了，只有煩躁，但她也沒再叫再抱怨，就那麼掉著臉的練，倒也算配合。

練到下午申時，裁縫上門，葉嬤嬤拿了圖紙出來，要裁縫過目，而後量身。待量完後，林佳看到了圖紙，立時被其上式樣繁瑣而又大氣的衣服所吸引，當得知這是宮裝式樣，做來為她適應時，這臉上的歡喜當即便去了一半。

晚上睡前，葉嬤嬤又在打譜，叫了林熙過去陪著，林熙幾次想到林佳的神情，便小聲的言語。「嬤嬤今日裡，是不是故意在磨她？」一日就學兩個姿勢，這可比她之前教得慢多了，可她還有幾年的時間來學，而林佳卻只有半年的時間，嬤嬤會這樣，她能想到的便是磨了。

葉嬤嬤笑著點頭。「沒錯，她野慣了，不收收心，不壓壓氣，可不成。」

林熙捏捏手裡的雲子。「可是……她非得進宮選秀嗎？她那性子，合適嗎？入了宮，危險更大吧？」

葉嬤嬤看了一眼林熙。「她的性子不適合，像她這種通常進去便是給人做棋的，那還是她運氣好，能多活個幾年，也能大大小小得一點風光。可是運氣不好，進去便是冷板凳，熬白了頭，熬枯了心，一命嗚呼在裡面。」

林熙一聽傻了眼。「既然如此，為什麼還要她去？大伯好歹也是知州，難不成連自己的姑娘都免不下來？」

「免得下來與否，這是一回事，願不願意免，又是一回事。」葉嬤嬤說著點點棋盤。「落子啊！」

林熙此時哪裡還有心情落子，眼巴巴的望著葉嬤嬤。「您的意思，莫非是大伯非要二姑娘去的嗎？」

葉嬤嬤擺擺手。「我可什麼都沒說。」

「那嬤嬤為何不勸勸我大伯，總不能害了二姑娘吧？」

「害？」葉嬤嬤一笑。「不到最後，誰會分得清楚什麼是害，什麼是幫？」說著她忽然收了笑，一本正經的看著林熙。「妳跟我學本事，人人都道我幫妳，因著我的名頭，妳倒也順當的說給了謝家的小四爺，可小四爺如果這輩子真的回不來了，到妳老了的那日，妳會不會怪我呢？怪我害了妳，讓妳嫁入了繁花似錦的侯門，卻過得一生寂寥，那時妳會不會說是我害了妳？」

林熙一怔，隨即站了起來放下了雲子，錯開一步離座後，對著葉嬤嬤便是一個福身，繼而言語。「嬤嬤不必言語這樣的話，幫與害固然是看結果，但在熙兒的眼裡，您是真心為我好的，只要是為我好，就算結果不盡人意，也怪不得您半分，畢竟真正行事的人在我，我有我的路，我的命！」

葉嬤嬤看了看林熙忽而嘆了一口氣。「好了，妳回去歇著吧！」

林熙點點頭，但又言語了一句。「二姑娘這件事上，嬤嬤當真不勸一、兩句嗎？」

「不勸！還有，妳也不許去！」葉嬤嬤看著林熙。

「可是……」林熙有些猶豫。

「每個人都有自己的抉擇，此時她也是一葉障目的時候，我磨她壓她，是要她知道日後生活的那片天空下是怎樣的血腥，若她仍勇往直前，我自會為她添些繁華，助力她一點。可若是她受不起，自知不成，便也會自己言語的，到了那時，就要看妳大伯是個什麼心了，是疼姑娘還是重仕途，這更不是妳我可以觸碰的，知道了嗎？」

林熙聞言，只得點了頭，乖乖的出去了。

她走後，葉嬤嬤望著那打了一半的棋局，立時失了興致，她把那些棋子掃了一些進了雲缽後，便看著那張棋局，目露凝色，口中低聲呢喃。「若不是疼妳，我怎會助妳家人下定決心全了妳去謝家？如今有個送上門的，妳便更安全，可她要是不去，哎，妳這將來，未必如願……」

到了夜裡，細雨再度降臨，屋裡便涼颼颼的。

林熙思量著昨夜所見的那幕，再度披了衣裳去了窗口，依然是未有亮燈，就那麼站著。結果遙遙的聽到更鑼，知是都要二更天了，便思量著也許昨日只是湊巧，就想回去睡了，正要抬手合窗，免得夜裡涼到，卻見西樓閣的小窗處，再度顯出了身影來。這次林熙使勁的睜眼瞧看，結果越看越能斷定是林佳，而她和昨日裡一般，丟了繩索下去，只是這次卻沒綁什麼竹筒，倒是院子裡竄出個身影，蹲在繩索處，手腳麻利的一番捆綁。

林熙從上往下瞧看，依照著那人身量比劃，正想推斷出那人身分和大概的年歲來，那人起身退開，樓上的林佳慢慢收了繩索，那剛綁上去的竹筒便到了林佳的手裡。繼而林熙瞧見林佳得了竹筒後立時消失於窗口，卻未合窗，而那個黑影閃去了院角，恰恰被樓閣的陰影籠罩，以至於瞧看不到他。

林熙靜靜的站在窗內，小心的張望，她想知道，這個人是從哪兒進來，又是哪兒出去的，可是看了半天也沒找出個路來，而此時林佳再度出現在了窗口，竟和昨日一般的手段，將竹筒送了下來。

那身影再度竄出，取了竹筒後就走，林佳也收繩關了窗，林熙立刻盯向那片陰影，可依舊看不到什麼。

此時外面的天色更加的沈暗，林熙想了想，退了回去，上床休息了。

翌日，大房裡無人遲到，林熙到老太太處問安時，大家都已到了，而後又是一番練習。葉嬤嬤真心是要磨林佳的性子，不但只叫她做昨日的兩個動作，更是在旁精細要求，但凡林佳有一點失誤，便會毫不客氣的指出來，更聲稱明日還是如此，但要再錯，便要上戒尺打手板了。

林佳面色有些難看，但依然沒有多話，到了中午大家回去歇著用飯的時候，林熙便帶著冬梅出了屋，一副四處打量這蜀地建築的樣子，到處瞧看。

她慢慢的挪去了西樓閣的陰影下，眼在靠近府門的位置上掃，她記得昨夜那個身影就是在這裡融進了陰影中。

「七姑娘，妳瞅什麼呢？」冬梅是不多話，但看著七姑娘這麼直勾勾的盯著樓閣還是忍不住問了出來，畢竟這樓閣在她看來，一無雕梁畫棟，二無飛簷脊獸的，實在沒什麼看頭，何況七姑娘看的還全是牆根。

「哦，昨日裡和嬤嬤說起雨後青苔，一抹可成灰，我覺得有意思，便來看看，這裡雨多又背陰的，應該不少。」她說著往牆根去，做樣子的摸弄，可是不料腳踏青苔，立時一滑，當即就丟人的摔了一跤。偏偏這一跤下去，她手打在了牆根之上，不但她的手沒有料想到的那麼痛，竟還倒下了一塊石板，於此同時林熙的角度正好能順著牆根下的這個洞看向外面。

「妳們在幹什麼？」而此時林佳的聲音出現在她們身後。

林熙聞言立時轉頭看向身後，林佳此刻一臉不悅之色，眼裡更閃著慌亂，她快步上前到了林熙身邊，盯著她瞧。

林熙眨眨眼，抬了手。「我滑倒了，摔了一跤，卻未料把這裡撞了個洞出來，佳兒堂姊，這洞是……」

「那個，是個狗洞，原先這官宅裡的人養著狗，給開的，我們沒養，就封了。」林佳說著上前同冬梅一起扶起了林熙，看著那一屁股的青苔，便笑著言語。「嬤嬤說妳最是規矩穩重的，結果還不是摔了。這裡滿是青苔，妳走哪兒不好，竟走這裡？」

林熙瞧看到林佳眼眸裡未曾散的緊張慌亂之色，便知她這是套話，當下把應付冬梅的說詞又說了一遍，然後扯了扯裙襬，一臉羞色的衝冬梅言語。「快扶我回去換衣服，這可丟人了呢！」

當下兩人便離開了這裡，而林佳左右看看無人後，小心的湊上前，快速的把石板又給封上了。而後她退開些許，眼珠子一轉，便直接奔向了東樓閣，尋林熙去了。

林熙入了屋，花嬤嬤正在屏風後給她脫衣裳，林佳驀地一下推門進來，可把花嬤嬤嚇了一跳，伸頭一瞧是她，本能的抱怨了一句。「哎喲，是二姑娘啊，您進來好歹也吱一聲啊，怎麼沒了規矩呢！」

林佳一聽規矩兩字便皺眉。「我自己的家，哪來那麼多規矩？」說著人就直接衝到了屏風後，根本不管什麼禮儀規矩。

好在都是女子，林熙雖然覺得林佳這樣十分失禮，卻也不能說她什麼，隨手撈了被子遮身，等著花嬤嬤為她套上衣服。但只是如此，她那冰肌玉骨的身子顯露出來，若羊脂白玉一般，登時讓林佳挑了眉。「妳好白啊！」

林熙紅著臉低頭，花嬤嬤被林佳先前兌了那麼一句，當下就昂了下巴給林熙套衣裳。「那是，我們姑娘可是葉嬤嬤一手教養出來的，怎能不白皙如玉？」

林佳當即歪頭。「教養而已，說的都是規矩，跟她白不白的有什麼相關？」

花嬤嬤立時言語。「教養便是教習調養，我們七姑娘的冰肌玉骨那可是葉嬤嬤一手調理出來的。」

林佳立時眼裡閃了興致出來，看了林熙一眼後，什麼也不說的轉頭出去了。

「這個二姑娘忒沒規矩了，連基本的禮都沒有。」花嬤嬤不滿的嘟囔。

林熙看了她一眼。「嬤嬤，您今兒個可多話了，這裡可是大伯的府上。」

花嬤嬤聞言撇了下嘴巴，快速的伺候著林熙穿衣，可在她穿戴得差不多時，還是念叨了一句。「就她這樣，還能選秀得中，拉倒吧！」

下午的時候，依然是練習那些，可是林佳的臉上，煩躁之氣，少了許多，而她自己的錯處也少了一些，顯然是開始用心了。

到了黃昏各自散後，葉嬤嬤卻來了林熙的房間，在把花嬤嬤和冬梅都支出去後，她看向了林熙。「妳是不是和她說了什麼？」

林熙無奈，把花嬤嬤與其的言語重複了一遍，葉嬤嬤點了頭。「我說呢，怎麼忽而就來了興致了。」說著轉了身，可走了一步後，又轉了回來。「等等，她為什麼中午那樣來找妳，又為什麼妳好端端的全套的換衣裳？」

林熙無奈只得說了白日裡的事，但當葉嬤嬤問她為什麼去牆根時，她卻不吭聲了。撒謊，葉嬤嬤會看出來，不撒謊，卻是要說她夜裡所見，是以，她只能選擇閉嘴，畢竟這事事關一個姑娘的名節，她可不敢也不想妄言。

葉嬤嬤見她不答，也就沒再問了，離開時只說了一句。「路是每個人自己選的，妳不要去多事。」

葉嬤嬤都說了那話了，林熙自然不想多事，可到了夜裡，她還是會醒來，因為心裡記掛，又去了窗前。

蜀地的冬日有些特別，白天說不上放晴，總是天色發灰，難見陽光，天氣也不算冷，卻也並不暖，而到了夜裡，反而會陰冷起來，只因為總是會下雨，有時大有時小。

前兩天的晚上都是那種不大不小的雨，而今天卻難得的沒有落雨，林熙在窗口小心翼翼的站了許久，也沒見動靜，便猜想，許是林佳警惕了，便回了床上休息。

翌日，一切照舊，林佳安然接受著訓練，林熙也乖巧的做著示範，而到了夜裡，再度雨水滴答時，她又起來瞧看了，結果還真讓她等到了動靜。

林佳與先前的舉動可謂一致，都是拋下了繩索等著那人送來竹筒，而後她又把竹筒送了下去，好似對於林熙那日的撞見狗洞，並沒放在心裡。可是等到第五日上，又是下雨天時，林佳卻沒出來，以至於後面連著三天，不管下沒下雨，她都沒有再和那個身影有過竹筒的傳遞。

轉眼十天過去，有關禮儀的各種舉動，林熙都做了示範，此刻葉嬤嬤對林佳的單獨教導便開始了，而林佳竟對葉嬤嬤提出了多日來的第一個問題。「嬤嬤，我有一天也能像熙兒妹妹那樣，擁有冰肌玉骨嗎？」

葉嬤嬤看她一眼。「冰肌玉骨的打造，費時費力且開銷很大，而其中最重要的雪水蜀地難尋，如果是在蜀地，我沒法為妳打造。要是在京城的話，妳最多也只能趕上一回，能出多少效果，就算多少吧！」

林佳聞言淡淡的笑了下，眼裡卻難掩失落。

當天下午，林佳便稱她來了月事，身子不方便，歇在了屋裡。

葉嬤嬤見狀倒是拉著林熙，在林佳月事的幾天裡，與她在一起，比做著各種表情加深瞭解與判斷。

過沒幾日，便是大年了，今年的年關是在蜀地過的，自然規矩也按照蜀地的來，歡歡樂樂的年夜飯上，一家人其樂融融得不得了，而林佳更為熱情，三番五次的提及這一年她得上京去選秀，得離家，一旦得選，便是再難見家人等等，總之是把那酒水不住的往大人們的嘴裡灌。

臨近交子之時，城鎮裡炮仗聲聲，老人家便去了屋裡歇息，而作為孩子輩分的人便得守夜，為父母求壽盡孝。

於是林盛在書房裡守夜，有身孕的郝氏歇在了屋裡，林佳和林洵則各自在各自的房裡守夜。

葉嬤嬤一早睡下了，林熙因為記掛父母，便也在屋裡守夜。

後半夜裡，雨，又不請自來，淅瀝瀝的下著，林熙內心感觸，便去了窗邊，對著北方向父母下跪磕頭，口中更是唸唸祝詞。

收了禮起身，冷風刺骨，她決定關窗，卻意外的看到西樓閣下的身影。

身揹包袱的林佳此刻正對著正房下跪磕頭，這讓林熙有些糊塗，而這時林佳起了身，直奔了陰影處。林熙心中一個念頭升了起來，便直接抽了一口冷氣，登時把自己弄得嗆咳起來，而林佳卻已消失在那陰影處了。

天哪，她、她這是要私奔啊！

如此大逆不道，如此悖禮之事，林熙自不能坐視不理，她急急的穿套了衣服，便要葉嬤嬤去找祖母，可是在拉開房門的一瞬間，她想到了葉嬤嬤說過的那句話——路是自己選的！

林熙站住了，她傻呆呆的站在了門口，此時她真的有些不知該怎樣才好。

由著她去，由著她私奔，若成了，大伯一家難免丟臉被人笑話；若不成，被鎮上的人發現而抓回來，林佳只怕也會被祖母大肆收拾，甚至……

她越想越怕，「禮」這一字如有千斤重，壓著她，她不敢反抗，可是，她要去做了告密的，林佳被抓回來，祖母必然會重重的罰她，甚至可能為了維護林家的聲譽而叫她削髮或是……

她懊惱的在門口徘徊，此時葉嬤嬤的屋門一開，人端著空了的點心盤子走了出來，一看到站在那裡臉色驚慌的林熙，便笑了。

「妳這守夜的，怎麼一副魂不守舍的模樣？」

林熙看了葉嬤嬤一眼，果斷地伸手扯了葉嬤嬤進屋，而後把門關上。

「怎麼了？」葉嬤嬤好奇問話。

林熙也不急著答，一直把她拉到了床邊去，才與她耳語自己的所見。

「她到底還是選了這條路啊！」葉嬤嬤知道後，一臉淡然，似嘆息的口吻說著這話，眼裡卻有著一絲讚賞。

林熙瞧看她這表情，被那絲讚賞的情緒給搞迷糊了，不自覺的脫口問了一句出來。「嬤嬤莫非讚許她這舉動？」

葉嬤嬤一頓，衝她笑。「禮之一字，規矩多多，多到猶如一個充滿了路徑的牢籠，妳順著那些路徑走，便不會受傷；若不順著，便得流血流淚，所以，悖禮，便是要付出代價的！至於我對她的讚賞，那不是對她的行為，而是對於她有一顆挑戰這個牢籠的心，若衝破了，也許她能得到夢想的一切，但這個可能性太低，低到九成九都是流血流淚。所以，我只是對她的那顆自由的心讚許，卻對她的舉動表示嘆息，因為這意味著，她得流血流淚了。」

林熙聽了這一頭子話，眼裡充滿了糊塗。「那這事，我是說還是……」

「不要多事，我說過，每個人都有自己的路，妳讓她自己走吧，走得出去，那是她的福氣；走不出去，那便是她做下的繭。」葉嬤嬤說著，把手裡的盤子放在了桌上。「得了，我也不尋摸什麼吃的了，今晚就陪著妳吧！」

林熙看著葉嬤嬤那舉動，立時明白，嬤嬤說的陪，其實不過是看著她，怕她不聽勸告摻和了這事，影響了林佳的選擇。

「現在去說，可能事情不會鬧大，要是晚了，鬧大了，可能佳兒姊姊就……」林熙正在擔憂時，西樓閣內發出一聲脆響。

林熙立時衝過去，就看見西樓閣內衝出來一個人直奔去了南面的正房樓閣，不大一會兒工夫，整個府裡便熱鬧起來，在樓裡的林熙也能聽見外面的動靜。「二姑娘不見了！」

葉嬤嬤此時抓了盤子起身，看了林熙一眼後說道：「妳如果聰明的話，就當自己什麼都不知道。」說完便出去了。

林熙站在窗前看著樓下那些慌張的身影，無奈的嘆了口氣。

其實不用葉嬤嬤提醒，她也知道這會兒是說不得的，因為那會讓她自己捲進林佳的錯裡。

出了這種事，林府裡過年的喜氣立時就沒了，府上的人幾乎都被派了出去，用一種隱晦而不聲張的方式尋找著，顯然林盛顧念著家門的名聲、女兒的名節，只能如此。

林盛氣得終日皺眉，滿面陰霾；郝氏更是糟糕極了，整個人直接就躺在了床上，累得常嬤嬤幾次過去瞧看，生怕她落了胎，傷了身體。

大年初一，林府的人愁眉不展。

大年初二，林府的人坐立不安。

大年初三，上自林賈氏，下至林洵，全家都陷入了一種絕望的感覺。

「她不但不孝，還要逼害於我啊！」林盛壓抑了三天的怒火在一聲嘶吼下爆發出來，登時抬手砸碎了桌上的雕花筆洗，而就在此時，管家卻急匆匆的跑了進來。「老爺，找到了！」

林盛一手撐桌。「如何？可有驚動別人，她可有損傷？」

「應是沒有。吳頭尋到他們時，兩人正在泗水橋跟前的竹林裡休息，按照您的意思，直接封口的綁了，這會兒正在馬車裡往府上送呢，派了丁二娃先來報信兒。」

「泗水橋？」林盛聞言臉上驚色連連。「好險，翻過了那裡的山，就出了我的境，再尋他們那可就得大張旗鼓，壓不住這醜了！」

當捆著兩人的馬車趁著夜色從後門進入府上時，林家的正廳裡，林賈氏已經一臉怒色的等在那裡了。在她身邊坐著林盛同葉嬤嬤，郝氏未能出席，是因為她還在臥床，而林洵和林熙作為小輩，是沒資格參加的，只能在各自的房裡，藉著那扇窗，偷偷的往那邊瞧。

不多時，被捆的兩人被送進了正房裡，林佳尚算好，婆子們對她幾乎是用抬的，而那邊那個男的，就慘了些，是被家丁直接給拖進了正房的。

林盛一抬手，正房的門就關上了，再一抬手，林佳和那人嘴裡的團布就被扯掉了。

林佳昂著下巴扭了頭，那倔樣猶如一頭牛。

而那個男子則是直視著林盛，毫無畏懼之色。

「原來是你！」林盛盯著那男子攥緊了拳頭。「你不是答應我，再不與我女兒有半點瓜葛嗎？」

男子哼了一聲。「願得一心人，白首不相離。」

林盛立時臉色發白，整個人就頓在了那裡，而此時林賈氏卻啪的一下拍了桌。「來人，給我掌他的嘴！」

登時守在那男子身邊的家丁蹲身下去，提著男子衣領朝著他的臉就是左右開弓，而此時林佳急了，大聲的喊著。「段郎！」

林賈氏聞聲立時瞪了過去。「放肆的丫頭，妳還要臉不要，快給我閉上妳的嘴，若再恬不知恥，我定好好收拾妳！」

林佳聞言並未收聲，反而大聲地衝著林盛喊了起來。「爹，『願得一心人，白首不相離』啊！您和朱砂姑娘，因著祖母的拆散，未能在一起，這會兒，您何苦拆散了女兒和段郎，他對我，便如您對朱砂姑娘啊！」

林盛聞言卻是噌的起身，大喝而言。「胡說！他與我怎能比？妳爹我身為官宦子弟，又有功名在身，許她一個未來尚可，而這小子不過一個街頭賣藝的，拿什麼來娶妳養妳？妳與他不會有未來，更不會有幸福，少來糟踐妳爹我……與她！」

林佳一時被喝，人便頓住。

林賈氏卻是手摳了桌子，她怒視著林佳，口中厲聲。「拆散？說得真好啊，我拆散?!盛兒，你就是這麼和你的閨女說起你娘我的嗎？你此時口口聲聲與她說什麼沒有未來，我當日又是如何與你說的？我問你，當日我為何要拆散你和她，還不是為了保住你的功名，守住林家的名節！你不思己錯，不諒家門，十幾年與我嫌隙也就罷了，誰讓我是你娘，我不怨著你，知道你有求於我，還巴巴的大老遠跑來。可你，你竟然把這些還與你的閨女說，更把我說成拆散，你娘我一片心意到底是為了誰啊？現在可好了，她竟要學了你，與人私奔！我且問你，你是要成全呢，還是拆散？」

林盛扭了頭。「這不一樣的！娘，我們只說佳兒，不要提朱砂。」

「為什麼不提？」林賈氏瞪了眼。「常嬤嬤，去把郝氏給我叫出來！」

「老太太您……」

「去給我叫，叫不出來就抬！」林賈氏臉色鐵青，全然震怒。

常嬤嬤無奈，只得出去照辦。

林盛瞪向了林賈氏。「娘，您叫她出來幹什麼，她身子……」

「幹什麼？你不是願得一心人，白首不相離嗎？告訴你的媳婦，你是要和誰做一心人，要和誰白首不相離！」林賈氏一臉怒色地說著。

林盛立時衝她言語。「娘，您這是做什麼？您拆散我和朱砂還不夠，還要拆散我和阿雲嗎？」

「拆散？」林賈氏一聲冷笑。「哈，我告訴你，拆散你們的人不是我，而是你！」此時郝氏在常嬤嬤的攙扶下走了進來，一臉的惶恐之色。

「妳坐著，好好的看著！」林賈氏衝郝氏嚷了一句，便轉頭看向林盛。「盛兒，你和我鬧了十八年，就因為你認為我不讓你納朱砂為妾，好，我現在把話給你放這裡，你不是說什麼，『願得一心人，白首不相離』嗎？行，我今兒個成全你，只要你承認要和朱砂一心，白首不相離的話，我立刻作主休了郝氏，給朱砂一個名分，不但讓她和你在一起，還叫她做你的正妻，而你放下你的官印，和她的墳塚過一輩子，你可願意？」

林盛立時臉白了，而郝氏也白了臉。

林賈氏看著自己的兒子又道：「你現在回答我，你是和誰，願得一心人，白首不相離！」

林盛的氣息混亂臉色蒼白，郝氏更是白著臉的捂著肚子，她死死地盯著林盛，雙眼連眨都不敢眨。

「我，我……」

「選誰啊？」

「我、我自是與我的妻子，我與阿雲一心，白首不離！」

林盛說了這話出來時，郝氏的臉上顯出一抹紅暈，人也緩出一口氣來，而此時林佳卻看著林盛，不知道可以說什麼。

林賈氏看向林盛。「我可有拆散？」

林盛低頭。「沒有，是母親，正了我的途。」

林賈氏立時轉頭看向林佳。「佳兒，妳看到了嗎？這就是妳爹的願得一心人白首不相離，妳知道為什麼和妳原先聽的不一樣了嗎？因為，他要官位亨通，他要家業興旺，他得守住林家的名聲！這就是男人口中的專情專一，這就是男人口中的一心人！」林賈氏說著一指段郎。「他不過一個雜耍賤民，他與妳說什麼一心，說什麼白首，不過是要得了妳，等到生米煮成熟飯，便會成為咱們林家的女婿。到了那時，妳爹得為他張羅，等把他扶起來了，妳爹老了，那時人家可以納妾養小，妳又算什麼？人老珠黃一盤沙！」

林佳的臉慘白沁汗，而林賈氏卻幾步走到她的跟前一指郝氏。「妳再看看她，她是妳的親娘，只因為妳聽那情之一字，便思想得天花亂墜，竟希冀著妳爹與那朱砂一心，那妳置妳母親於何地？若沒有她，何來妳？妳又把妳自己置於何處？」

林賈氏說完又轉頭看向郝氏。「不思正教，不思言真，虛情假意的呵護著盛兒與一個窯姊的感情，以求妳的賢慧，可這就是妳的賢慧，壞了妳女兒的心，毀了妳女兒的名，更連妳自己都踐踏到一文不值！」

第三十五章　抉擇

林賈氏這般毫不留情的指責，登時讓郝氏再度白了臉，她拽著衣服眼盯著鞋面，咬唇輕言。「婆母這話，未免重了，老爺是心裡真對朱砂有感情的，我總不能出手攔著吧？這是不是賢慧我不知道，但至少我盡到了一個做妻子的本分，您怎麼能說我虛情假意呢？」

「呵呵！」林賈氏聞言冷笑。「妳真是一輩子作假作慣了，如今連妳的女兒都不親著妳，都不思量著妳的心妳的苦，妳竟還不醒悟？」她說著眼掃林盛。「當爹的日日把那段感情拿來掛在口裡，把自己真當癡情的漢子；當娘的更日日捧著，以此換得夫婿的疼愛，可你們就沒想想，你們讓佳兒看到了什麼？」

林賈氏再指向林佳。「她看到的是對一段不該有的感情充滿的遺憾，便把情之一字推崇至上，便忘了什麼是禮、什麼是規矩！她看到的是，母親的贊同嘆息以及呵護，便忘了什麼是真、什麼是倫理！她看到的是我這個當祖母的拆散了她爹的一心人，便忘了身分、忘了家門，以至於到了今日竟這般丟人現眼的跪在這裡，還要理直氣壯的來指責我這個當祖母的！這便是我林家長房所出的好姑娘！你們，可真給林家長臉啊！」

林賈氏說完了這一通，當即看向常嬤嬤。「常嬤嬤，立刻叫人打點箱籠，明兒個一早咱們就離開這裡！」說完便是邁步要出。

「娘！」林盛一聲大喊跪了地。「是兒子不孝，您別動怒！兒子願意自領跪罰，只求娘收了這走的話啊！」

郝氏一見林盛都跪了，便只能扶著椅子也溜了下去跪了，只是臉上的神情兀自慌亂見懵，似被先前的話如棍棒打頭正暈著。

「別動怒？」林賈氏回頭看了一眼林盛。「你是我生的、我養的，你那心性我清楚！你不就是怕我這一走，明眼人都看出你我的不和來，到時候別人參你一本，說你逼走老母，你便得下來了嗎？成，我不走，為了我兒子的前程，我橫豎都要待到暑日裡去成了吧？誰叫我是你的娘，只能你怪著我怨著我甚至惱著我，我還得巴心巴肝的為著你！」說著一扶常嬤嬤向外走，口中還大聲地言語著。「別跪著了，再跪你那兒子女兒要恨死我！」

門敞開後，林賈氏就這麼扶著常嬤嬤走了，這一走，坐在那裡的葉嬤嬤便顯得有些尷尬了。

「咳！」假咳了一聲，葉嬤嬤起了身，一言不發的順著邊走，便是想這樣離開，免得當面言語，讓跪著的林盛難堪。

可是林盛卻衝她言語。「嬤嬤千萬別走，今兒個這事，您得幫幫我！」

葉嬤嬤轉了頭。「大爺這話抬舉我了，這是您的家事，我挨不著的。」

「嬤嬤！您就不能看在我爹的分上，幫幫忙？」林盛昂著頭望著她。

葉嬤嬤聞言抿了唇，眼掃向呆滯的林佳，捏了捏指頭說道：「若是二姑娘還願意學，我自會教的。」說著對林盛同郝氏點了下頭，便邁步出屋了。

一時間正屋所剩，便是他們幾個，林盛由跪變跌，直接坐在了地上。

郝氏見狀立刻招呼言語。「還愣著做什麼，扶老爺起來啊！」家丁聞聲立刻動作，郝氏也被身邊的丫頭給扶了起來，兩口子坐到了大椅子上，卻是彼此對視一眼後，各自的扭頭了。

「咳！」坐了一會兒，林盛終於想起來今天這事誰才是該被斥責的，當即假咳一聲言語起來。「佳兒，爹糊塗，說了些不該說的話，害了妳。妳、妳祖母說得沒錯，再是情之一字，那也得合規矩！」

林佳不言語，就那麼跪著。

眼見女兒根本不言語，林盛冒了火。「怎麼？妳還不清醒？」

林佳扭頭看了一眼段郎，再看向林盛。「爹，晚了，女兒已經和段郎許了盟約，非他不嫁了。」

林盛臉一白，當即拍桌起身。「難不成你們……」

林佳一咬牙。「我和他既然私奔，自然，已跟了他！」

林盛聞言跌坐回椅子上，郝氏也是白了臉，而此時被打了不少嘴巴的段郎則看向了林佳，眼裡閃著一抹驚詫之色。

「好，好！」林盛怒極反倒叫好，繼而使勁點頭言語。「你們、你們以為生米煮成熟飯，我就得認嗎？來人，支起條凳，取來水火棍，今兒個便在我這院子裡，把這姦淫女子的傢伙給我往死裡打！」

他這一喝，立時家丁應聲，那林佳嚇得急忙叫嚷。「別、別！爹，他不是姦淫，是我自願！」

「把她的嘴給我堵上！」林盛出言大喝，僕從自然照做，林盛看著林佳還在那裡嗚嗚的出聲，便惱恨地瞪她。「妳在這裡毫無羞恥，我卻為妳羞恥！妳不必為他辯解，更不必在這裡咋咋呼呼，我今兒個把他先杖斃了，回頭便給妳送上白綾，我寧可妳死了乾淨，也不要妳壞了我的名聲！」他說著立時高聲吩咐。「還等什麼，把他給我拉到院子裡，往死裡打！我今兒個便自個兒結了這醜事！」

「不！不要、不要！」段郎看著府中下人動作，條凳擺起，水火棍請來，便已是白了臉，而等到家丁拖了他要往院子裡去時，他急忙喊了起來。「我沒有碰她，我沒有碰她的身子！」

此話一出，大家都是一頓，林盛更是臉上顯出一絲驚喜。「你說什麼？」

「林老爺，我沒碰二姑娘的身子，我與她只是生情私奔，並未占了她身子啊！求您別斃了我啊！」

此時，一直呆滯般的郝氏突然言語起來。「翠喜，妳快帶二姑娘去隔壁。」

翠喜一愣，當即明白意思，立刻叫了幫手，把林佳給抬去了隔壁，而林盛此時也意識到郝氏要做什麼，便捏著拳，坐了回去等著。

很快，翠喜跑了出來，在郝氏的耳邊言語了幾句，郝氏鬆垮了雙肩，看向了林盛。「依舊完璧。」

林盛這才臉上舒坦了一點，轉頭看向那段郎。「幸好你還尚未釀出大錯，不然今日我保證你死在這裡！」林盛說著看了一眼隔壁，眼珠子一轉，厲聲說道：「把佳兒給我帶出來！」

很快林佳被拉扯了出來，只是因著驗身，倒也鬆了綁。

「我問你們兩個，你們兩個當真有情？」林盛的聲音忽而柔和了一點。

「自然是。」林佳大聲言語，段郎也是點頭。

「好，我成全你們。不過，我林家不能承受你們這種傷風敗俗的行為，所以，我會叫人準備兩碗毒酒，你們就到陰間去做對鬼夫妻吧！」林盛說著看向郝氏。

「老爺！」郝氏一臉驚色。「那可是我們的女兒……」

「是她自己選了這條路！」林盛大喝一聲瞪向了郝氏。

郝氏也看著他，很快郝氏點了頭。「我知道了。」說著轉身看向了林佳。「佳兒，妳快向妳爹認錯，說妳再不會與這小子往來，要不然妳爹……」

「死就死，我才不會像你們這樣懦弱，為了我和段郎的愛，我不怕死！」

「妳！」郝氏咬了唇。「好，我、我就當沒生養過妳！」她說著便叫翠喜去準備酒水，而林盛竟然大步出屋，再折進來時，翠喜已經準備了兩碗酒。

林盛拿出一個小瓶，倒了些白色的粉末進了碗，然後命家丁給段郎鬆了繩子，便一指碗說道：「我已放了砒霜，來，你們兩個給我和妳娘磕個頭，便上路吧！」說著人坐回了大椅子上，又衝郝氏吼道：「快點過來！」

郝氏一邊流淚一邊挪去了椅子上，她剛坐下，林佳就梗著脖子上前一跪，可是段郎卻沒動，他看著那碗酒，如同看到了蛇蠍。

「段郎，你還等什麼？快來同我一起向我爹娘磕頭。」林佳一臉的倔強。

段郎不但沒有上前，反而退後兩步，這讓林佳登時挑眉。「段郎？你不是說會與我同生共死的嗎？你……」

「我不要死，我不要！」段郎忽而大喊起來。「我只是和妳相好而已，我並不是貪圖富貴，可是要我死，我、我不答應！」他說著朝著林盛磕頭。「林老爺，求您饒了我吧，我以後絕對不會再來找二小姐，絕對不會和她再有瓜葛，我不想死，求您給我一條生路吧！」

「你！」林佳聞言一聲驚喝，搶在了林盛言語之前，她噌的一下站了起來，直衝到段郎的面前。「你、你違背誓言？你哄我？」

「我不是要違背誓言，可我……我不想死。」段郎說著低了頭。「二姑娘，我只是一個窮小子，我配不起您，求求您，放了我，我不想死！」

林佳僵在了那裡，她盯著段郎，眼淚決堤，片刻後，她開始大笑。「哈哈……這就是你們男人的情嗎？哈哈，祖母說得沒錯，虛情假意，虛情假意……」她說著轉頭看了眼林盛，又看了眼郝氏，低了頭。「你們放他走吧，我以後都不會與他再有半點來往。」

林盛看了看林佳。「會說到做到嗎？你們當初也曾許諾……」

「會，一定會！」段郎急得言語。

林佳扭了頭沒再出聲。

林盛見狀，衝家丁比劃了個動作，家丁立刻帶著段郎下去了，而林盛走到了林佳的跟前。「沒事了，所有的一切我都會想辦法為妳抹去，沒人會知道這件事的。」

林佳看向了林盛。「您是在保護我嗎？」

「當然，妳是我的女兒啊！」

林佳卻搖搖頭。「您叫我死的時候，可半點沒留戀。」

「傻丫頭，生死面前，真情才現，爹只是想妳看清楚他的心。」林盛說著轉身拿了酒。「妳以為這裡真有砒霜？那是我丟的煙灰！」當即他便把手裡的酒喝了。「若他是真心的，我就此認了你們，可是結果呢？他比誰都怕死！女兒啊，這樣的人，妳怎麼可以託付終身？」

林佳看了看林盛，猛然投身進懷，抱著他大哭了起來。「爹，我錯了，我以後再也不相信他們的話了！」

林盛伸手拍了拍林佳的背。「對，以後別相信了。」

「怎樣？」深夜時分，郝氏一臉疲憊的進了屋，歪在躺椅上的林盛便開口詢問。

「沒事了，勸了半天，睡下了。」郝氏說著伸手扯了簪子，撥了撥桌上的燈火燭芯，而後坐在了跟前。

「這幾日妳多費費心思，得抓緊時間讓她把心收住才成。」

郝氏聞言抿了嘴角。「放心吧，心都死了，不用收了，選秀她會去的。」

「會去有什麼用？她得中！葉嬤嬤肯教，可她得肯學，學了還要當日裡用心，要不然什麼都是空的。」林盛坐直了身子衝郝氏言語。

郝氏聞言盯向了林盛，繼而苦笑。「你不顧她的傷心，依舊盤算著這些，你可真疼你的閨女！」

林盛臉上閃過一絲不悅。「妳懂什麼，我這是為她好！」

郝氏扭了頭。「行了吧，別再沽名釣譽了！」

林盛蹙眉。「妳什麼意思？」

「什麼意思？」郝氏看向了他。「這些年，你埋怨著婆母，說她不懂你，可今日看來，她是最懂你的！」她說著起了身。「我跟了你二十一年，你卻想著念著朱砂十九年，你在我面前總是一副抱憾終身的模樣，我還以為你真是個癡情的人，於是這些年我還為你道一聲惋惜，甚至在女兒的面前都替你叫屈，可是結果呢？要不是婆母生生的撕破了臉，我竟還墜在你的虛情假意裡而不自知，更因此而害了佳兒！我是個失敗的母親，失敗的妻子，而你，是個糟糕的父親！」

她說了這話起身便要走，林盛卻立時站起。「妳說什麼渾話呢，我娘說上幾句，妳就當了真嗎？」

「我當真與否不重要，重要的是，我看到你為了你的官運亨通，而丟棄了所謂的摯愛，也許我該高興你選擇了和我一起，但今日我卻也明白，你選我，也不過是為著你今後罷了！林昌，你對不起我！」她說罷轉身出屋，直接去了西邊的屋子，守在門口的翠喜立刻跟了過去。

「小姐，您今兒個怎麼和老爺說了那樣的話，這……」翠喜擔心的出言相勸，郝氏瞥了她一眼，臉上毫無先前的悲痛之色。「我忍了近二十年，如今終於可以不忍了，為什麼不說？」

「可是這會傷了老爺和您之間的感情。」

「感情？呵，他幾時對我有感情了？今日這話說出了，興許他還會內疚，把我真的往心裡放呢！」郝氏說著躺去了床上，伸手撫摸肚子。「今天真是折騰死我了。」

「可不是？不過老爺也沒小姐您想的那麼不好，畢竟那毒酒是假的，若是那小子真肯喝，老爺倒也會成全了他們兩個。」

「成全？」郝氏搖搖頭。「拉倒吧，那小子才不會喝呢，板子沒挨到身上，就叫著求饒了，這樣的人，惜命得很，他那不過是下的局罷了。」

「啊？」翠喜一愣。「既然如此，小姐您那會兒哭成那樣，也不怕動了胎氣。」

「我心裡是真難過的。」郝氏說著眼角濕潤。「我是他的妻子，佳兒是他的女兒，可我和佳兒，卻不過是他手裡的棋，要不是婆母點透了，只怕我還自作聰明的賠進去了自己！」

「小姐……」

「願得一心人，白首不相離，我和朱砂都被騙了啊！沽名釣譽，呵！」

這一場突發事件，在刻意保持的沈默下，悄無聲息的被遺忘了。

三天後，林佳照著以往又開始跟著葉嬤嬤學習，而整個大房對待林賈氏的態度，可謂是恭敬有加，也不知那日裡，究竟是林老太太言語犀利讓大家發怵，還是林盛害怕林賈氏的離開會傷了他的官運，而刻意全家恭順。

林熙對於當日的事，本無緣得知，但一來有葉嬤嬤私下的講述，二來府院裡還是有不少人提及了那段郎的背約偷生，這使得林熙聽後，喟嘆多多，一面為林佳的衝動嘆息，一面又為那段郎的毀約而不滿。

「妳有什麼好抱怨的，這便是人心，誰不是先為著自己？何況我與妳說過，九成九的都是苦果，眼下二姑娘尚能體面，這已算最好的了，只是妳大伯不知受累多少。」葉嬤嬤說得一臉淡然，好似那不是個多大的事一樣。

林熙眨眨眼。「事情沒鬧大，終歸是好的，不然佳兒姊姊可算是完了。唉，但願那個什麼段郎，千萬別再來擾她了。」

「放心吧，他就是想擾，也擾不了。」

林熙聞言一頓，隨即點頭。「對啊，那時佳兒姊姊應該也去了京城參加選秀了，山高水遠……」

「呵！」葉嬤嬤發出一聲輕音，臉上顯出一抹嘲色，繼而她起身去了門口掃了一眼後，折身回來，到了林熙的身邊看著她言語。「二姑娘可是要去選秀的，但凡有一點壞名聲的事傳出去，妳大伯便有欺君的嫌疑，妳覺得，妳大伯會給自己留一個危險在那裡嗎？」

林熙一怔，驟然驚恐，她抬手捂上了嘴，不能相信的看著葉嬤嬤，而葉嬤嬤卻是語重心長般的言語道：「有些東西，我本希望妳晚點知道，不過眼下妳遇上了，也不妨早點告訴妳，也好讓妳早點明白一些道理。七姑娘，這個世道，人心險惡著呢，為了利益，誰也不會和誰客氣的！所以，我希望妳記住，第一，守住妳的心；第二，凡事留一線；第三，對誰都不要太相信！」

林熙咬了下唇。「是，我知道了。可是，我總還能信您，信祖母，還有我娘……」

「她們會怎樣，我不知道，但是我，也不值得妳全信。」葉嬤嬤不等林熙說完便已開口，林熙一時怔住。「嬤嬤您……」

「別用這種眼神看我，妳還小，有些話我說了妳也不會懂的。」葉嬤嬤說著伸手拍了拍林熙的肩頭。「我一直和妳說，每個人的路是自己選的，她走到這條路上也是她自己選的，為的就是叫妳千萬別攪和進去，因為我希望以後妳會心安理得，沒有內疚。」

林熙聽得一頭霧水。「嬤嬤您在說什麼啊？什麼心安理得，什麼沒有內疚？」

葉嬤嬤看了林熙一眼。「妳將來會知道的。」說完便轉身出了林熙的房間，留下林熙在那裡百思不解。

林佳一旦用心學，成效便很顯著，她年歲比林熙大，身段也好，即使錦衣華裳加身也能做到步履不失，這讓大伯一家大為滿意，而葉嬤嬤也對她開始有些微的讚語。

但是林佳的臉上再看不到那些生動的情緒，她如一個偶人般只是在學，遇上家人齊聚時，便會堆著虛假的笑顏，似一個玩偶混跡其中。

林熙有時看著她那樣，便會有些微的心疼，但很快，她顧不上心疼了，因為她發現葉嬤嬤開始將大把的時間和精力都花在了林佳的身上，從她練筆作畫，到吃茶飲酒，葉嬤嬤幾乎是手把手的教習，甚至幾天才想起到林熙這裡問上一次，這讓林熙大為詫異——嬤嬤之前不是一直都說的是，順道教教林佳的嗎？

日子轉眼就到了四月，選秀的隊伍便要啟程，林府內擺了酒相送，那夜裡大家都喝了不少酒，就連林熙，也破例飲了一盅。

席上，林盛和郝氏都說了不少，而林賈氏和葉嬤嬤卻是沈默寡言，幾乎沒說什麼，臨近散席時，林佳忽而起身離席朝著林賈氏跪了下去。

「祖母，請原諒佳兒的不懂事，當初若不是祖母一席話叫佳兒明白了許多，佳兒只怕這會兒還不醒悟，如今佳兒就要遠離家門，懇求祖母原諒我。」

林賈氏聞言嘆了一口氣。「我給妳的手串還在嗎？」

林佳一頓，抬了手，微微捋起了衣袖，顯出了那手串。

「這手串是我最愛的一副，我肯給妳，便當妳是一家人，若是外人，我便打發些金銀了事；不用說什麼懇求原諒，妳是我的孫女，橫豎都是一家人的，日後妳照顧好自己，便是對妳娘老子還有祖母我，最好的回報。」

林佳鄭重的應聲磕頭，一轉眼看向了葉嬤嬤。「嬤嬤可有什麼話與佳兒說的嗎？」

葉嬤嬤看了她一眼。「路是妳自己選的，那就走好它，結果如何，都，與人無尤。」

四月十三日，林佳跟著送秀的隊伍走了。四月十四日的大清早，林賈氏便提出要回京城的話，叫著常嬤嬤領著大家開始收拾箱籠。

林盛得知後，立刻從官衙跑了回來，匆匆相攔，盛意挽留，可不管他怎麼言語，林賈氏卻是油鹽不進，就是要走。

「娘，您到底要怎樣才肯多待一陣？」林盛一副恨不得要下跪相求的模樣，卻只不過讓林賈氏瞥了他一眼。「三月初，吏部的文書都下來了，你已經得到了你想要的，我更做了一個母親該做的，現在咱們省省吧，我走我的，你過你的，兩廂不厭！」

林盛面色一頓，隨即低頭。「娘，兒子過去有錯，兒子也願意悔過，只求娘別再與兒子生氣了！」

林賈氏抿了唇。「行了，別再說了，我意已決，十六日便出行。」老太太說著起了身去了裡間，連和林盛再說下去的意思都沒了。

林盛在外屋立了一會兒嘆了口氣。「既然娘決意離開，兒子這就叫人去安排車馬船舟。」說完當即便出了屋。

內屋裡聽著兒子出去，林賈氏扭了頭，一臉的陰色，隨後進來的常嬤嬤瞧著她那樣嘆了一口氣。「大爺求成那樣，您怎麼反而心硬著非走呢？」

「哼，妳當他真心留我？不過是看著他媳婦再有些日子就生了，我這麼一走顯得不合時宜罷了，可我為什麼還要留著？佳兒已經離開了，我何必還陪著演戲？難不成等郝氏生個下來，我還留這裡幫他們繼續演？我又不是戲子！我一看到他那虛情假意的樣子，就心煩！還是早點回去吧！昌兒再不濟，對我總是一心孝順，思量這一處，可比他強多了，他是空有滿肚子的心眼，全落在家裡了。」

「唉，家家有本難唸的經，您得想開！」常嬤嬤嘆了口氣後，又出去張羅人收拾，林賈氏則扯了扯手裡的帕子，眼盯著窗外，不多時，眼圈便已泛紅。

得知了要走的消息，葉嬤嬤便出了府，採買了一些特產回來，說是要帶回去給董氏，林熙便覺得自己也得準備點禮物，於是葉嬤嬤又帶她出去了一趟。

給父母兄弟採買，都很順利，可到了林嵐這裡，卻很麻煩。

如今家裡沒出閣的姑娘就她們兩個了，林嵐現在也十三歲了，買的禮物輕了，未免生事，可重了，一個庶女也不合適。何況她的月錢本就沒多少，手裡有的也不過是往日裡得賞自己攢下的，便捏著荷包轉看一路，給她相禮物的時間竟足足花去了半個時辰。

葉嬤嬤瞧著林熙那樣子，提議到客棧雅間裡歇歇腳，林熙自然樂意，她還想著找嬤嬤要點主意，可到了雅間裡才坐下，她還沒開口，葉嬤嬤就先開了口。

「為何猶豫重重？」

林熙咬了下唇。

「想到什麼就說什麼，我聽聽。」葉嬤嬤掛著淡笑，言語溫柔。

林熙見狀便說出了自己的顧慮。「我爹素來疼著六姊姊，我娘卻又厭著她，兩人一個親一個冷，我這禮物不好備。」

葉嬤嬤笑著點點頭。「七姑娘，妳覺得，六姑娘這人如何？」

「嗯？」林熙心裡一驚——嬤嬤問我這話是什麼意思？這算不算背後議人？我，能說嗎？

「這裡只有妳我，出了這裡，便拋卻腦後，妳不必想太多。」葉嬤嬤聲音輕柔。「說吧！」

「那我說了？」林熙捏了捏手指。

「嗯。」

「六姊姊這個人……像戴著面具。」林熙說著留意葉嬤嬤的表情，而葉嬤嬤始終笑著。

「繼續。」

「我娘、我，還有我四姊姊，我們都不喜歡她，可也沒誰真正的惡過她，在府上她雖是庶出，可說到底也沒誰真正欺負了她，可是……」

「可是什麼？」葉嬤嬤見林熙欲言又止，出言輕問。

「可她總是在爹爹面前擺出一副受盡欺負的樣子，時時刻刻都那麼委屈小心，惹得爹爹幾次責怪我娘。說句實在話，同樣是庶女的三姊姊，就不像她那樣，雖然她有生氣不滿的時候，卻至少是真性子，不會像六姊姊那樣，挑弄是非。」林熙忿忿地說了這些，立時覺得自己的心頭暢快了許多，便有些訝異，原來在不知不覺間，自己對林嵐竟已如此厭惡。

「所以妳若與她親近了，心裡不滿不說，還有可能讓妳娘不快，而與她疏遠了，又怕妳爹爹因此責怪妳，更親近了她是嗎？」

葉嬤嬤的話讓林熙點了頭。「是這樣，嬤嬤您真知我心。」

葉嬤嬤一笑。「不必誇我，我只是把妳的顧慮說了出來，其實現在的妳，已經懂得什麼是利弊，能看清這些了，可是看清之後，就得面對取捨，那麼對於六姑娘，妳打算如何取捨？」

林熙一時愣住。

取捨二字的意思她怎麼會不懂？可是林嵐是她的家人啊，縱然關係不好那也是家人，都是頂著一個林字，未必能不管不顧？那所言的同氣連枝，又算什麼？那丟棄了家人的行為，豈不是連五常都背棄了嗎？

她不解的眼神落進了葉嬤嬤的眼裡，當即葉嬤嬤嘆了一口氣。「當魚肉和熊掌不能兼得時，要取捨；當人生之事不能盡如人意時，也得取捨；可取捨二字並不是妳想的那麼重！有的時候，取捨只是一個態度而已，比如妳對六姑娘這事上，妳是要瞻前顧後的和她繼續這樣耗下去，小心翼翼的維持一個盡可能歡喜而自己辛苦受累的局面呢，還是拿出妳嫡女的底氣來，有妳自己的氣度，有妳該有的自持，去冷眼看著她呢？」

林熙聞言心中陡然一亮，覺得好像自己這幾年小心翼翼在探尋的一條迷霧之路陡然霧去雲散，清晰起來。

「這個世間的事和人，並不是非黑即白的！所以當妳向左走是錯的時候，並不是向右走就對了，很可能是這兩者之間的路，那條向前而又居中的路。」葉嬤嬤說著起了身去了憑欄處，看著那些層疊的樓閣，喟嘆起來。「這世間有多少十全十美的事？有幾個十全十美的人？十全十美，那不過是假的，縱然有，要我說，那不過是徒有虛名！妳當那人人稱頌的人就沒有錯了嗎？人人喜歡、人人誇讚的人就一定是好人嗎？」

「嬤嬤……」林熙站了起來。

葉嬤嬤卻轉身看著她。「七姑娘，妳記住，最受大家歡迎的人，最被大家喜歡的人，她一定是最擅長說謊的人，因為，她要人人都喜歡她，那她就得貼近每個人的心，可是人和人長得像的能有幾個？她真的能討好了全部嗎？」

林熙聞言呆呆的看著葉嬤嬤，她不明白葉嬤嬤為何今天會對她說這樣一番話，曾幾何時，林家上上下下不都是在口口聲聲裡希冀著，她在葉嬤嬤的教養下能成為那樣一個十全十美的人嗎？而現在，葉嬤嬤卻……

「糊塗了是不是？」葉嬤嬤衝她笑著，走回了桌前。「十全十美，那是一個牢籠，妳會活得很累很累，而我要教養妳，並不是要把妳教養成一個畫中人，讓妳活得那般辛苦。我教妳各種技藝，是希望妳不會在這上面低人一等、尷尬自卑；我教妳待人接物，是希望妳將來能夠應對自如；我錦衣玉食的慣著妳寵著妳，是希望有一天妳不會被潑天的富貴晃花了眼、堵塞了心；我斥責妳，指定規矩，是要妳明白，規矩便是原則，是妳的底線、準則，只有這樣，妳才會更好的利用它們來保護自己，或是制約對手……可是在這些之外，卻有一個最重要的東西，那不是我能教妳的，得是妳自己去走出來的。」

「那是什麼？」林熙聽得心莫名澎湃起來。

「妳的路。」

「路？」林熙一時懵住。「是說我的未來嗎？」

葉嬤嬤笑了笑。「路關係著妳的未來，而我想問的是，妳要怎樣走？一個人冒犯了妳，妳是斥責他，還是一言不發？妳是給他一個耳光，還是要站在那裡非要他給妳認錯？每一個抉擇便是這條路上的一腳，妳的取捨決定了妳路的方向。」葉嬤嬤說著坐回了凳子上。「忍耐，忍讓，堅持；諷刺，斥責，暴怒；原諒，寬容，寬恕等等……每一次的選擇，就是取捨，就是在走妳的這條路。」

林熙聽得一知半解，覺得有什麼東西就在眼前，卻似乎又抓不住。

「七姑娘，妳已經十歲了，再不算是個小孩子了，以前遇到事，妳可以躲，可以問別人，以後，妳得自己去決定，自己去走。就好像給六姑娘買禮物的事，妳想把左右都照顧到，妳覺得可能嗎？兩全其美固然是好，可很多時候，做不到妳又該怎麼辦？與其那般熬著自己，妳就不能痛快的作出妳的抉擇嗎？」

「痛快的抉擇？」林熙聞言心中一驚，脫口而出。「那不是任性了嗎？」說完這話她意識到自己說了什麼，有些不安的看著葉嬤嬤。

「原來這就是妳最怕的。」葉嬤嬤口中喃喃。「妳怕自己任性，便想什麼都顧著，什麼都全著，可結果，妳因此而裹足不前，根本不知道該怎麼走，對不對？」

林熙點了頭。「是，我的確不知。」葉嬤嬤的話說中了她的心，上一世，她任性恣意，結果落得那樣的結果，她怕了，這一世她不要再任性，可是，她卻發現自己有些迷失，好像終日都在一片迷霧裡看不到前方的路。

「妳迷失了妳自己。」葉嬤嬤的結論，讓林熙凝望著她。「妳得活出妳的氣性來！」

「氣性？」

「對，是人就有自己的氣性，菩薩還有三分泥性呢！我叫妳痛快的抉擇，是在有一定的取捨下抉擇，而這個取捨的基準是妳看清局面後，作出相應的取捨、抉擇。而任性是什麼？任性是不管不顧，恣意妄為！妳總不能因為摔了一跤，就不敢邁步了啊！妳怕自己任性，那以後就多想想多看看，而後認真決定，一旦決定了，那就邁開步子走就是了，不需要畏畏縮縮猶猶豫豫，更不需要瞻前顧後！」

林熙的心怦怦直跳，葉嬤嬤的話猶如夜晚的明燈在為她照亮前方的路。

「還記得幾個月前，妳初得知二姑娘出事的時候，妳瞧出了我的讚許，我讚許的是她的氣性，她那勇往直前的氣性，但我為她嘆息，是因為她沒看清自己，沒看清大局，於是舉止孟浪衝動，而這與任性無差！那麼妳呢，妳現在已經看清楚六姑娘的情況，也清楚妳父母的態度，更清楚妳自己的身分，妳便等於看清楚了這一切，那麼現在，妳為什麼不能大膽的取捨，大膽的活出妳的氣性呢？」

林熙怔然的看著葉嬤嬤，她回味著這些話，只覺得心裡那個呼之欲出的答案越來越清晰——並非是非黑即白……我的取捨決定了我的路……我迷失了自己……只要我看清楚了大局，作出了取捨抉擇，那便不是任性！那便不是！

「我明白了！」林熙望著葉嬤嬤。「我不能再這樣什麼都想著美好，結果找不到自己的路。」

葉嬤嬤點頭。「是的，從我教養妳的第一天起，我就發現妳的個性很弱，妳沒有什麼堅持，沒有什麼執著，甚至，我都看不到妳的熱情！我能感受的是妳在摸索，妳在渴望著所有美好的聲音，而後妳是跟著我學了不少，也看起來非常的好，但，只是看起來而已，因為妳就是那畫中人，讓我感覺不到妳的人氣。之前我想著妳小，可能很多東西體會不到，性格綿軟，可是當我看到二姑娘的抉擇時，我才發現再等妳這樣自己悟出來，不知要到何時去。所以，今天我姑且提醒妳一次，希望這對妳來說，是一次幫助，而不是，揠苗助長。」

葉嬤嬤一席話後，便結算了費用帶著林熙回到了街市上。

這一次林熙依然在挑選禮物，葉嬤嬤也依然一聲不吭，而挑選禮物的時間卻快得只不過半盞茶而已。

「挑好了？」看著林熙提著包好的書冊出來。

葉嬤嬤興致頗高的挑了眉。「是什麼書？」

「《道經》和《德經》。」林熙的臉上顯出一抹笑容來。

葉嬤嬤一頓之後，十分開心的衝她點頭。「不錯，有些想法。七姑娘，記住，要活出妳的氣性來。」

「我知道了嬤嬤，以後，我不會恣意妄為，也不會再優柔寡斷，我會有自己的取捨與抉擇。」

四月十六日的大清早，林盛一房送林賈氏一行人出府，林盛為表自己的孝心，親自為林賈氏駕了馬車送至城郭外，再三強調他是此地知州不能離開。於是，他在城郭之外，對林賈氏所乘的馬車下跪磕頭，面有淚痕，簡直就是一副不能侍奉是他恥辱一般的架勢。

林賈氏心中厭惡，卻到底是為人父母的，不得不在馬車內說了兩句過場話，這一行人才打道回府。

依舊和來時一樣的路線，一行人趕到江陵後在此乘船走了水路，而來時逆行，走時便自是順風順水，不過才二十天的光景，便已到了運河上，換船北上。

五月至六月時分，正是水路最為熱鬧的時候，漕糧鹽船本就不少，加之各路商家採買貨物，使得整個運河上船桅帆影比比皆是，好一番熱鬧。

林熙他們因為回的時候正好趕上這樣的時節，想要獨包一艘船，便顯得極為不現實，倒不是沒錢，只是這個時候，你一個清流世家的家眷還能獨包一艘船的話，便有些堪比權貴，相當於擺譜了，所以他們最後坐的是一艘客船，而只把客船的整個第三層包下了而已。

客船因為要一路停泊在不少市鎮的碼頭，所以很是耽擱時間，但大家倒也因此能透些氣。每每在市鎮停留的片刻裡，花嬤嬤和葉嬤嬤會去市鎮裡採買點什麼當地的特產，順道還給林賈氏買些東西，而後不時把看到的一些趣事與風俗拿來擺講，於是這一路倒也氣氛漸漸好轉，才行了十日上，林賈氏的臉色就不那麼難看了。

這一日，船於正午時分行到了聊城，照例的會在碼頭上停靠半日，於是花嬤嬤同葉嬤嬤見林賈氏心情好了不少，便邀著她一道下船去了聊城裡轉轉，就當活動活動身子。林熙因著年紀小，又恰恰夠了十歲，便不好跟著，便著她同冬梅和常嬤嬤留在船上。

林熙雖然對這些城市好奇，但一路已經停好幾次，而她次次都不能下船，倒也對這種「逛逛」沒什麼大的興致。是以她自己坐在三層，藉著居高臨下的好處，往碼頭處瞧看，看著那裡的船工與背伕忙忙碌碌的將附近貨船上的商貨件件揹出、入帳、拿籌，倒也覺得有些意思。

正看得興起時，忽而聽到一聲側面貨船上傳來撕心裂肺般的叫嚷，隨即似有人嚷嚷著什麼跳海之類的言語。

常嬤嬤在艙內聽見了這聲音，自是向外張望，可是位置不算很好，看不真切，便乾脆去了艙外瞧看，冬梅好奇自是跟著，於是身分限制的林熙則扒拉著那小窗子亂瞅著那邊，滿足自己的好奇心，不過卻因為位置的原因，只能看見好奇的擁擠人群而已，卻也意外的發現這人群中有一個人十分的特別。

別人都是扒拉著身邊的人，拚命的往前擠，想要看熱鬧，而這個人明明是身子向前張望的模樣，可在人潮的擁擠裡，他卻漸漸的退到了最外圈，若不是林熙是居高臨下瞧得真切，定然會以為這人太過柔弱，就這麼被「擠」了出來。

這人一到了最外圈，便抬手揮舞，似乎很想扎進人群的模樣，可是他左右看顧之後，轉身便急奔而跑，幾個騰挪間，竟然入了與那船相對的另一艘貨船，而此刻那貨船上的人竟然都因為看熱鬧而湧進了人海中。

林熙看著那人極快的速度閃進了貨船，便猜疑這人會不會是個小偷，使勁的往那邊瞧。

不多時，那人就快速的從貨船裡跑了出來，而後竟奔向林熙所在的客船，最後直接上了船。

不會這人覺得貨艙沒什麼好下手的，於是跑來偷我們客船上的吧？

林熙腦海裡直接冒出這個想法，便把紗帕扯了出來立刻蒙了臉，打算出去叫常嬤嬤提防一二。可一出去後，才發現這層的外面竟然沒這兩人身影，而此時有兩個人卻從階梯上上來，一言不發的往更高層走，其中一個正是先前那個人的行頭。

但是他們從林熙身邊走過去的時候，林熙的雙眼立時就瞪圓了，因為她隱約看到了一張認識的臉。

而此時，那兩人似乎也注意到了她，扭頭往她這邊看，林熙幾乎是本能的轉了身，以做對男子的避諱，但驚奇的她雙眼依舊圓睜，直到聽不見階梯作響，才慢慢的回了頭，繼而向上張望。

但隔著樓層她什麼也看不見，而耳朵裡全是自己的心跳聲。

是他嗎？我，是不是看錯了？

她胡亂的問著自己，立在艙外遲遲不動，而此時人聲迫近，竟是那些好奇的人們往回走了。林熙反應有些呆滯，等到她反應過來要躲回艙裡去時，卻聽到了冬梅詫異的聲音——

「七姑娘，妳怎麼跑出來了？」

林熙一頓，立時低語。「哦，我叫妳們，無人應答，就出來看看。妳們，去了哪兒？」

常嬤嬤聞言不好意思的笑了一下。「我拉著冬梅過去看了一眼，怎麼七姑娘喊我們是有什麼吩咐？」她看著林熙以紗遮面，十分知禮，便也沒催著她趕緊進去。

林熙搖頭。「沒，只是想知道那邊發生了什麼。」

「哦，那邊剛有個人喊著見鬼了，嚇得都跳到河裡去了，被同船的撈上來，依然說著見了鬼。真是好笑，大白天的見鬼啊，真不知道他是瞧見什麼了！」常嬤嬤話音才落，樓層上傳來腳步聲，立時三人便轉身往艙內進以做避諱，卻不料冬梅的手隨意的往腰上一掃便是大驚，繼而一聲驚呼。「欸，我的荷包呢？」

「怎麼？沒了？莫不是叫賊兒偷了？」常嬤嬤聞言立時站住回頭瞧看，繼而言語，那冬梅便是一臉欲哭之色。「怎麼辦啊，常嬤嬤，怎麼辦啊？七姑娘，那裡可有我這大半年的月錢啊！」

聞言轉身的林熙正要言語，卻冷不防與那下樓的人目光相對，此刻他已不是她認識的那張臉，可是那相識的眉眼卻清晰無比的出現在她的眼眸中。

電光石火般的一瞬，那人的眉頭微微輕蹙，但只是一瞬而已，快得幾乎不曾有過，若不是林熙這些日子善於觀察和捕捉那微表情的話，絕對會漏掉這一瞬。

但是一瞬之後，他步履不停的下樓而去，留給她的不過是路人的背影。

「七姑娘……」

冬梅懊惱的聲音響在耳側，林熙迅速低頭。「有什麼咱們進去說吧！」繼而便趕緊的入了艙內。

對於冬梅被偷了荷包，處理的方式便只能是自認倒楣，畢竟，這種事你能尋到誰去呢？當然林熙看她那般懊惱，還是許諾回去後，會把早先得到的一個小金錁子給她以做安撫。

過了大約一個時辰，林賈氏同葉嬤嬤說笑著回來了，問及這邊一切安好，常嬤嬤卻提也沒提這邊的熱鬧，畢竟，她們沒守著姑娘，冬梅還丟了荷包，隨便一個說起來都只會找著林賈氏訓斥自己，自是不提掩過。

船在此歇停一夜，林熙卻夜不能寐。

她在船艙窗前從下午守到了晚上，就連吃飯也都沒捨得離開，可是卻再沒看到那個人的身影，讓她無法去確定什麼。

於是夜裡她睡不著了，一面思量著當日陳氏與她提及的種種猜測，一面思想著他如今在這裡又是忙著什麼。

亂七八糟的想了這麼一夜，早上起來便有些精神欠佳，她依舊去了窗邊瞧望，卻直到船離岸開行，也再沒能見到他。

林熙頓覺失望，整個人也在船開行後，有些許的心裡發空。

難道他們沒回來？還是他就此下船便不走了嗎？

對於謝慎嚴轉變成自己的未來夫婿後，這種驚鴻一瞥帶來的種種內心變化，尤勝從前，故而她不可抑止的亂想。

不，不會的，他們兩人手上當時空空，不可能就在這裡離船的。所以，我應該是可以再見到他的吧？他那時微微蹙起的眉頭，因是知道我的存在的，那他今日裡，會不會……來見我呢？

不，也許他不會見我，如果是娘說的那樣，他應是就此逃了才對……是的……他會對我避而不見吧？

心中浮動著小小的心思，她依舊在艙窗前張望與胡亂猜想，忽而一個身影出現在她投望船舷的視野裡，以散步的姿態在那裡慢慢的踱步。

是，是他嗎？

心裡的疑問才出來，林熙便覺得有什麼東西在催促著自己出去，掃看了一眼同葉嬤嬤下棋的祖母，她咬了一下唇，立時起身，抓了紗帕遮面，扶著冬梅出了艙，以透氣吹風為名立在那艙外舷上，靜靜地站在那裡瞧望著那個身影。

頎長而雅，步履穩而柔，如此安靜雅致的身影，卻讓林熙無端端想起當年他在碩人居裡的另外一番光景，是那麼的鮮亮明快，那麼的俠義……

忽而那身影站定而立，轉了頭顱，與她遙遙相望。

心，怦怦的跳動起來，如同小鹿在撞，腦海裡有著一個驚呼——是他對不對？是他在看我嗎？

幾個呼吸間，他竟抬手從袖中摸出了一支短笛，放在了唇邊，立時穿透雲層的清麗之音入耳，那絲竹之音中透著的鳴唱歡快，叫她驚訝的抬了眼。

【鷓鴣飛】？他是吹給我的嗎？

她站在那裡望著他，靜靜的聽著這歡快的曲目走向悠揚，訴說著美好的希冀與自由。曲終後，他邁步往回走，離開了她的視野，可是她卻無法寧靜，只不由自主的將眼光留在了階梯處，靜靜的等著。

不多時，樓層階梯發出了悶悶的踩踏聲，她的心便隨著那踩踏之聲，一下一下的跳著。束髮，抹額，那一雙認識的眉眼，出現在她的視野裡，而後他依舊同昨日一樣淡然的離去，如同陌路，可林熙面紗下的嘴角輕輕的勾翹了起來。

自此，船在運河裡北上，每日早間的時候，風中便會夾雜著那短笛的悠揚，從【鷓鴣飛】到【紫竹調】，再到【百鳥引】，幾乎不重複。三日後，笛聲卻突然消失了，林熙等了一個早上都沒聽到那短笛之聲，便借故再次去了艙外，看著船將要靠岸近了碼頭，她忽而意識到——碼頭了，這裡他們便得分開。

果不其然，當船入了碼頭，接板靠岸時，樓梯上步履接踵，她便站在臨近的角落處，背向而立。

很快有人言語著從樓上下來，林熙只能依稀聽到他同身邊的人一句不大聲的言語——

「四叔這趟收穫可不小，如此這般過得一年半載也能風風光光的回去了……」

繼而他的聲音模糊不清，她才轉了身，此時自是瞧不見他了，只能看到那跟著的七、八個夥計，大包小包的拎著一些物件就此離開了船。

邁步去了三層的船舷處，她伸頭瞧望，看見他們一行上岸入了馬車離去後，一時倒有些微微的發怔——一年半載風風光光回去，是說的他自己嗎？

半日後，船離開了肅州，繼續上行，縮在艙內的林熙卻時常會走神，這樣的情況自然得到了葉嬤嬤的關注，不過因為大家都是歇在一處，實在不適合說些什麼體己話，葉嬤嬤便也沒提起。

六月上旬，他們一行終於下了水路，換乘了馬車，奔波幾日後，回到了林府。

第三十六章 妻妾

林昌親自迎在了府門上，隔著門問了一句老太太的好後，便陪著車馬去了西角門入了府，到了二門上，陳氏也領著一家大小來迎。

只是此時林悠已經出嫁，兒子們尚在，跟在陳氏身邊的姑娘便只有林嵐了。

林賈氏的腳剛沾地，兒子媳婦連帶著孫子孫女的便跪了一地，林熙自然也是身後同跪，一時間再度出現這種跪迎的場面，卻比之當初在蜀地好了太多。

林賈氏完全就是在林昌的問安之話剛落下音時，就擺了手。「好了，你們快都起來吧！」

當下大家入了正房，禮物也被抬了進來，各自的發放後，林昌輕咳了一聲問道：「娘，我大哥他可好？」

「官運亨通，老來福報等著，好得很。」林賈氏淡淡地作答。

「那母親這大半年的在大哥那邊住得可舒坦？」

「將就吧，到底我住慣了北方，那邊太過潮濕，就算是暖冬，也不覺得多麼舒坦，以後我還是少往別處跑的好。」林賈氏說著看向林昌。「我這些日子沒在，府上如何？」

林昌立時笑了起來。「府上不但一切都好，年前還有三件喜事呢！」

「哦？」林賈氏一臉興趣。

林昌卻不言語，而是扭頭看了眼陳氏，陳氏當即言語道：「年前的時候，老爺得了杜閣老的舉薦，升了品。這翻了年的二月裡，皇上考察了幾位皇子的學識，三皇子因問答十分出色而得了皇上的誇獎，老爺也因此得了一柄玉如意，當日裡太傅還大讚了老爺的學識與孝道，結果三月裡咱們老爺就升了官，如今可是正四品的翰林院侍講學士，給一眾皇子講學，這便是第一喜。」

「哦？」林賈氏聽到林昌比自己預知的升品之外還有提升，實在是大喜過望，看著林昌便是點頭。「好啊，總算對得起你所姓的『林』字，當年你爹於你在學問上所花心思最重，你能有這樣的成績，也對得起他一番苦心。」

林昌躬身。「這是兒子應該的。」

林賈氏眼裡含了笑。「那還有兩喜是什麼？」

「第二喜是關於桓哥兒，四月的春闈他中了，是二甲第二十一名呢！而上個月，朝考結果已出，咱們桓哥兒更得了庶起士之名，三天前便以受翰林院教習栽培，成了散館（注），想來再等上兩年，下屆會考之後，倒也有機會入了翰林！」

「是嗎？」林賈氏立時看向了長桓。「好，很好！你爹娘沒白疼你，你可真是爭氣，庶起士啊，好！若來日你真入了翰林，倒也算繼了你祖父的遺風，那時咱們府中便有兩個翰林之人，日後難保不會償了他的遺憾！桓兒，你可得好生努力啊！」

林賈氏說著便激動得兩眼發紅，當年林老太爺的遺憾若能彌補，這自是好事一樁，若真的成了，林家不但能就此輝煌，整個家業的延續便可持續幾代，當然就算兩人最後未能入閣，林府便也有兩個儲相之才，這也足夠林家得臉一代的。

庶起士，乃科舉進士中從二甲三甲裡選出來的優秀人才，通過參加皇上主持的朝考而決出，決出者將會得到來自翰林院教習的培養，為以後入翰林院打下基礎，而大明秉持著，非進士不入翰林，非翰林不入內閣的思想，使得庶起士有儲相之稱，這便也是林賈氏激動的原因。

長桓聞聲向前出列，衝林賈氏一欠身，靦覥的笑著。「孫兒定會努力的，請祖母放心！」

「放心，我當然放心，自小你就是個愛讀書的……不過，桓兒你尚年輕，雖然得了這機會，卻也不能就此便找不到北了。我勸你得空的時候還是常去大學裡多向先生們請教一二，日後不但能和先生還有同窗們親近，至少在外人眼裡，你也是個一心向學的人，或多或少總能掙些好處，將來，也對你大有助益的。」

林賈氏可是看過老太爺如何玩弄這些把戲的，如今在蜀地待了這大半年，再度看到大兒子把他老子的那套手段玩得是爐火純青後，這時便起了心思提醒長桓，以希冀著他能學會這

注：散館，明清時翰林院設庶常館，新進士朝考得庶起士資格者入館學習，三年期滿舉行考試後，成績優良者留館，授以編修、檢討之職，其餘分發各部為給事中、御史、主事，或出為州縣官，謂之「散館」。

個方式為自己增添籌碼，免得跟林昌似的，空有學問卻在翰林院裡白掛了那些年頭，要不是熬資歷起了頭，又得幾個姑娘高嫁攀了姻，只怕這會兒，還是矮著林盛大半頭呢！

長桓立時出聲應答，說著自己定會去的，林賈氏便滿意的點頭，當下看向了陳氏。「教子有方，他有了今日的好，也有妳的功勞！」

陳氏聞言淡笑著看向林昌。「都是老爺教得好，我可沒什麼功勞。」

林賈氏見陳氏出言誇獎林昌，自是也順著話誇了他幾句，而後便問起了第三件喜事。

林昌再次看向了陳氏，陳氏撇了下嘴，並沒言語，林昌見夫人根本不言語，只好自己說了起來。「第三件喜事嘛，乃是我們二房將要再添丁了。」

「添丁？」林賈氏一愣，驀然想到了郝氏的老來福，自是立刻看向了陳氏，可是她看到的並非是陳氏的嬌羞或歡喜，而是她雙眼裡顯露出的一絲無奈與憂鬱。

「是啊娘，香珍有身孕了，而且已經三個多月了。」林昌一臉的興奮。

林賈氏卻是一頓。「香珍？」

「對啊娘！」林昌臉上依舊興奮。

林賈氏卻有些神色尷尬，當即看了陳氏一眼後，只是「嗯」了一聲，便言語道：「好了，我都已知曉，如今我人也累了乏了，有什麼回頭再說吧！」這便起了身，竟是不欲再說下去的要回福壽居了。

林昌見狀自是主動的去扶了林賈氏。「那兒子這就送娘回去休息。」

林賈氏嗯了一聲，扶著他的胳膊便出了正屋。

回去的路上，林昌偷眼瞧著母親的神色，不敢出聲，而林賈氏這會兒卻對林昌有些恨鐵不成鋼。

作為林家的老太太，林賈氏是十分樂意看到林家的開枝散葉，可是她卻不希望這個開枝散葉的人是香珍！這倒不是因為她嫌棄庶子，而是她知道香珍若再生下一個兒子來，陳氏與香珍之間的尊卑，在自己那個情感至上的兒子心裡只怕就會失衡，而一旦失衡，這幾年大家的融洽相處，便會發生難以預料的變化。

「跪下！」一入屋，林賈氏鬆了林昌的手便是厲聲喝之。

林昌一愣後，發現林賈氏正一臉怒色的看著自己，當即便一頭霧水的跪了下去。「娘，兒子是哪裡不對，惹您動怒……」

「哼，竟然連錯在哪兒都不知嗎？你可真行，竟還把這事單單列出來，在陳氏的面前與我說喜？昌兒啊，不過是一個妾有了身孕而已，這也值得你來向我道喜？」林賈氏說著坐去了榻上。「還有，我明明口口聲聲和你說得清楚，與那香珍要淡一些、冷一些，千萬別再晾了陳氏，這幾年你也做得不錯，怎麼一轉眼，我才走了半年，她就有了身孕？到底我說的話，你有沒有放在心裡？」

林昌低了頭。「娘，您的話，兒子一直都放在心裡的，其實兒子真的與香珍也沒如何啊，您去了大哥那裡後，我只不過在香珍那裡多宿了幾次而已，這多的次數一個手就數數過來，我也沒料到她又懷上了！可是娘，香珍有孕這也是好事啊，那到底也是我的骨肉啊！該不會是娘對庶出的有些……」

「渾話！」林賈氏立時瞪他一眼。「你少這裡給我說這些打岔，若今日裡說有了身子的是巧姨娘、萍姨娘，我二話不說的，可為什麼要是香珍？」

面對林賈氏的指責，林昌一臉的不解和委屈，畢竟在他的眼裡，香珍是他的妾侍，一個妾侍懷孕，難道還錯了不成？當即他想了下措辭，婉轉的言語起來。「娘，兒子都被您給說糊塗了，同是妾侍，為什麼單單香珍就不成？還有，其實這事我也很意外，但娘啊，家中能添丁，這終歸是好事吧？何況，她好歹也曾是您身邊的人不是？」

「你還來問我為什麼單單就她不成？你統共三個姨娘，巧姨娘是個老實本分沒什麼念想的，能跟了你也是因為她伺候你得當，若是她懷上了，我也樂得她生養下一個乖順的來；那萍姨娘是你太太陳氏帶進來的陪嫁丫頭，若是她懷上了，那也是占她這一脈息的，將來陳氏必然關照，也自是好事；而香珍，她是從我這裡出去的沒錯，可怎麼出去的，你心裡清楚，她這人花花腸子一大把，心眼更是不少，早兩年不還生了不該有的心，害了嵐兒嗎？那時我就與你說過，千萬要冷著她晾著她，可你呢，答應得好，卻叫她懷上了，你這不是尋事嘛！」

林賈氏說著接連嘆了兩口氣，狠狠的剜了林昌一眼，她是真不明白，自己生的兩個兒子怎麼在情之一字上如此糾纏！而且不但糾纏了，還偏生走向不同，分屬兩個極端——

一個把情字掛在嘴上，自詡風流才子、癡情之人，卻是為了官位利益一退再退，叫她這個做娘的背黑鍋，形同一個偽君子；一個天生心軟，自詡文人儒生，老是憐香惜玉，雖知孝道，也奉家教，可總是一時一應，沒個長性，但凡人家哄上兩句再抹點淚的，便立時什麼都忘卻了，如今她這個做娘的為他心急擔憂，他卻還懵懂不知，這人性世故上的差同林盛的偽行，還真是天地之別了。

被母親用眼神白了好幾次，林昌有些不安起來，幾乎把腦袋垂去了地上。

林賈氏見狀又嘆了口氣，衝他擺手。「得了，起來吧！」

林昌聞言未敢動彈，畢竟母親顯然還在生氣。

林賈氏見他不起，也不催他了，只顧自地說著。「你好生想想，那香珍自從跟了你，你便和陳氏就過得不舒坦，那些年上，你們兩個冷眼相對的過得算什麼日子？寵妾壓妻，你亂了規矩，結果呢？你自己仕途上也毫無進展不是？而現在呢？自從你和陳氏舉案齊眉，夫妻和睦後，你便是順風順水的，如今這才剛剛有了起色，你卻偏生樂得不知北了！那陳氏和香珍早已不睦，妻妾之間，你更該是有個分寸的，我本叫你冷著她，好慢慢淡下來，可你這般惦著念著的，如何冷得下來？哼，這陳氏心裡要添了堵，和你不睦了，那將來好好的安生日子可就又沒了！哎，你呀你，何時才能叫你娘我省省心啊！」

林賈氏說著起了身。「話我和你點透了，你惹下的事，你自己扛吧，若能哄得她心裡舒坦，不再惱著你，倒也算揭過了這事，可要是不成……將來她萬一把氣撒在了六丫頭身上，便是你自找的了！」說罷衝林昌一擺手。「行了，回去吧！」

林昌一時無言，畢竟事已至此，說什麼都沒用了，當下怔然般的起身告辭了。

出去後，林賈氏便衝常嬤嬤抱怨起來。「林家三個兒子，入仕的便是我生養的這兩個，可妳瞧瞧，哪個像樣了？」

常嬤嬤無奈，只得上前出言勸說，以慰安撫了。

「天天養在身邊，日日瞧看著，總覺得我們的七姑娘還是個小娃娃，沒長大呢。誰料妳離家大半年再回來，瞧看著不但個頭竄起了一指來，竟是連眉眼都看著有些姿色了，想來再過個一年的光景，妳便能全然看出貌色來，那時也定然是個小美人的。」陳氏拉著林熙的手，上下的將她瞧看，言語十分的溫柔，似透著一絲欣慰，又似對她寄託著什麼。

林熙先前站在屋中，聽得父親提及三件喜事，前兩件倒真是高興的，畢竟父親如今的年歲也不過才剛剛四十歲，正是為官說任的好時候。這兩年接二連三的升遷，可見勢頭極好，只要父親不出什麼紕漏，就算將來入不了閣，卻也是能蔭上家業近百年的。

而長桓十幾年寒窗苦讀，終有了回報，還是炙手可熱的庶起士，比之他的爹爹，更加年少有為，機會多多，這讓林熙十分開心，畢竟這個兄弟才是真正和她最親近最貼心的一個。

而至於第三件喜事，這對於林家來說，的確可算，卻顯然與前兩樁不同，更為糟糕的是，自己的爹爹竟然當著祖母和母親的面特意的提了出來，便叫自己的母親立時難堪，而至於有孕的珍姨娘倒是在隱約間成了寶了。

「聽說妳給幾個兄長姊姊的都備了禮物，此時也就拿出來發送了吧！」眼見林昌遲遲未歸，陳氏的心裡卻舒坦了許多，她能想到婆母先前在聽到香珍有孕時那般反應是為了給自己正些身板，壓壓那香珍的氣焰，現在這般情形，只怕是早早的就教育上了，故而陳氏說了幾句閒話後，便主動提及了林熙買送禮物的事。

林熙見母親提及，當即喚了冬梅，不多時冬梅把禮物抱了進來，林熙便指手畫腳的描述著蜀地的風光以及各色禮物的涵義。

哥兒們的送完了，林熙把那兩本書拿了出來捧給了林嵐。「六姊姊，這是我送妳的，《道經》和《德經》這兩本書，都是父親和大伯父十分推崇的，妳喜歡書冊，我便送妳這兩本吧！」

林嵐悻悻的笑著言謝，接了過去，卻連翻都沒翻，只拿在手裡而已。

此時林昌也入了屋，瞧看到林熙正在派發禮物，得知她送給林嵐的竟是這兩本書時，便點頭對林嵐說道：「熙兒這書買得極好，妳大伯父也是很有才華的，他薦的書，妳就多讀讀吧！」

林嵐乖巧的應聲，林昌點了頭，同林熙隨便問了兩句話，便叫著散了，囑她回去休息。

林熙剛應了聲，陳氏開了口。「熙兒啊，妳現在已經年滿十歲了，循例就得獨門獨院的掌管自己的事了，不過葉嬤嬤一直在教導妳，是以不好再分，但是呢，規矩卻變不得。我意思著，待明後天瑜哥兒搬出碩人居，同長桓住在一起後，熙兒妳也就得自行開始學著掌院立院了。」

「知道了母親，我自會用心學著掌院的。」林熙說著便再次告退，豈料陳氏卻似不放她一般，也起了身。「我送妳回碩人居吧！」

林熙登時錯愕，下意識的看向了爹爹林昌，便注意到他嘴角的弧度與鼻翼周邊的變化，立時便知父親內心的尷尬與無奈。

陳氏拉著林熙出了屋，林昌臉上呈現著些許尷尬之色，他看陳氏真格的送了林熙出去，便兀自在屋裡轉了個圈，繼而去書房挑了本書折回了正房裡，歪在大椅上，一面閒散的翻書一面等著陳氏回來，畢竟母親把話全然說透了，他現在也覺得很有哄哄陳氏的必要。

「娘，您還是回去吧，爹爹今日裡休沐，早先出來時，我瞧著似有什麼話要同您說的，您這般是疼了女兒，若耽誤了父親那邊的事，可就不好了啊！」一進屋林熙見陳氏壓根兒沒走的意思，坐在這裡東問西問的，便衝母親開了口。

若是以前，她自是小心翼翼的衡量自己言語是否合適，自己舉動是否惹得家人在意，而自葉嬤嬤的一席話後，林熙也明白，若自己再這般什麼都壓著收著，不但對自己沒什麼好處，還會讓別人覺得她性格太弱，卻不是什麼好事了。

所以看到母親那明顯躲避父親、厭惡父親的神情，她選擇了勸慰，她希望母親能撐下去。

陳氏並不傻，林昌有沒有話說，她十分清楚，所以當林熙說出這話來時，她知道是自己的小女兒疼著自己，是以衝著她淡淡一笑，語調帶著些許的憂傷。「熙兒啊，妳日後會嫁到謝家的侯府裡去，妳那時雖是高嫁了，可並不代表什麼都是順意的。對男人，對妳將來的夫婿，妳可一定要心裡硬著些、矜持些，千萬別學妳娘，這輩子把心都鋪出去了，什麼也沒得到。」

林熙點頭正要言語時，葉嬤嬤卻一挑簾子進來了——在林賈氏離開後，她便告退了出去，直奔碩人居，顯然是十分掛心她那乾孫子的，只是沒想到陳氏到了這裡才同林熙說了幾句，葉嬤嬤便過來言語，倒還真不客氣的接茬了。

「太太一心勸著七姑娘，自己卻又不應承，這可不成的！有句老話說得好，己所不欲勿施於人，太太，您和老爺都已經舉案齊眉了，何必還為著一個妾而不快到心中幽怨呢？要知道，您可是正室啊，那些妾侍橫豎都是欠著身分的，妳又何必與她嫌隙置氣呢？難不成今日裡不小心被狗咬了，您還得咬轉回來不成？快快記著您的身分，不必與之計較，最好無視了她，免得回頭人家憐香惜玉起來，您倒落得一身不是，走了下乘。」

葉嬤嬤這般直言，在林熙聽來略有詫異，可偷眼掃到陳氏那裡，看到她一副不以為忤的樣子，便知道，葉嬤嬤也是常與母親言語的，倒也散了詫異，去回味葉嬤嬤的那番話了。

「葉嬤嬤，妳是說得輕鬆啊！有道是樹欲靜而風不止，我不想和她計較，她卻不消停！

這幾年，憑著良心說，我可真沒為難她，雖說大家不近，可該她的宿，我也沒欠著。誰料，我整日裡忙著張羅著四姑娘的婚事，老爺卻……結果，您兒前腳出閣，我還沒喘口氣呢，她就已有了身孕，這叫我如何不難受，如何能忍？」陳氏說著眼圈隱隱泛紅，目中露著憤恨之色，而她雙肩更是微微抖動，那捏著帕子的手也在不自覺的揪扯著……

林熙看到這些，第一時間想到的是葉嬤嬤教過的東西，她能判斷出此刻的母親內心傷到了極點，甚至進入了憤恨狀態——這可是很危險的。

「太太，您忍不了也得忍啊，您若和她對上，可正好遂了她的意思啊！」葉嬤嬤一邊說著，一邊眼掃陳氏的表情。「想想您的七姑娘，想想桓哥兒，那個人可否與之相比？不過是一個妾侍，您應該不會想讓她們看到妳自降身分的與之相鬥吧？」

陳氏聞言立時面色顯出一分猶豫來，先前暴怒近乎敵意的目光，也由此而開始衰弱。

「娘！」林熙雖然明白這件事上，作為不過十歲的自己，是根本沒資格沒能力來插嘴的，可是陳氏是她的娘親，看到母親那般的惱怒，她委實心疼，便忍不住喚了陳氏言語起來。「娘您別生氣，更別覺得不舒坦，熙兒還在您跟前，總會陪著您的！何況，嬤嬤說得對，珍姨娘她只是一個姨娘，就算她再生下個兒子，也改變不了她是姨娘的事實，只要母親不為她慌、不為她惱，將她視若空物，那麼她便什麼都不是！」

林熙借了葉嬤嬤的話做梯，說出了自己想說的話，陳氏微頓之後伸手摟了林熙入懷。「我的好熙兒，妳、妳真是大了啊！」她喟嘆著看向葉嬤嬤。「到底是妳教導出來的，心性上竟比我還明白了。」說著又把林熙拉起，看著她那張小臉，伸手摸了摸，眼裡立時泛出一絲淚光，但很快她又捉了帕子擦掉了。

「娘，您別傷心……」林熙以為陳氏還在傷心，急忙言語，豈料陳氏打斷了她的話。

「娘沒傷心，娘只是一時有些感觸罷了。」說完衝林熙淡淡一笑，言語哽咽。「我想起了妳姊姊，妳大姊。」

林熙的心驟然急停。「她？」

葉嬤嬤聽聞到林熙那猛然弱下來的口氣，掃看向林熙，立時就看到了她有些慌亂的眼神，和僵直的臉。

眉微微一挑，葉嬤嬤的眼珠子轉了個圈，人已然和先前無二的樣子，陳氏此時則嘆了一口氣。「妳大姊要是能早些讓葉嬤嬤管教，也不至於……哎！」

林熙抿了抿唇，抬了頭。「娘，大姊已經不在了，您提她也不過徒增悲傷，日後女兒定然與您多親近、多言語，把大姊的那份也補給您！」

葉嬤嬤再次掃看了林熙一眼。

「這是什麼？」在女兒玉芍居裡待著的香珍，一看到林嵐回來時，手裡丟去桌上的兩本書，便好奇的起了身，待走過去拿起一看，立時挑眉。「《道經》、《德經》？這……」

「七妹妹給的。」林嵐一臉陰色的坐去了竹躺椅上，半歪著。

「她可真會買禮物啊，竟然弄了兩本書來糊弄妳！」香珍說著丟了書，身後傳來林嵐含著嘲笑的聲音。

「糊弄？我看未必！她給幾個哥兒們的禮物都不錯，送我書也算應了我的喜好，可我不明白，為什麼要是這兩本？她是什麼意思？」

母女兩個的眼神交會，林嵐已經眼含冷色，而香珍卻是不以為然。「行了吧，妳快別草木皆兵了！那七姑娘和四姑娘可不一樣，她說話做事雖然得葉嬤嬤教養，看起來的確是名門閨秀的樣子，可到底今年才十歲，妳平日裡也和她撐著的，妳覺得她能想到那麼多嗎？」

林嵐抿了下唇。「最好是我想多了，如今林悠已出嫁，這府上的姑娘就我和她了。我忍了這麼久，總算到了我能為自己力爭的時候，可以的話，我才不想和她碰，一來費著我的時間和精力，二來嘛，將來她可是要去謝家的，身邊還有個葉嬤嬤，我要和她真對起來，倒是要吃虧的。」

香珍聽著林嵐的話，前頭還點頭，到了末了這一句，立時便不高興了。「那個葉嬤嬤手伸得長著呢！太太本身早已是個斷頭蒼蠅，前些年不過是個擺設罷了，可如今的，卻橫豎把她給我湊和起來了，害得我這半年多裡，相交了那麼些回，竟都是我落了敗，委實叫我窩火！不過……」她伸手摸了摸略微有些小凸的肚子。「到底我還是有老天爺照看著，順順當當的就懷上了，這一次若能再生個兒子，哼，我倒要看看她怎麼矮我一頭！」

林嵐看著自己娘親眼角眉梢立時透顯出來的喜悅，便撇了嘴。「再生個兒子，有三個孩子照看著您，您也的確能過上好日子，可是那也得是您生個兒子才成，萬一生個女兒呢，那於您可沒什麼太大的助力。」

香珍伸手摸摸肚子。「我費盡心機調了些藥，兒子的機會可是極大的。」

「但願吧！」林嵐說著昂頭看了看樑頂，忽然坐了起來。「娘，您想不想一勞永逸？」

「什麼意思？」香珍看著林嵐臉上顯出的狠厲之色，頓然瞪眼。「妳不會是在說我和那位之間……」

林嵐點頭。「自是她啊！不然除了她還有誰？咱們府上，真正壓著您的不就是太太嘛，至於祖母，她雖惱著您，可您和她兩不言語的，誰又礙著誰了？」

「話是沒錯，不過妳說那話的意思……」

「娘，爹爹原先對您如何？對太太如何？」

「老爺自是對我極好的，要什麼給什麼，就是太太有的，只要我衝他抱怨兩句，他也會變著法的給我些好處，補了我。至於太太嘛，哼，在葉嬤嬤沒來之前，她根本算不上什麼！要不是她是正室太太，老爺這官運還得維持著一派和睦，只怕是她早就下堂了！」香珍說著惱怒的抱怨。「都是這個葉嬤嬤，想到她我就惱！」

林嵐揉了鼻子。「別抱怨她了，您就是怨上她七、八年也是沒用的，還不如想點實在的法子，廢了太太。」

「廢？怎麼廢？」

「娘，您想想，爹當初為什麼和太太不和？不就是覺得她欺負您，她不懂自己的心嗎？若您讓爹再看到她的欺負……」

「嗨，我當妳說什麼呢！這個我早想過了，只可惜她惱歸惱，卻叫人一直伺候著我這邊，吃穿用度的更沒少了我，我要去鬧，彼時不但壞不了她，只怕還叫她得光了呢！」

「娘，您聽我說完成不成？」林嵐瞥了她一眼。「我說的欺負和您說的欺負完全就不是一回事！」

「那妳說的是……」

林嵐起身湊到了香珍跟前，在她的耳邊嘀咕了幾句。

香珍立時臉色見白，身子微抖，轉頭就看向了林嵐。「妳瘋了？這心思妳都起得？我可是妳娘！我肚子裡的更是妳弟弟！」

「弟弟？等生下來再說吧！何況將來能不能是個有用的，也未可知，您瞧瞧宇哥兒那終日只知道玩的樣子，您覺得自己的指望還有多少？桓哥兒人家現在可都是庶起士了，這可是『儲相』啊！您要是生不出個天賦異稟的，充其量也不過是叫您身邊多個人，日後多個照應罷了，橫豎您都是只能仰看太太的！而這還是您生了個兒子，若生的是個姑娘，哼哼……」

林嵐沒再言語下去，一個庶出的姑娘能給母親帶來怎樣的地位變化，這是顯而易見的。

「是，我知道！那林馨嫁得好，做了杜閣老家的五少奶奶，可她娘還不是在林府上做她的姨娘，還不是隔三差五的得去陳氏跟前問安？可我有什麼法子，誰叫妳娘我是個妾侍呢！」香珍說著一臉的傷色。「所以這些年我費心的討好妳爹，從他手裡扒拉私產，還不是為了能讓你們有些依靠傍身，等到我老了，也不至於淒涼……」

「娘啊，您忘了林家有位侍妾可過得不比太太差呢！」林嵐衝母親揚聲而提。

香珍一愣，隨即神情略激動起來。「我知道那位，可我能和人家比嗎？她兒子雖然沒在官場裡混，但當年老太爺在時，就教會了他經商之道，後又帶著他接了手中的人脈，以至於到了今時今日，人家娘兒倆掛著一個守祖籍的名頭，卻也算是自立門戶了。」

「她能您就不能嗎？」林嵐眼裡透著光澤。「只要您按我說的來，咬著牙給她來這麼一局，我保證爹爹從心裡厭煩上太太，那時您再虛弱些，處處替她去說著好話，我呢叫人私下裡再說點她的險惡出來，到了那時，爹爹的心就得往您這裡靠，太太便只能是哭了！」

香珍看著自己女兒那雙眼裡的光澤，人便怔在那裡。

她承認女兒的想法很大膽也很有吸引力，可是她卻並不願意按她的意思來，因為她肚子裡懷的極有可能是個哥兒，膝下再多一個兒子，不但靠山可增，在府上的地位也能無形中攀長，雖在身分上她依然是個妾，但兒子越多且有出息的妾，誰敢輕視了妳？

「怎麼？捨不得這個？」林嵐見香珍遲疑不應，便撇嘴言語。「一個是把機會捏在自己手裡，一個是把機會放在兒子身上，連哪個是最好的選擇都斷不出來嗎？」說完她復又躺回竹椅上，一副懶得理的模樣。

香珍站在那裡想了好半天，伸手捂住了肚子。「不行的嵐兒，娘捨不得啊，而且妳這想法，娘必然得受一次罪的……還是算了吧！」

林嵐動了動嘴角沒有言語，香珍見女兒一副不想理她的樣子，也就沒在屋裡再待著，胡亂說了幾句話便立時出去了。

她前腳走，林嵐後腳便起了身，立在了門口的竹簾之後，她看著那隱約的背影，慢慢捏上了拳頭。「無捨如何得？您既然下不了決心，那我就幫幫您！」

——未完，待續，請看文創風123《錦繡芳華》3

棄婦當嫁 魚音繞樑㊟

全套二冊

慧黠調香師 vs. 偷香貴公子

驕傲的將軍之女淪為下堂婦，未免太窩囊！
既然好運得以重生，她不會再沈溺在小情小愛，棄婦當自強！
她以成為大齊第一調香師為目標，就算是火裡來、水裡去，
這一回她會挺直腰桿，勇敢接受挑戰──

文創風 114 上

面對忘恩負義的夫家，
她的不甘與怨懟化作業火，燒盡過去，
而她，在烈焰中浴火重生──

文創風 115 下

她不是不識情愁，只是假裝不懂，
直到命懸一線的瞬間看見他逆光的身影，
不安的心終於找到正確答案……

文創風
122

錦繡芳華 2

國家圖書館出版品預行編目資料

錦繡芳華 / 粉筆琴著. --
初版. -- 臺北市 : 狗屋, 2013.10
冊 ; 公分. --(文創風)
ISBN 978-986-328-149-8(第2冊:平裝). --

857.7　　102018256

著作者　粉筆琴
編輯　王佳薇
校對　黃薇霓　黃亭蓁
發行所　狗屋出版社有限公司
地址　台北市104中山區龍江路71巷15號1樓
電話　02-2776-5889～0
發行字號　局版台業字845號
法律顧問　蕭雄淋律師
總經銷　知遠文化事業有限公司
電話　02-2664-8800
初版　102年10月
國際書碼　ISBN-13　978-986-328-149-8
原著書名　《锦绣芳华》，由起點女生網〈www.qdmm.com〉授權出版

定價240元
狗屋劃撥帳號：19001626
網址：love.doghouse.com.tw　E-mail：love@doghouse.com.tw